文庫書下ろし／長編時代小説

気骨

鬼役 十四

坂岡　真

光　文　社

この作品は光文社文庫のために書下ろされました。

目次

※巻末に鬼役メモあります

幕府の職制組織における鬼役の位置

- 将軍
  - 大老（臨時で置かれる）
  - 老中
  - 京都所司代
  - 側用人
  - 大坂城代
  - 寺社奉行
  - 奏者番
  - 若年寄
    - 書院番頭
    - 小姓組番頭
    - 林大学頭
    - 小普請奉行
    - 西丸留守居
    - 百人組頭
    - 新番頭
    - 目付
    - 徒頭
    - 小納戸
    - 奥右筆組頭
    - 表右筆組頭
    - **膳奉行**
    - 賄頭
    - 小石川御薬園預
    - 鳥見
    - 大坂定番

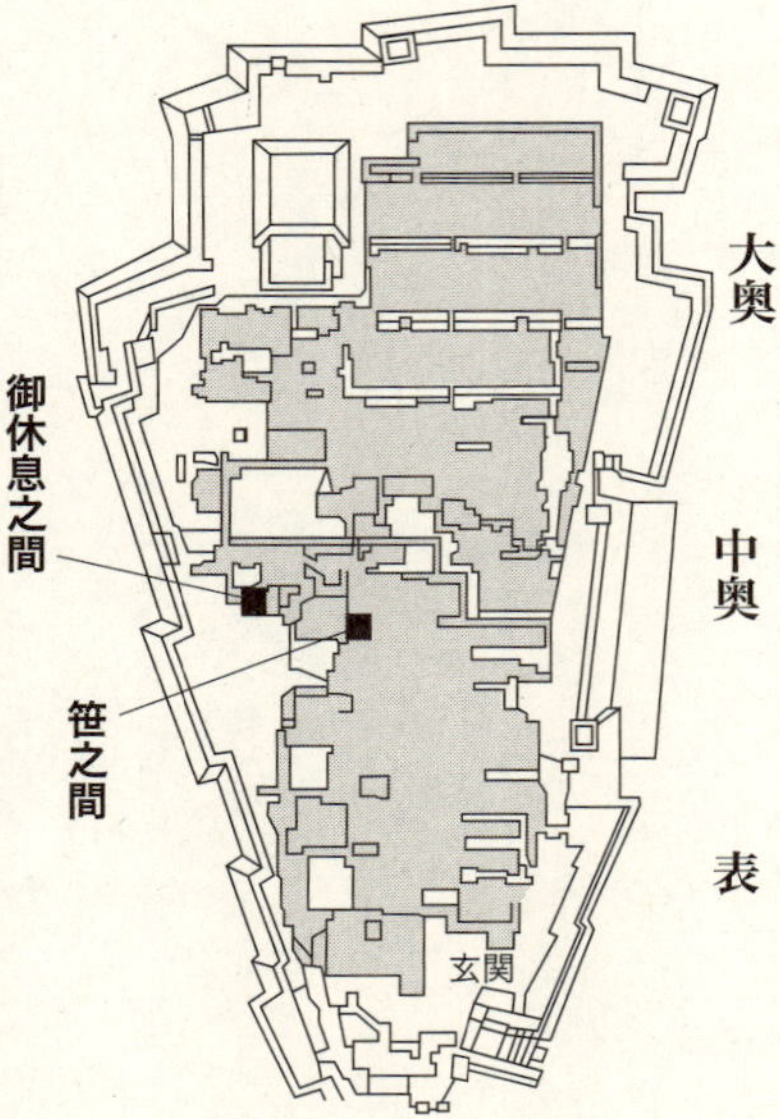

鬼役はここにいる！

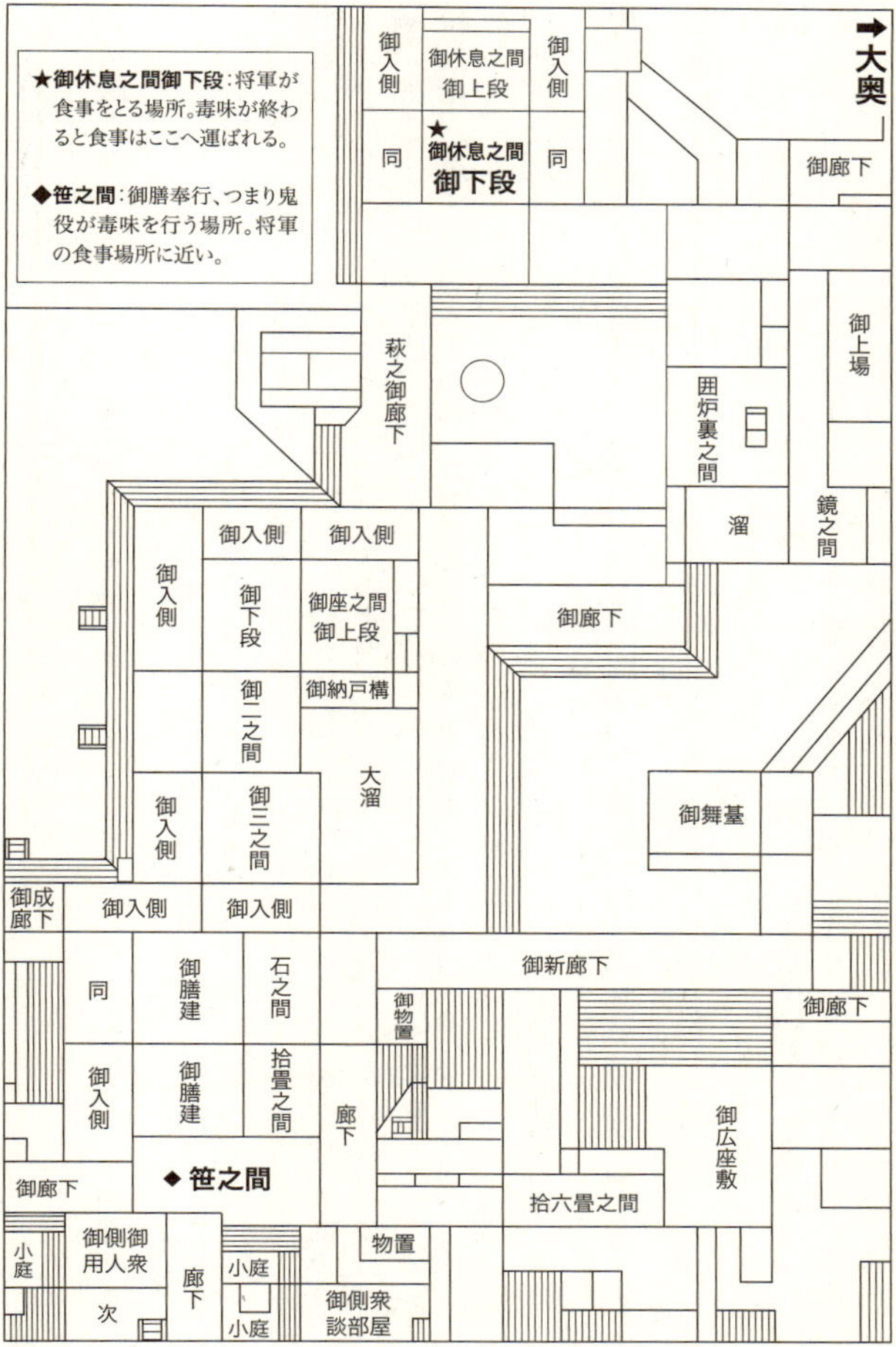
★御休息之間御下段：将軍が食事をとる場所。毒味が終わると食事はここへ運ばれる。
◆笹之間：御膳奉行、つまり鬼役が毒味を行う場所。将軍の食事場所に近い。
→大奥
御入側
御休息之間
御上段
御入側
同
★御休息之間
御下段
同
御廊下
萩之御廊下
囲炉裏之間
御上場
溜
鏡之間
御入側
御入側
御入側
御下段
御座之間
御上段
御廊下
御納戸構
御二之間
大溜
御舞台
御入側
御三之間
御成廊下
御入側
御入側
御新廊下
同
御膳建
石之間
御物置
御廊下
御入側
御膳建
拾畳之間
廊下
御広座敷
御廊下
◆笹之間
拾六畳之間
小庭
御側御用人衆
廊下
小庭
物置
次
小庭
御側衆談部屋

主な登場人物

矢背蔵人介……将軍の毒味役である御膳奉行。またの名を「鬼役」。お役の一方で田宮流抜刀術の達人として幕臣の不正を断つ暗殺役も務めてきたが、指令役の若年寄・長久保加賀守に裏切られた。その後、御小姓組番頭の橘右近から再び暗殺御用を命じられているが、まだ信頼関係はない。

志乃……蔵人介の養母。薙刀の達人でもある。

幸恵……蔵人介の妻。徒目付の綾辻家から嫁いできた。蔵人介との間に鐵太郎をもうける。弓の達人でもある。

鐵太郎……蔵人介の息子。

綾辻市之進……幸恵の弟。真面目な徒目付として旗本や御家人の悪事・不正を糾弾してきた。剣の腕はそこそこだが、柔術と捕縄術に長けている。

卯木卯三郎……納戸払方を務めていた卯木卯左衛門の三男坊。わけあって天涯孤独の身となり、矢背家に隣人の誼で預けられている。

串部六郎太……矢背家の用人。悪党どもの臑を刈る柳剛流の達人。長久保加賀守の元家来だったが、悪逆な遣り口に嫌気し、蔵人介に忠誠を誓う。

土田伝右衛門……公方の尿筒持ち役を務める公人朝夕人。その一方、裏の役目では公方を守る最後の砦。武芸百般に通じている。

橘右近……御小姓組番頭。蔵人介のもう一つの顔である暗殺役の顔を知る数少ない人物。若年寄の長久保加賀守亡きあと、蔵人介に正義を貫くためと称して近づき、ときに悪党の暗殺を命じる。

鬼役 十四

気骨

加賀の忠臣

一

寒い。

遠くで虫起こしの雷が鳴っているのに、細かい雪がちらついていた。

養母の志乃《しの》と妻の幸恵《ゆきえ》が風邪気味なので、矢背蔵人介《やせくらんどのすけ》は御膳《ごぜん》所の包丁方から生卵を分けてもらった。風邪には卵酒という頭があったからだ。

金沢《かなざわ》生まれの包丁方は「おなご衆のためならば」と、干し海鼠《なまこ》からつくる「ふと煮」なる甘味も持たせてくれた。干し海鼠を煮染めて乾かし、砂糖をくわえ、黄粉《きなこ》をまぶして食べる。

加賀前田《かがまえだ》家の奥向きでも好まれる一品だけあって、女たちの評判は上々だった。

息子の鐵太郎《てつたろう》や居候《いそうろう》の卯木卯三郎《うつきうさぶろう》も舌鼓を打ち、つかの間、矢背家は和気藹々《わきあいあい》とした雰囲気に包まれた。

夕刻、蔵人介は市ヶ谷御納戸町《いちがやおなんどまち》の自邸を出て、四谷大木戸《よつやおおきど》の『加賀屋』なる料理屋に向かった。

ほかでもない、干し海鼠を持たせてくれた包丁方の父親がはじめた治部煮《じぶに》の店だ。

この二年で二度、加賀に縁のある男を連れていった。

名は杉内中馬《すぎうちちゅうま》、三十路《みそじ》を少し超えた浅黒い顔の侍だ。

古い知りあいではない。

二年前の今日にあたる如月朔日《きさらぎついたち》、役目帰りに通る桜田《さくらだ》御門から半蔵《はんぞう》御門へ向かう御濠端の道で待ちぶせされ、いきなり上段から斬りかかってこられた。

「ぬりゃ……っ」

咄嗟《とっさ》に躱《かわ》して抜刀しかけるや、杉内は一歩退《さ》がって土下座をし、握った刀を掲げてみせた。

「木刀にござります」

そう叫んで名乗り、無礼を詫びつつ、こうせざるを得なかったのだと必死の形《ぎょう》相《そう》で訴えた。

「矢背さまは幕臣随一の剣客と、人づてに聞きました。剣の道を究めんと欲する身にとって、是が非でも越えねばならぬ壁なのでござる」

黙殺すべきところであったが、蔵人介は訴えに耳をかたむけた。

斬りかかることでしか、おのれの心情を相手に伝えられない。剣に縋《すが》る者の不器用さと実直さが好もしいと感じたからだ。

聞けば金沢の出身で、小野《おの》派一刀《いっとう》流と冨田《とだ》流の小太刀を修めたという。

初太刀でみせた上段の面割りは、一刀流の斬りおとしに冨田流の片手打ちを合わせ、独自に工夫したものらしかった。

よほど馬が合ったというしかない。

蔵人介はその足で杉内を『加賀屋』へ連れこみ、治部煮を食べさせながら身の上話まで聞いた。

半年前、浪々の身で故郷の金沢から江戸へ出てきてから、芝口《しばぐち》の裏長屋に身を寄せている。じつは、愛妻を労咳《ろうがい》で亡くしたばかりだと告げられ、放っておけない気持ちになった。

とはいうものの、幕臣に推挙するほどの伝手《つて》はない。役高二百俵の毒味役にできることは、剣術談議くらいのものだ。それでも、おもいがけず、楽しいひとときを過ごすことができた。

「矢背さまのおかげで、生きる希望が湧いてまいりました。さりとて、図々しくまとわりついて嫌われたくはありませぬ。年に一度でかまいませぬゆえ、来年も同じ日にこの見世で逢ってはいただけませぬか」

杉内に頭を下げられ、蔵人介は快諾した。

今にしておもえば、酔いも手伝っていたのかもしれない。

丸一年が経ち、約束どおりに『加賀屋』で再会したとき、杉内中馬は何と幕臣になっていた。

伝手を頼って鉄砲玉薬奉行《てっぽうたまぐすりぶぎょう》配下の同心となり、数日前から千駄ケ谷《せんだがや》の煙硝蔵《えんしょうぐら》に詰めているという。四谷大木戸からも歩いてすぐのところだ。驚きを禁じ得ぬまま、故郷の酒と料理で祝ってやると、杉内は「幕臣として、もう一度生きなおしてみたい」と、涙ながらに漏らした。

明け方まで呑みかわしたのをおぼえている。

そして、三度目となる今日がやってきた。

蔵人介は「友と呑む」と幸恵に告げて自邸をあとにし、逸《はや》る気持ちを抑えるのに苦労しながら四谷大木戸へたどりついた。

約束の刻限まで、まだ小半刻ほどある。

異変が起こったのは、細かい雪が霙《みぞれ》に変わったときのことだった。


——どどん。


凄まじい爆裂音とともに、突如、地面がぐらついた。

「うわああ」

逃げまどう人の流れに逆らって、蔵人介は南の方角へ駆けだした。

大番《おおばん》組の組屋敷が軒を並べる遥かさきに、黒煙がもくもくと立ちのぼっている。

「御煙硝蔵じゃ、火薬蔵が燃えよったぞ」

其処此処《そここ》で野次馬が叫んでいる。

心ノ臓が飛びださんばかりになった。

江戸府内の幕府煙硝蔵は、この千駄ヶ谷と世田谷《せたがや》村の和泉新田《いずみしんでん》にしかない。そのうちのひとつが爆発すれば、損害は甚大《じんだい》なものとなる。もちろん、危惧《きぐ》すべきは火薬が失われることよりも、人命が失われることだ。

煙硝蔵の番小屋には、今宵の再々会を約束した杉内中馬が詰めている。

「番小屋を出ておればよいが」

蔵人介は、最悪の事態を頭に浮かべた。

——どん、どん、どん。

爆裂音が腹に響いてくる。

人の波を掻きわけて進むと、臙脂《えんじ》色の火柱もみえてきた。

周囲に火の手が及べば、炎は強風に煽《あお》られて瞬《またた》く間に一帯を燃やしつくすにちがいない。風向きによっては外濠を乗りこえ、外桜田《そとさくらだ》の大名屋敷群を呑みこみ、勢いに乗って内濠を越えてしまえば、千代田城が灰燼《かいじん》に帰《き》さぬともかぎらなかった。

「くそっ」

蔵人介は駆けつづけ、どうにか煙硝蔵の門前へたどりついた。

刺し子半纏《はんてん》の定火消《じょうびけ》したちが延焼を避けるべく、火の粉を浴びる隣の屋敷を鳶口《とびぐち》で懸命に壊している。

「急げ、後ろをみるな」

火消したちの背後では、堅固《けんご》なはずの煙硝蔵が粉微塵《こなみじん》に吹っとんでいた。

まさに、命懸けのはたらきだ。その甲斐あって、延焼は食いとめられている。

煙硝蔵の敷地は広く、石垣にぐるりと囲まれていた。火種となる草木は植わっておらず、何棟かある蔵同士もわざと離して建ててあり、すべての蔵が損壊しているわけではなかった。

「風向きが坤《ひつじさる》に変わったぞ。まわれ、まわりこめ」

火消したちがめざす南西の一角には、こんもりとした寂光寺《じゃっこうじ》の杜《もり》があった。いざとなれば、古木《き》を伐らねばならぬ。あるいは、本堂の屋根を引っぺがす必要にも迫られようが、そのような罰《ばち》当たりなことができる者はおるまい。

蔵人介も火消したちと同様、風向きが変わるのを祈った。

――どどん。

またひとつ、新たな煙硝蔵が粉微塵に吹っとぶ。

蔵人介は爆風を避け、黄梅《おうばい》の枝が垂れた石垣の陰に身を寄せた。

猛火は渦を巻いて立ちのぼり、細長い番小屋を舐めつくしている。

炎に包まれた番小屋から、平役人がひとり這いだしてきた。

蔵人介は目敏《めざと》くみつけ、大声を張りあげる。

「人がおるぞ。あそこだ。戸板を持て」

「おう」

応じた若い衆を率いて、死地へ身を投じた。

別の蔵がいつ爆発するともかぎらない。無謀な行動だが、止めだてする者もいなかった。

全身に火傷《やけど》を負った平役人を助け、戸板のうえに乗せる。

焼けただれた顔を覗いたが、杉内ではなかった。

「運べ、門の外に運びだせ」

小者《こもの》たちに指示を出し、蔵人介は炎に包まれた番小屋に近づこうとする。

「杉内、杉内中馬はおらぬか」

大声で叫びかけると、崩れかけた番小屋からまたひとり、黒焦げになった人影が飛びだしてきた。

「ひゃああ」

もはや、誰の悲鳴かもわからない。

――どどん。

新たな蔵が炸裂し、凄まじい爆風が襲ってくる。

蔵人介は地べたに身を伏せた。

舞いあがる塵芥《じんかい》のせいで、目を開けることもできない。

鼓膜《こまく》を損傷したのか、耳がよく聞こえなくなった。

気づいてみれば、両腕を火消したちに支えられ、門の外へ引きずりだされていた。

「あんた、無茶はやめてくれ」

叱られて力無くうなだれ、最初に戸板のうえに乗せた平役人に近づく。

「もういけねえ」

付き添いの中間《ちゅうげん》が首を横に振った。

平役人は虫の息だ。

「おい、しっかりせい。杉内中馬を知らぬか」

肩を揺すって問いかけても、こたえる余力は残っていない。

突如、平役人が眸子《まなこ》を瞠《みは》った。

「ん、どうした」

口許に耳を寄せてみる。

「……や、やられた」

それが、いまわのことばとなった。

平役人は空《くう》を摑み、こときれてしまう。

やられたとは、いったい、どういうことだ。

爆破は過失にあらず、誰かが意図してやったことだとでも言いたかったのか。

憶測をめぐらせていると、背後に殺気が迫った。

振りむけば、陣笠の侍が立っている。

「おぬし、そこで何をしておる」

誰何《すいか》されても応じずにいると、陣笠侍は居丈高《いたけだか》に吼《ほ》えた。

「わしは鉄砲玉薬奉行の野呂三右衛門《のろさんえもん》じゃ。怪しいやつめ、名乗らねば縄を打つぞ」

詮方なく、蔵人介は口を開いた。

「矢背蔵人介と申します」

「幕臣か」

「いかにも」

「お役は」

「本丸の御膳奉行にござる」

「役高二百俵の毒味役か。それならば、わしのほうが格上じゃ。何故《なにゆえ》、かようなところにおるのか、しかとこたえよ」

「知りあいを捜しておりました。杉内中馬と申します」

「杉内なれば、あきらめるがよい。今し方まで小屋で番をしておったからな」

逃げおくれたはずだと断言し、野呂は燃えさかる番小屋に顎をしゃくった。

大惨事のわりには泰然としている。

すでに、腹を括《くく》ったのであろうか。

「理由なぞわからぬが、まっさきに吹っとんだのが番小屋じゃ。五人詰めておったはずじゃが、助かった者なぞおるまい。くそっ、何もかも灰燼に帰したわ」

吐きすてる野呂の口惜《くちお》しさは、とうてい理解し難いものだった。

亡くなった配下が漏らした「やられた」という台詞《せりふ》は、告げずにおいてやろう。

爆発の原因が判明しようとしまいと、煙硝蔵の守りを任された奉行は失態の責を負わねばならぬ。ことによったら、切腹の沙汰が下されよう。

いまや、黒煙は北へ流れはじめている。

どうやら、風向きが変わったようだ。

火消したちの尽力で、炎は下火になりつつあった。

「……杉内中馬よ、無念であったな」

煙硝蔵に配されたのが、不運のはじまりだったと言うしかない。

炭と化した番小屋に両手を合わせ、蔵人介は惨状に背を向けた。

二

三日後。

江戸城中奥《なかおく》、笹之間《ささのま》。

蔵人介は背筋を伸ばし、毒味の席に端座《たんざ》していた。

鼻筋のとおった見目《みめ》の良い風貌だが、ほとんど瞬きをしない切れ長の眸子のせいか、面と向かう者はかならず冷徹な印象を抱かされるという。

監視役として対座する桜木兵庫《さくらぎひょうご》も、内心では蔵人介を取っつきにくい厄介な男だとおもっているにちがいない。

毒味御用は佳境を迎えていた。

公方家慶《くぼういえよし》に供する初春の膳は鯛《たい》尽くし、刺し身や煮付けにくわえて、金沢生まれの包丁方がこしらえた「から蒸し」もある。背開きにした桜鯛のなかに、おからを詰めて蒸す。風味豊かな一品だった。

金沢と言えば、合鴨《あいがも》を実にした治部煮風の汁も見受けられる。

吉野葛《よしのくず》でとろみをつけたもので、熱いままでは毒味に難儀する汁だ。

ともかく、御膳所の連中はよほど公方に鯛を食べさせたいのか、月例《つきなみ》の吉日にしかお目に掛からぬはずの「尾頭付《おかしらつ》き」まで供されている。

蔵人介は懐紙で鼻と口を隠し、自前の杉箸で丹念に魚の骨を取りはじめた。

できるだけ原形を保ったまま、箸を巧みに使って身をほぐさねばならない。

頭、尾、鰭《ひれ》のかたちをほとんど変えぬ骨取りは、熟練を要する至難の業だ。

まさに「鬼役」と称される毒味役の鬼門である。

部屋の空気は張りつめ、しわぶきどころか、呼吸することさえも憚《はばか》られた。

相番の桜木も我慢している。

仏頂面《ぶっちょうづら》で黙った顔は、蝦蟇《がま》のようで恐い。

蔵人介は目もくれず、膳に気持ちを集中した。

毛髪はもちろん、睫毛の一本でも食べ物に落ちれば、叱責《しっせき》では済まされない。

抜き忘れた魚の小骨が公方の咽喉《のど》に刺さっただけでも、重い罪に問われてしまう。

「鬼役とはな、小骨ひとつで命をも落としかねぬ役目なのじゃ」

毒味のいろはを仕込んでくれた養父は、耳が胼胝《たこ》になるほど繰りかえした。

「無論、毒を啖《くろ》う危うさとも隣りあわせておる」

神経の磨《す》りへる役目にもかかわらず、役料は少なく、公式行事では布衣《ほい》も許されていない。

それでも、蔵人介は役目に誇りを持っていた。

出自は公方に御目見得《おめみえ》を許される旗本身分ではない。御天守番を務める御家人の家に生まれ、十一歳で毒味を家業にする矢背家の養子となり、十七歳で家禄三百俵足らずの跡目を継いだ。二十四歳で正式に毒味役となってから二十有余年ものあいだ、出仕の折はいつも首を抱いて平川《ひらかわ》御門から出る覚悟を決めている。

「武士が気骨《きこつ》を失った泰平の世にあって、命懸けのお役目なぞほかにない」

と、養父は言った。

「毒味御用は精進潔斎《しょうじんけっさい》して切腹の場にのぞむも同じ、生死の間境《まざかい》に身を置いて心を空《くう》にしなければならぬ」

おのれを明鏡止水《めいきょうしすい》の境地に導くために、蔵人介は毒味の際はいつも亡き先代の教訓を胸につぶやく。

「鬼役は毒を啖うてこそのお役目。河豚《ふぐ》毒に毒草に毒茸《きのこ》、なんでもござれ。死なば本望《ほんもう》と心得よ」

師と仰ぐ養父の教訓は、命を守る呪文でもある。

骨取りはとどこおりなく終わり、蔵人介は箸を措《お》いた。

つぎの瞬間、うっと声を漏らしそうになる。
差しこみだ。
尋常な腹の痛みではない。
桜木に気づかれぬよう、袖口を探る。
ない。いつも袖に忍ばせてある丸薬がない。
薬の代わりに唾を溜め、ごくりと呑みこんだ。
喉仏は上下させても、声は漏らさず、顔色も変えない。
痛みが少し和《やわ》らいだ。すぐに冷静さを取りもどす。
膳に並んだ料理を、片っ端から頭に浮かべてみた。
怪しいのは、一の膳で食した貝だ。
柱の太い、たいらぎ。
いや、ちがう。
食材が傷んでいたり、毒をふくんでおれば、たちどころにわかったはずだ。
わずかでも舌の痺《しび》れを感じれば、即刻、小納戸《こなんど》役に膳を下げよと命じている。
疲れのせいか。
昨晩遅く、人をひとり斬った。

公金の横領に手を染めた地位のある幕臣だ。

御小姓組番頭《おこしょうぐみばんがしら》の橘《たちばな》右近《うこん》に刺客《しかく》働きを命じられ、悪事の裏もきっちり取った。

罪を白日のもとに晒《さら》せば、公儀の権威が損なわれる。

闇から闇に葬るしかなかった。

「奸臣《かんしん》どもの悪事不正を一刀両断にすべし」

養父から受けついだのは、毒味御用だけではない。

毒味が表の役目ならば、暗殺は裏の役目であった。

表裏合わせて遅滞なく遂行することが、鬼役に課された役目と心得ている。

しかし、たとい相手が悪辣《あくらつ》非道《ひどう》な輩であっても、人を斬るのは酷な試練だ。

ともすれば、背負いこんだ業《ごう》の重さに潰されかねない。

桜木兵庫が、饅頭のような顔をぬっと寄せてきた。

「あいかわらず、見事なお手並みでござるな」

肥えた顔もからだつきも、およそ鬼役に似つかわしくない。

しかも、噂好きのお喋り野郎とくれば、馬が合うはずもなかった。

「焼けた御煙硝蔵の後日談、矢背どのはご存じであろうか。鉄砲玉薬奉行の野呂三右衛門が何と、行方をくらましたそうな」

「まことでござるか」

「ふふ、おおかた、腹を切るのが恐ろしくなったのでござろう」

桜木は蔵人介が動揺したとみるや、得たりとばかりにほくそ笑む。

「野呂家は改易《かいえき》、親類縁者も無事では済みますまい。臆病者ひとりのせいで、由緒ある旗本の家名が武鑑《ぶかん》から消えるのでござるよ」

皮肉めいた喋りを聞いていると、腹のほうがまた痛みだす。

蔵人介は耐えがたい痛みに耐え、笹之間から出て厠《かわや》へ急いだ。

用を足すとかなり改善はしたものの、治まったわけではない。

――どん、どん、どん。

太鼓の音が腹に響いた。

老中たちの登城を促す四つ刻（午前十時）の太鼓だ。

宿直《とのい》明けの蔵人介はようやく下城を許され、雪雲の垂れこめた空のように、晴れない気分で城外へ出た。

帰路である桜田御門へは向かわず、和田倉《わだくら》御門から辰《たつ》ノ口《くち》へ抜け、道三堀《どうさんぼり》に沿って呉服《ごふく》橋御門へと進む。さらに、濠を足許にしながら橋を渡り、日本橋《にほんばし》川に架かる一石《いっこく》橋をも渡って、日本橋の目抜き通りにやってきた。

足早に向かったさきは、本町《ほんちよう》二丁目の一角だ。

薬問屋が軒を並べ、生薬《しようやく》の匂いが漂っている。

蔵人介は半丁ほど進んで足を止めた。

浮世絵の飾られた薬屋の店先だ。

屋根看板を見上げれば『式亭正舗《しきていせいほ》』とある。

主人は式亭小三馬《こさんば》、もう亡くなってしまったが、先代の三馬は滑稽本の『浮世風呂』を著した著名な物書きだった。薬屋のほうが本業で、腹薬の『金勢丸《きんせいがん》』と婦人の病に効く『天女丸《てんにょがん》』を売っている。息子の代になってから商売はひろがりをみせ、書肆《しよし》をも兼ねた店内には大勢の客が集まってきた。

紺暖簾《のれん》を振りわけると、顔見知りの丁稚《でつち》が笑みを残して奥へ引っこむ。

押っ取り刀であらわれた小肥りの人物こそ、主人の小三馬にほかならない。

「これはこれは、矢背のお殿さま、お久しぶりでござります」

「ふむ、息災《そくさい》にしておったか」

「それはもう、息災だけが取り柄のようなもので。ささ、どうぞなかへ」

「いや、ここでよい」

蔵人介は大小を鞘ごと抜き、上がり框《かまち》の隅に腰を降ろす。

丁稚が機転を利かせ、番茶を淹《い》れてくれた。

「ご主人、さっそくだが、例のものはあるか」

おもむろに尋ねると、小三馬は袖口に手を差しいれる。

「ござりますとも。これに」

取りだした奉書紙《ほうしょがみ》には、小指大の黒いかたまりが包んであった。

「木曾《きそ》産の熊《くま》の胆《い》にござります」

「ふむ、ひとけずり所望《しょもう》したい」

「かしこまりました」

手際よく削った断片を掌《てのひら》で貰いうけ、ぺろっと舐める。

苦い。

おもわず、顔がゆがむ。

腹の痛みは、嘘のように消えた。

「お殿さまが差しこみとは、おめずらしいことにござりますな」

「わしとて人の子、腹痛も起こす」

「なるほど、鬼役さまも人の子でござりましたか。あは、あはは」

小三馬はさも可笑《おか》しげに笑い、小指大の熊の胆を奉書紙にくるんで差しだす。

もちろん、只ではない。代金は節季《せっき》に払う。

小指大の切片《かけら》が、何と一両もする。朝鮮人参よりも高い。

ただし、鬼役にとっては金棒にも匹敵する万能薬であった。

小三馬に礼を言ったあとも店に留まり、棚に並んだ珍しい書物をしばらく眺めて過ごす。

別段、何を買うわけでもない。本の匂いを嗅ぎたいだけだ。

紙屑同然の草双紙《くさぞうし》から立派な装丁《そうてい》の合巻《ごうかん》まで、店には何でも揃っている。

先代の式亭三馬が集めた蔵書を裏の蔵から小出しにして並べているので、足を運ぶたびに新たな発見があった。

本好きな鐵太郎を連れてくれば、垂涎《すいぜん》の面持ちをしてみせるだろう。

あれもこれも欲しがるにちがいないので、店のことは内緒にしていた。

「もうすぐ、『南総里見八犬伝《なんそうさとみはっけんでん》』の九十六巻目が出ますぞ」

主人の小三馬が、金持ちそうな町人に宣伝している。

曲亭馬琴《きょくていばきん》が二十六年前に書きはじめた『南総里見八犬伝』は、九十八巻で完結する見込みだった。馬琴は目がほとんどみえず、死んだ息子の嫁に口述で筆記をさせている。そうした噂とも相俟《あいま》って、高価な読本《よみほん》を待つ連中はけっこういるらしい。

蔵人介は棚の上に『砲術全書』なる表紙をみつけ、何気なく右手を伸ばす。

そこへ、影のように近づいてきた者があった。

「それは良い本にござりますぞ」

声に振りかえれば、細面に口髭を生やした月代侍《さかやき》が佇《たたず》んでいる。

「ご無礼つかまつった。それがし、佐々部平内《ささべへいない》と申します。加賀前田家の書物調《しょもつしらべ》奉行を務めておりましてな」

なるほど、書物調奉行ならば、この店に居てもおかしくはない。

蔵人介は目顔で促され、仕方なく名乗りをあげた。

「拙者は矢背蔵人介、本丸の御膳奉行でござる」

「公方さまのお毒味役であらせられるか」

「いかにも」

「それは、おみそれいたしました。なれど、砲術にご興味のあるお毒味役は稀にござりましょうな」

「砲術書を求めにきたのではござらぬ。腹薬を求めにまいりました」

「たしかに、ここは薬を商う店でもござる。いやはや、面白い本が置いてあるので、うっかり薬のことを失念しておりました」

佐々部は月代を指で掻き、屈託のない笑い声をあげる。
そして、軽くお辞儀をすると、そそくさと去っていった。
蔵人介も敷居の外へ出て、佐々部と反対の方角に歩きだす。
大路の雪はすっかり解けたが、陽の当たらぬ脇道にはまだ雪が残っていた。
深紅の花を咲かせる椿《つばき》の枝に、雀たちが集まってくる。
あいかわらず、空は鉛色の雲に閉ざされていた。
北風に頬を嬲《なぶ》られ、着物の襟を引きよせる。
蔵人介は小走りに大路を横切り、一石橋のほうへ戻っていった。

三

翌日、御納戸町の自邸に、義弟の綾辻市之進《あやつじいちのしん》が妻子を連れて遊びにきた。
二歳を過ぎたばかりの娘は名を幸《さち》と言い、伝い歩きをするようになったばかりだが、まだ乳離れはできていない。母の錦《にしき》は何か困ったことがあると、子育ての先達でもある幸恵のもとへやってくる。ただし、親子三人で来るのは正月以来のことだ。

「幸は市之進のことを『てて、てて』と呼ぶそうです」

幸恵は姪がよほど可愛いらしく、目尻を下げっぱなしにしている。

蔵人介は市之進を自室に招き、幸恵の淹れた煎茶をすすめた。

一家の長としての風格さえ感じさせるようになった義弟は、湯呑みをかたむけ、白い湯気とともに息を吐く。

「先だって参ったときは、福寿草《ふくじゅそう》が咲いておりましたな」

「あれは枯れた。今は金縷梅《まんさく》だ」

「なるほど」

庭の片隅に植えた金縷梅の幹はまだ細いが、四弁の花をしっかりと咲かせている。

「黄金の花と申せば、御煙硝蔵を囲む石垣の狭間から黄梅《おうばい》の枝が垂れておりました」

蔵人介は湯呑みを置き、ぎろりと市之進を睨んだ。

「おぬし、千駄ヶ谷の焼け跡に足を運んだのか」

「恐いお顔をなされますな。それもお役目にござる」

発した途端に市之進は、幕臣の悪事不正を調べる徒目付《かちめつけ》の顔になった。

たしかに言われてみれば、煙硝蔵の爆破は目付筋の関わるべき出来事かもしれない。

蔵人介は戸板の上で亡くなった平役人が「やられた」と漏らしたのをおもいだした。

「何せ、爆破に関わったとみられる鉄砲玉薬奉行が失踪しておりましたからな」

市之進のことばに、蔵人介は首をかしげる。

「奉行がみつかったのか」

「ええ、みつかりましたよ」

「どうした。浮かぬ顔ではないか」

「昨夜遅く、屍骸《むくろ》でみつかったのです」

「何だと」

奉行の野呂三右衛門は、品川《しながわ》の旅籠《はたご》に泊まっているところを何者かに襲われた。

面割りの一刀で絶命していたらしい。

「上方《かみがた》に逃れる腹だったのでございましょう。野呂のやつ、岡場所の女郎を部屋に引っぱりこんでおりましてな、女郎が一部始終をみておりました。とは申すものの、寝込みを襲われたうえに暗がりだったこともあり、下手人の顔までは目にしておりませぬ。いずれにしろ、腕の立つ侍でございます」

「そやつ、女郎を斬らずに去ったのか」

「無益な殺生《せっしょう》は避けたのでございましょう」

市之進は冷静な口調で言い、意味ありげな笑みを浮かべた。

「下手人が誰かはさておき、野呂が命を落とした理由はわからぬでもありませぬ」

蔵人介は妙な感じを抱いた。徒目付たちは筆頭目付である鳥居耀蔵《とりいようぞう》のもと、隠密御用に勤《いそ》しんでいる。家人や親類縁者にも「役目で知り得た内容を打ちあけてはならぬ」と厳命されており、市之進みずから野呂三右衛門が殺《あや》められた理由を語ることはあり得なかった。

何か裏があるとしかおもえない。

「ともあれ、聞こうか」

「されば」

市之進は冷めた茶をふくみ、渇いた口を潤す。

そして、耳を疑うような台詞を吐いた。

「野呂は火薬の横流しをしておりました」

「えっ、まことかそれは」

「まちがいございませぬ」

横流しをしていたさきは『三国屋《みくに》』という花火問屋で、従前から不正を嗅ぎとっていた手代が密訴したのだという。

手代は裏帳簿も携えてきたので、訴えは信用に足るものだった。

さっそく花火問屋の主人を捕まえて責め苦を与えたところ、奉行の野呂と共謀しておこなった悪事のからくりを洗いざらい喋った。

そうしたさなか、品川宿で野呂の斬殺死体がみつかったのだ。

「悪事不正を隠蔽《いんぺい》すべく、花火屋が刺客を放ったのではないか。当初はそうした疑いも抱きました。されど、どうもちがう。花火屋は刺客を雇うほどの性根《しようね》を持ちあわせておりませぬ」

「野呂が殺められた理由は、火薬の横流しと関わりがないと申すのか」

「わかりませぬ。ただ、ほかにも理由はあろうかと」

「爆破か」

「ま、そういうことになりましょうな。義兄上《あにうえ》もあの日、御煙硝蔵におられたのでござろう。義兄上が野呂に誰何《すいか》されたのを、小者たちが聞いておりましたぞ」

「たしかに、惨状のなかにおった」

戸板の上でことされた平役人が「やられた」と、いまわに漏らしたのを聞いたのだ。

「仰せのとおり、過失でないことはあきらかです。何せ、まっさきに吹っとんだのは番小屋でしたからね」

「爆発は野呂の仕業かもしれぬと申すのか」

「そうとも言いきれませぬ。たしかに怪しくはありますが、爆破する理由が今ひとつ判然としない」

「横流しがばれそうになり、切羽《せっぱ》詰まってやったのかもしれませぬぞ」

「無理筋でござりましょう」

「おぬし、何が言いたいのだ」

蔵人介が眉をひそめると、市之進は膝を躙《にじ》りよせてきた。

「じつは、番小屋にあるべき平役人の屍骸がひとつ消えておりました」

野呂も言っていたとおり、炭と化した番小屋には五人の平役人が詰めていた。蔵人介は番小屋の外で、そのうちのふたりが死んだのをみている。となれば、番小屋の内から黒焦げの屍骸は三体みつからねばならぬ。が、みつかったのは二体だけだった。

「野呂のほかに、難を逃れた者がもうひとりおりました。そやつが爆破の下手人である公算は大きい」

蔵人介の脳裏には、浅黒い顔の人物が浮かんでいた。

「杉内中馬」

と、市之進がさきに吐きすてる。

「義兄上もよくご存じかと。以前それがしに『年に一度しか会わぬ友がいる』と、杉内どののことをはなしておられましたからな」

「番小屋から消えたのが杉内中馬だという証拠《あかし》は」

「みつかった遺体は黒焦げゆえ、確かめる手だてはござりませぬ。ただ、ほかのふたりは素姓もしっかりしており、悪事に手を染めるような人物ではない」

「おぬし、杉内が浪人あがりゆえに、疑っておるのか」

「疑わざるを得ませぬ。たしか、杉内どのは小野派一刀流のほかに冨田流の小太刀も修めておりましたな。小太刀ならば、狭い部屋でも面割りの一撃を繰りだすことができましょう」

「何が言いたい」

「杉内どのは、奉行の野呂に爆破の下手人であることを悟られた。それゆえ、亡きものにしたという筋書きも考えられます。お訪ねした理由をご理解いただけましたか。義兄上、杉内中馬の立ちまわりそうなさきをご存じなら、それがしにお教え願いたい」

緊迫した静寂が流れ、蔵人介は吐きすてた。

「知らぬ。杉内が住んでおった長屋以外はな」

「芝口の裏長屋ならば、調べてまいりました。何ひとつ痕跡はみつかりませなんだ。ただし、こののち立ちまわりそうなさきが、ひとつだけござります。義兄上は、杉内どのに血を分けた妹がおるのをご存じか」

「いいや、知らぬ」

汐留橋《しおどめ》のそばにある『潮屋《うしお》』なる干鰯《ほしか》問屋に嫁《か》しているという。

本心から驚いてみせると、市之進は溜息を吐《つ》いた。

「親しいと仰《おつしや》るわりには、肝心なことをご存じないようだ」

「生意気な口を叩くでない。杉内中馬のことは、鳥居さまもご存じなのか」

「無論にござる。それがしは義兄上のことを案じて、申しあげているのです。杉内中馬が爆破の下手人だとすれば、義兄上にも火の粉が飛んでこないとはかぎりませぬ。会っていたのが年に一度とは申せ、今のところ、義兄上のほかに杉内と親しくしていた者はみあたりませぬからな。ともあれ、どう裁くかは鳥居さまのご裁量ひとつ。無論、配下にそれがしがおるかぎり、厳しいご詮議はないものとおもわれますが、万が一のことも考慮しておかねばなりませぬ」

目付筋に尋問されたくなければ、杉内の探索に協力しろとでも言いたげだ。

「杉内中馬は、きっと生きておりますぞ。従者の串部《くしべ》に命じて、干鰯問屋を張りこませるのも一手かと」

「偉そうに。おぬしの指図は受けぬわ」

蔵人介は、めずらしく声を荒らげた。

「ご随意に」

市之進が冷たく言いはなったところへ、幸恵が姪の幸を連れてくる。

「ほうら、ててのところへお行き」

幸は嬉しそうに両手を持ちあげ、父親の膝に抱かれていった。

市之進は目尻を下げ、無垢《むく》な娘を舐めるように可愛がる。

蔵人介はぷいと横を向き、庭の金縷梅に目をやった。

肥えた鵯《ひよどり》が飛んできて、花穂を突っつきはじめる。

「しっ」

乱暴に手を振って鵯を追うと、幸が恐がって泣きだした。

「あら、困ったお殿さまでございますね」
幸恵に叱られても、蔵人介の表情は曇ったままだ。
公儀の煙硝蔵を爆破するには、命懸けの理由が要る。
どう考えても、苦労のすえに幕臣となった杉内が関わったとはおもえない。
一方、奉行の野呂三右衛門が爆破したとする理由も今は説明できなかった。
いずれにしろ、杉内には生きていてほしい。
再々会を果たし、知っているのなら、爆破の真相を聞きたかった。
このたびの凶事には、何か予想もできぬ秘密が隠されているような気もする。
市之進に煽られずとも、杉内中馬は是が非でもこの手で捜しださねばなるまい。
子をあやす義弟をみつめながら、蔵人介は胸に言い聞かせた。

四

その日の晩から三日のあいだ、従者の串部六郎太《ろくろうた》をともない、汐留橋の南詰めにある干鰯問屋を張りこんだ。
串部は並の従者ではない。臑斬《すねぎ》りを本旨《ほんし》とする柳剛《りゅうごう》流の達人で、鬼役に課された裏の役目を知る男だ。右腕となり、悪辣非道な輩を成敗《せいばい》してきた。ともに業を背負った絆は固い。

串部は張りこむだけでなく、着々と調べのほうもすすめていた。

「義弟どのの仰るとおり、潮屋の女房は杉内中馬の妹にござりました」

名はみつ、今から二年ほどまえ、兄を頼って金沢から江戸へ出てきた。住んでいた裏長屋の大家に『潮屋』を紹介され、下働きとして働いていたところ、内儀を病気で亡くしていた主人に運良く見初《みそ》められ、玉の輿《こし》におさまったのだ。

そのあたりの経緯《いきさつ》を、串部は出入りの行商から聞きだしていた。

「脅したのではありませぬぞ。酒を呑ましてやったのでござる」

行商の口が重かった理由は、おみつの連れ子にあったという。

「五つになる娘で、名はみよと申します。行商によれば、度量の広い主人が養女に迎えたそうで」

このはなしには、つづきがあった。

串部は汐留橋と隣り合わせた芝口の裏長屋も訪ねていた。杉内が浪人のころに住んでいたところだ。

「妙なことがわかりました。杉内中馬は部屋を借りていた当初、病弱な妻と幼い娘の三人で暮らしていたそうです」

ところが、妻はほどなくして労咳で亡くなり、娘も誰かに貰われていったという。

「娘がおったのか」

蔵人介はあらためて、杉内について多くを知らないことに気づかされた。

「その娘、おみよと呼ばれていたそうで。おそらく、妹の連れ子かと」

「育てられなくなった娘を、妹に預けたのだな」

「まちがいありませんな。潮屋の養女に迎えられたのは、杉内中馬の娘でございます」

干鰯問屋に雇われた奉公人たちのはなしでは、杉内と風体の似通った侍が薬売りに身を窶《やつ》し、節句になるとかならず紙風船を携えて店を訪ねてくるという。

「紙風船」

「娘への土産にござりましょう」

それほど未練があるのなら、やはり、杉内はここにあらわれる公算が大きい。

「義弟どのの読みは当たっていようかと。にしても、何故、ご自分で張りこもうとなさらぬのでしょうな」

「忙しいのさ」

近海に異国船が頻繁にあらわれるようになってから、海防の重要さを説く者や開港を叫ぶ者が目立ちはじめた。たとえば、鐡太郎が出入りしていた尚歯会《しょうしかい》などにも、幕府の掲げる異国船打払の方針に異を唱える蘭学者たちがいるらしい。

「蘭学者ばかりではない。渡辺《わたなべ》登《のぼる》と申す田原《たわら》藩の家老なども、率先して異国の脅威を説いておるとか」

ともあれ、近頃はご政道に嘴《くちばし》を挟む不穏な輩が増えたので、公儀の役人たちはあらゆる方面に目を光らせねばならぬ。市之進が目付配下の中堅役人として、多くの厄介事を抱えているのは事実だった。

「それで、殿に張りこみのお鉢がまわってきたと」

「よいのさ。みずからの意志でやっていることだ」

「杉内中馬なる者に、それほどまで執着なさるとは。二年で二度しか会っておられぬ相手なのに」

いっしょに過ごした日数なぞ、どうでもよい。要は、馬が合うかどうか。それは出遭った刹那《せつな》にわかることだ。

ただし、杉内が爆破の下手人なら、友と公言したことを悔いねばなるまい。

何せ、死人を出している。四人の同役を死なせたとなれば、どのような理由があろうとも許すわけにはいかなかった。

　串部は沈みゆく夕陽に眸子を細め、慰めのことばを漏らす。

「まだ下手人ときまったわけではありませぬ。下手人でないとすれば、何らかの秘密を抱えていたことになりましょう。さもなければ、番小屋からすがたを消す理由など、ないのですからな」

「おぬしの言うとおりだ。秘密を抱えておるようなら、杉内本人の口から聞きださねばならぬ。万が一、窮地に陥っているようなら、手を差しのべてやらねばなるまい」

「さすがでござる。殿は冷徹にみえて、そのじつ、情に厚い。拙者もそれゆえ、容易に離れられぬのでござるよ」

　給金が年に四両二分《ぶ》でも、串部は矢背家の用人として十年以上も仕えている。武骨な男はみずからの発したことばに何故か感極まり、涙まで拭ってみせた。

「何も泣くことはあるまい」

「泣いてなどおりませぬ。夕陽が目に滲《し》みるのでござる」

「ぷっ、緞帳《どんちょう》芝居の観すぎではないのか」

　台詞が臭すぎて、失笑しか出てこない。

やがて、夕陽は沈み、あたりは暗くなった。
板戸も閉められた店先へ、町人髷《まげ》の男がやってくる。
痩せてひょろ長く、顔に痘痕《あばた》があった。
あたりをきょろきょろみまわし、不審な動きをしてみせる。
「怪しいな」
と、串部もつぶやいた。
男はあきらかに、干鰯問屋の様子を窺《うかが》っている。
こちらと同じく、狙う獲物は杉内中馬にちがいない。
男はしばらく店先をぶらつき、新橋《しんばし》のほうへ去っていった。
蔵人介は串部を物陰に残し、遠ざかる背中を慎重に追いかける。
新橋を小走りに渡ると、男は出雲町《いずもちよう》の道端で辻駕籠《つじかご》を拾った。
「あん、ほう。あん、ほう」
客を乗せた駕籠は、東海道を北へ向かう。
駕籠かきの足は速い。
蔵人介は裾《すそ》を端折《はしよ》って走らねばならず、串部に追わせなかったことを悔やんだ。
辻駕籠は銀座《ぎんざ》を抜け、京橋《きようばし》をも渡って、まっすぐ日本橋へ向かう。

さらに、日本橋を陣風となって突っ切り、十軒店《じっけんだな》から神田《かんだ》へ進んだ。

「まいったな」

息があがってくる。

辻駕籠は神田川に架かる昌平橋《しょうへい》をも渡り、こんどは中山道《なかせんどう》に沿って湯島《ゆしま》坂を上りはじめた。

そのまま五丁ばかり進むと、右手に高い海鼠塀《なまこ》がみえてくる。

窓の無い表長屋が途切れたさきに、忽然《こつぜん》と門があらわれた。

左右に破風《はふ》屋根の番小屋をしたがえた豪壮な放れ門だ。

放れ門は、十万石以上の大名にしか建造が許されていない。

門の向こうに聳《そび》える御殿は、十万石どころか、百万石余りを誇る加賀前田家の上屋敷だった。

八万八千坪を超える敷地には殿舎《でんしゃ》が何棟もあり、育徳園《いくとくえん》と名付けられた庭園には心字池《しんじいけ》という大きな池や馬場が隣接している。御殿の南北に配された長屋群には、三千人におよぶ勤番藩士や中間・小者などが依拠していた。作事方《さくじかた》役所や土蔵群もあれば、加賀鳶として知られる火消人足の詰所や罪人を拘束する牢屋まであるらしい。

表門からさらに進むと、朱塗りの放れ門があらわれた。赤門《あかもん》である。

今から十二年前、徳川将軍家から嫁いだ溶姫《ようひめ》のために建てられた。

辻駕籠は赤門の前を通りすぎ、中山道を挟んで左手の道端で止まる。

駕籠から降りた男は菊坂台町《きくざかだいまち》へ向かい、商家の脇道へ消えていった。

金箔《きんぱく》で縁取られた屋根看板には『越中屋』とある。

紺の幟《のぼり》には白抜きで「反魂丹」と書かれていた。

反魂丹《はんごんたん》とは富山《とやま》藩の屋台骨を支える売薬のことだ。大黄《だいおう》、千振《せんぶり》、陳皮《ちんぴ》などのほかに、少量の熊胆《ゆうたん》が配合されている。江戸庶民にも馴染みの深い腹薬にほかならず、本来は店売りではなく、紺の大風呂敷を背負った越中《えっちゅう》富山の薬売りが全国津々浦々の家々を経巡って「置き売り」に行く。

代金を取らず、丸薬のはいった袋だけを置いていく。あとで代金を回収する「先《せん》用後利《ようこうり》」と称する商法だ。売薬行脚《あんぎゃ》の行商には、藩から関所御免の割札が発行される。子どもたちにも人気の秘密は、売薬土産に紙風船が貰えるからだ。

店売りとして名が通っているのは、芝田町《しばたまち》の『堺屋《さかいや》』である。

男が消えた『越中屋』も店売りで、看板には「富山藩御用達」の文字があった。

十万石の富山藩は加賀藩の支藩にほかならず、上屋敷は加賀藩の上屋敷と裏手で接している。加賀藩の第三代藩主前田利常《としつね》が隠居する際、次男の利次《としつぐ》に分封《ぶんぽう》して立藩された。富山藩が越中売薬に乗りだしたのは、同藩第二代藩主正甫《まさとし》のときだ。同じ石高《こくだか》の加賀藩の支藩である大聖寺《だいしょうじ》藩ともども、敷地は幕府から拝領されたものでなく、主藩の加賀藩から借りうけたものだった。

蔵人介は、串部のはなしをおもいだした。

杉内中馬は節句になると薬売りに化け、娘に会いにきていたという。

手土産の紙風船は、富山の薬売りが売薬土産に使うものかもしれない。

何故、薬売りに化けねばならなかったのか。

実父と知られてはならぬ娘への配慮であるとともに、世間の目をごまかす手管《てくだ》なのではなかろうか。

蔵人介の脳裏には「間者《かんじゃ》」という二文字が浮かんでいた。

もしかしたら、杉内は加賀藩か富山藩の間者だったのかもしれない。

考えてみれば、浪人身分の者が幕臣に取りたてられること自体、そうあるはなしではなかった。ただ、雄藩の間者として潜りこむのならば、伝手はいくらでもありそうな気もする。

いずれにしろ、薬屋の脇道に消えた痘痕面の男も、杉内中馬の行方を捜しているのであろう。

「杉内よ、おぬしはいったい、何者なのだ」

蔵人介は露地裏の闇をみつめ、胸に繰りかえし問いつづけた。

五

四日後、快晴。

如月十一日は初午《はつうま》、耳を澄ませば太鼓の音が賑やかに聞こえてくる。

稲荷《いなり》社には五色の幟《のぼり》が立ちならび、棟割《むねわり》長屋の木戸脇にも染幟がひるがえった。

家々の軒からは武者絵の描かれた行灯《あんどん》が吊りさがり、子どもたちは朱地に白抜き染めで「正一位稲荷大明神」と書かれた幟を掲げ、風のように走りまわっている。

「稲荷さんの御権化印十二銅おあげ」

笛や太鼓の音に合わせ、露地には子どもたちの歌声が響きわたった。

この日ばかりは堂々と、大人から銭や菓子を貰うことができるのだ。

稲荷社と言えば王子《おうじ》や妻恋《つまごい》が有名だが、市ヶ谷八幡宮のなかにある茶《ちゃ》ノ木《き》稲荷も参詣人の数では負けていない。眼病に効験《こうげん》があることでも知られており、目を患った老人やその家族が挙《こぞ》ってやってくる。

矢背家の面々も恒例の参拝に訪れた。

蔵人介は参道に溢れる人の波に揉まれながら、狐の石像を睨みつけている。

杉内中馬のことはつねに頭にあったが、しばしのあいだは忘れようとおもった。

「人が多すぎるのう」

一家を束ねる志乃が、辟易《へきえき》とした顔で吐きすてた。

幸恵と鐵太郎のほかに、先月から居候になった卯木卯三郎のすがたもある。

納戸《なんど》払方《はらいかた》を務めていた平役人の息子だが、事情《わけ》あって天涯孤独の身となり、蔵人介が隣人の誼《よしみ》で預かることにした。剣術の才に恵まれ、神道無念《しんとうむねん》流を指南する九段《くだん》坂下の練兵館《れんぺいかん》では、館長の斎藤《さいとう》弥九郎《やくろう》も一目置くほどの力量だ。胆力《たんりょく》もあり、粘り強さも備えている。年も十九と若く、何であれ仕込み甲斐のありそうな若者だった。

卯三郎は矢背家を継ぐ者の条件を備えている。本人が望むのであれば、毒味のいろはを教えてもよいと、蔵人介は密かに考えていた。

それは卯三郎の亡き父卯左衛門《うざえもん》の望んだことでもある。卯左衛門は侍の矜持《きょうじ》を捨てきれず、不正に手を染めた上役に刃向かって憤死した。そのために卯木家は改易となったが、父の志を継いだ息子は生きのびた。卯三郎を一人前の侍に育てるのは、卯左衛門との約束だとおもっている。

毒味作法を指南し、いずれは鬼役に就かせる。

それは気骨ある隣人の遺言を成しとげることにほかならない。

ただし、伝授するのが毒味作法だけならば、これほど悩むこともなかった。

鬼役を継ぐ者には、暗殺御用という裏の役目も引きつがねばならぬ。

つまり、人斬りを教える必要があった。

はたして、十九の若者に罪業を背負わせることができるのかどうか、慎重に見極めねばならぬものと心得ている。

暗殺御用については、串部以外に矢背家のなかで知る者はいない。

ただ、志乃も幸恵も矢背家を継ぐ者は武芸に秀《ひい》でた者でなければならぬとおもっている。その点、実子の鐵太郎は難しい立場にあった。本人はあたりまえのように家を継ぐ気でいるものの、如何せん、剣術の才がない。それゆえ、蔵人介はいまだに毒味作法を指南できずにいる。

あっさりした性分の志乃は、早々とあきらめたようだった。

鐵太郎には毒味の才もなければ、剣術の才もない。才のない者に家を継がせるわけにはいかぬというのが、志乃の考え方だ。

無理もあるまい。矢背家は並の旗本とはちがう。根っ子は京洛北《らくほく》の八瀬《やせ》にあった。八瀬の民は八瀬童子《どうじ》とも称され、閻魔《えんま》王宮の使いにして大王の輿《こし》を担ぐ力者《りきしゃ》の末裔《まつえい》と言われている。朝廷との関わりも深く、男たちは代々皇族の輿を担ぐ役目に就き、五摂家《せっけ》筆頭の近衛《このえ》家にも庇護《ひご》されていた。

八瀬の民はまた、鬼の子孫であることを誇り、鬼を祀《まつ》ることでも知られている。戦国の御世には禁裏《きんり》の間諜《かんちょう》となり、闇の世では「天皇家の影法師」と畏怖《いふ》された。かの織田信長《おだのぶなが》でさえも、闇の族《うから》の底知れぬ能力を懼《おそ》れたという。

矢背家は、そうした八瀬童子の首長に連なる家柄であった。

女系ゆえに、先代も蔵人介も御家人出身の養子である。当主といえども、鬼の血を引く志乃の意志に逆らうことはできない。

ともあれ、堅固な意志と強靭《きょうじん》な力が無ければ、矢背家を継ぐことはできなかった。

したがって、志乃は気の優しい孫の鐵太郎ではなく、卯三郎のほうに期待を掛けている。居候を認めたのも、あわよくば養子に取ろうという下心があるからだ。

口には出さずとも、蔵人介にはわかる。

志乃に一抹の躊躇《ためら》いがあることも理解できた。

卯三郎が養子になって家督《かとく》を継ぐとなれば、当然、鐵太郎の居場所は無くなる。

母の幸恵はそれと察し、割りきれないおもいを抱いているようだが、当の鐵太郎は卯三郎のことを五つ年上の兄ができたと無邪気に喜んでいた。

血を分けた子に家を継がせず、別の者を養子に迎える道しかないのか。

蔵人介にも、当然、葛藤《かっとう》はある。

可愛い息子は、いつまでもそばに置いておきたかった。

だが、おそらく、それはかなうまい。

鐵太郎には、学問にたいする並々ならぬ情熱がある。

難しい書物を読む力もあれば、算勘《さんかん》や蘭語にも長《た》けていた。

矢背家を離れて一家を構え、そちらの方面で身を立てたほうが、むしろ、本人のためなのかもしれない。

さまざまな思惑が、参詣客の喧噪に紛れていく。

一行はお詣りを済ませ、参道をたどって鳥居の外へ出てきた。

門前には縁起物を売る床店が並び、こちらも人で賑わっている。

鐵太郎とともに素見《ひやか》していると、後ろから誰かに声を掛けられた。

「もし、鬼役どのではござらぬか」

振りむいたさきに、口髭を生やした侍が立っている。

腰に長い刀は無く、脇差《わきざし》だけが差してあった。

顔はおぼえているのだが、名が出てこない。

どこで会ったのかも失念してしまった。

「お忘れか。ほれ、日本橋本町二丁目の『式亭正舗』で」

「ああ、書物調奉行の」

「さよう、前田家家臣の佐々部平内でござる。妙なところでお会いしましたな。それがし、お役目ゆえか、このところ目が霞《かす》むようになったもので」

「それで、茶ノ木稲荷に」

「こちらは弘法《こうぼう》大師縁《ゆかり》の社《やしろ》。茶の木で目を突かれた白狐《びやっこ》の縁起に因《ちな》み、正月の三日間は福茶もたしなまず、茶断ちをいたしました。是非ともご効験を得られればとおもいましてな」

佐々部は穏和な笑みを浮かべ、鐵太郎のほうをみる。

「そちらは、ご子息であられるか」

「はい」

「ふうむ、聡明そうなお顔付きだ。きっと、大成いたすであろう。いや、申しわけございらぬ。拙者、ちと顔相《がんそう》をたしなむもので」

鐵太郎は訝《いぶか》しげな顔をしたが、蔵人介のほうは息子を褒《ほ》められて嬉しくないはずがない。

「こやつ、たいそうな本好きで」

うっかり口走ると、すかさず、佐々部が微笑む。

「それは重畳《ちようじよう》。これも何かの縁ゆえ、近いうちにわが藩邸へ遊びに来られぬか」

「まさか、本郷《ほんごう》の加賀藩邸に」

「さよう、自慢の書庫をご案内いたそう」

それを聞いた途端、鐵太郎は飛びあがらんばかりに喜んだ。

「ふほっ、その気になられたな。されば、あとはお父上のお許しを待つばかり」

蔵人介は曖昧《あいまい》に笑い、返答もできずにいる。

幕臣の身で雄藩の藩邸へおもむくには、それなりの段取りを踏まねばならぬからだ。

勝手気儘《きまま》におもむけば、間者の疑いを掛けられることもあるので、少なくとも御小姓組番頭の橘右近にだけは断っておくべきであろう。

それが面倒臭い。

「されば、いずれ」

佐々部はお辞儀をして背を向け、人の波に紛れていった。

「父上、せっかくのお誘いにござります。どうか、お許しを」

鐵太郎にせっつかれても、困惑するしかない。

「あの胡散《うさん》臭い男は何者じゃ」

志乃が縁起物の茶葉を求めつつ、唐突に尋ねてきた。

六

二日後。

加賀藩邸を訪ねる機会は、おもったよりも早く訪れた。

佐々部のほうで気を遣い、自邸に使者を寄こしてくれたのだ。

中奥の取りまとめ役でもある橘右近には、公人朝夕人《くにんちょうじゃくにん》の土田伝右衛門《つちだでんえもん》を介して報告した。後顧《こうこ》の憂《うれ》いは払拭できたはずだが、やはり、百万石の藩邸へ踏みこむことへの気後れは否めない。

一方、鐵太郎は興奮を抑えきれず、眸子を爛々と輝かせている。

ふたりは中山道をたどって、本郷の上屋敷まで足を運んできた。

「広うござりますな」

鐵太郎は感嘆する。

敷地の広さは八万八千坪余り、長さは南北で約五百四十間《けん》、東西で約三百二十間もあった。

窓の無い表長屋がどこまでもつづき、忽然と大御門が眼前にあらわれる。

「うおっ」

はじめて本郷に足を延ばした鐵太郎は、その威容に圧倒されてしまった。

威風堂々とした大御門は、蔵人介に日光東照宮《にっこうとうしょうぐう》の陽明門《ようめい》を連想させた。

さらに、鐵太郎の足を竦《すく》ませたのは、溶姫のために建造された赤門だ。

鮮やかな朱が陽光に映えている。

加賀藩の藩主は第十三代の斉泰《なりやす》公、三十手前の若い殿様だが、親政を敷いて藩政改革に取りくんでいるという。

十五で嫁した溶姫は二十七になった。大御所の家斉《いえなり》公が側室のお美代《みよ》の方《かた》に産ませた二十一女である。輿入れの日から、赤門は奥向きの表門を意味する御守殿門《ごしゅでんもん》と呼ばれ、溶姫は贅《ぜい》を尽くした御守殿のまんなかに鎮座していた。

犬千代《いぬちよ》と名付けられた嫡子は十歳になる。祖母にあたるお美代の方は、かつて千代田城の中奥で権勢をほしいままにした中野《なかの》碩翁《せきおう》の養女だ。碩翁の権勢が衰えるにしたがって、近頃はすっかり鳴りをひそめてしまったが、いまだ野心の残り火は燃やしているようだった。大奥の噂では、孫の犬千代を今将軍家慶公の継嗣《けいし》にさせるべく、虎視眈々《こしたんたん》と機会を窺っているらしい。

大奥の噂はともかく、溶姫も野心旺盛な実母の血を受けつぎ、前田家の奥向きで尊大にふるまっているという。お付きの女中も横柄《おうへい》で鼻持ちならない連中ばかりなので、藩士たちから顰蹙《ひんしゅく》を買っているとの噂も、蔵人介はよく耳にしていた。

将軍家と縁を結ぶことも良し悪しだと言う者は千代田の城内にも多いが、百万石の大所帯を維持するためには避けて通れぬ道であったにちがいない。

いずれにしろ、一介の鬼役には関わりのないことだ。

鐵太郎は赤門を見上げ、ぽかんと口を開けている。

もはや、お上《のぼ》りさんと同じだ。

「さあ、参ろう」

ふたりは門前を通りすぎ、しばらく進んで日光街道との追分《おいわけ》までやってきた。

右手に辻番があり、追分御門と称する門が開いている。

書物調奉行に指定された門は、加賀藩邸の北端にあった。

辻番にはなしは通っており、さっそく内へ踏みこんでみる。

敷地は水戸《みと》藩の中屋敷と接しており、塀の内側には勤番の藩士たちが起居する長屋が軒を並べていた。

家紋の剣梅鉢《けんうめばち》に因《ちな》んでか、梅の木が植わっている。

藩主や御台《みだい》の拠る御殿群は、遥か南に聳《そび》えていた。

御殿群をぐるりと囲むように勤番長屋が配された大名屋敷は、おそらく、徳川御三家を除けば加賀前田家くらいのものだろう。

期待はずれだなと、蔵人介はおもった。

豪壮な御殿や広大な育徳園を目にできると期待していたのだ。

そのあたりの心持ちを察してか、鐵太郎も淋しげにつぶやく。

「心字池の畔《ほとり》に植わる梅は、今が盛りでございましょうね」

目と鼻のさきにある絶景が愛《め》でられぬほど口惜しいこともない。

だが、鐵太郎には百万石の書庫をみるという目途《もくと》があるので、さほど落ちこんでもいないようだった。

番士に案内されたのは、納屋や土蔵の並ぶ一角だ。

番小屋があり、佐々部平内が待ちかまえていた。

「ようこそ、おいでくだされた」

親しげに両手をひろげ、笑顔で歓迎してくれる。

父子ともども恐縮し、さっそく蔵のひとつに導かれた。

「どうぞ、それがしの隠れ家にござる」

書庫であった。

湿気への配慮が行きとどいているせいか、黴《かび》臭さは少しも感じない。

土蔵造りの広い吹き抜けの平屋で、天井まで届く棚が幾重にも重なり、厚みのある書物が整然と並んでいる。

まっさきに目に止まったのは、須原《すはら》屋版の大名武鑑だ。
一、二巻は大名衆、三巻は御役人衆、四巻は千代田城の西御丸付、五巻は御三家方付というふうに、本来は五巻で一組のはずだが、棚ひとつ武鑑で占められている。
「須原屋版には、番頭《ばんがしら》までしか載っておりませぬ」

加賀藩の家臣団は一万石取りの年寄《としより》衆八家《はっか》を頂点にして、八家の者たちが就く家老や城代《じょうだい》や寺社奉行などの人持《ひともち》、組頭と物頭と三品《さんぴん》の士《し》からなる平士《へいし》、平士並、さらに、御目見得以下の与力、御歩《おかち》、御歩並、足軽《あしがる》、中間・小者といった身分が厳格に定められている。

それら家臣のすべてを載せるべく、書物調方が独自に纏《まと》めた代物《しろもの》らしかった。

「新たに召しかかえられる者もおれば、隠居する者も亡くなる者もおる。それらすべてを書き替え、しかも系図まで掲載するのは、並大抵の苦労ではござらぬ」

それを少人数でこつこつ繰りかえしているのだと、佐々部は胸を張る。

鐵太郎は小鼻を膨らませ、一言一句聞き漏らさぬように耳をかたむけた。

佐々部は棚と棚の狭間を歩き、蔵人介や鐵太郎が足を止めれば、書物を手に取って説いてくれる。

さらに、ふたりを地下へと案内した。

急な階段を下りると、襟を寄せたくなるほどひんやりとしている。

「寒うござろう。じつを申せば、床下が氷室《ひむろ》になっておりましてな」

「ほう、それは驚いた」

おもわず、蔵人介も嘆じてみせる。

「鬼役どのなら、ご存じでござろう。水無月《みなづき》の朔日《ついたち》、千代田城の上様に御献上申しあげるお氷は、書庫の地下に眠っているのでござるよ。氷室のおかげで湿気も免《まぬか》れる。まさに、一石二鳥《いっせきにちょう》とはこのこと」

「見事でござる」

地下にも棚は設《しつら》えてあった。天井は低いが、腰を屈《かが》める必要は無い。明かりは四隅の燈明《とうみょう》と、佐々部の持つ龕灯《がんどう》だけなので、不気味なほど薄暗かった。

禁書《きんしょ》のたぐいが納められているのだろうかと、邪推したくなる。

鐡太郎などは緊張で顔を赤くさせていた。

龕灯に照らしだされたのは、本草《ほんぞう》に関する書物のようだ。

「そちらに『本草徴解《ちょうかい》』とあるのは、越中富山藩の利保《としやす》公がおまとめになった書物にござります」

「ほう」

越中と聞いて、蔵人介は菊坂台町の『越中屋』をおもいだした。

今から四年前に富山藩の第十代藩主となった利保公は学識のあることで知られ、窮乏する藩財政を立てなおすべく産物方《さんぶつかた》をつくり、なかでも薬草栽培の促進に尽力しているという。

どうやら、佐々部は支藩の藩主である利保公に思い入れが深いらしい。

だからといって、同藩の御用達《ごようたし》である『越中屋』と佐々部を結びつけることはできなかった。

鐵太郎は棚を見上げながら、どんどん奥へと進んでいく。

「おい、勝手に行くな」

制止をしても、聞こえていないようだ。

「ふふ、おもしろいご子息でござるな」

佐々部が笑った。

何やら、さきほどまでと声の調子がちがう。

龕灯を下に向け、闇に溶けこんでしまう。

気のせいか、殺気を感じた。

「父上、こちらへお越しください」

闇の奥から、鐵太郎の声が聞こえてくる。

と同時に、殺気が消えた。

佐々部の背中にしたがって進むと、鐵太郎が眸子を輝かせている。

見上げた棚には、蘭語で書かれた書物がずらりと並んでいた。

「ここだけのはなし、禁書もござる」

さりげなく、佐々部が漏らす。

鐵太郎は、ごくっと唾を呑みこんだ。

「前田家代々のご当主がお集めになった蔵書にござるよ」

蔵人介はさきほどから、居心地の悪さを感じていた。

口を尖らす鐵太郎を促し、素早く地下から抜けだす。

書庫から外へ出ると、死地から逃れた気分になった。

「ふはは、いかがでござった。ご堪能《たんのう》されましたかな」

佐々部の発することばの端々に、隠された意図を感じるのはなぜか。

そもそも、藩邸に誘われたのは偶然の出会いから生じたことなのか。

知りようはずもないが、蔵人介は今やそれすらも疑いはじめていた。

七

如月十五日、汐留橋南詰め。

釈迦《しやか》の入滅《にゆうめつ》した涅槃会《ねはんえ》には、毎年のように雪が降る。

今日も朝早くから牡丹《ぼたん》雪がちらつき、庭の四《よ》つ目垣《めがき》や石灯籠のうえには雪が積もっていた。

だが、昼過ぎにはすべて解けてしまうだろう。

涅槃会を境に暖かくなるので、これが降り仕舞いの雪になることはわかっている。

「それにしても、よく降りやがる」

串部は恨めしげに曇り空を睨んだ。

「殿、杉内中馬はあらわれませぬな」

干鰯問屋の張りこみをはじめてから、十日が経っていた。

音《ね》をあげたいのは山々だが、杉内はきっとあらわれると信じている。

人は窮地に陥ったとき、一番たいせつな相手のもとへ足をはこぶ。

杉内にとって、それが亡き妻の忘れ形見であることは明らかだ。

いつのまにか雪は熄《や》み、雲の割れ目から青空が垣間見えた。

露地の向こうで「かたかた」と、簞笥の鐶《かん》が鳴っている。

天秤棒で薬箱を担ぐ行商は、霍乱《かくらん》に効く丸薬を売る定斎《じようさい》屋ではなく、越中富山から遥々《はるばる》やってきた反魂丹売りのようだ。

頭巾ではなく、菅笠《すげがさ》を目深にかぶり、腰には居合刀《いあいとう》を差している。

居合抜きの大道芸もみせる侍くずれの行商であろうか。

「ん、あれは」

蔵人介は気づいた。

顔はみえぬが、杉内中馬にまちがいない。

鐶の音を聞きつけ、干鰯問屋から禿髪《かむろがみ》の幼い娘が飛びだしてくる。

おみよだ。

小さな背中を追いかけ、母親代わりのおみつもあらわれた。

薬売りに扮した杉内は薬箱を地べたに置き、懐中から紙風船を出して膨らます。

ぽんと掌で叩いてやると、紙風船は宙に飛び、おみよの差しだす掌に落ちていった。

「おいちゃん、ありがとう」

おみよはおそらく、目の前の薬売りがじつの父親だと気づいていない。

少し離れて後ろから見守る妹のおみつは、袖口で目頭をそっと拭いていた。

「ほら、来い」

父に促され、娘は紙風船をぽんと叩く。

宙に浮かんだ紙風船を、こんどは父が巧みに叩きかえした。

父と娘の間合いは手が届くほどになったが、それ以上は縮まることもない。
ほんとうは周囲の目など気にせず、娘を抱きしめてやりたいのだろう。
それができない父の悲しさをおもうと、胸が締めつけられた。
串部が、掠《かす》れた声で囁《ささや》きかけてくる。
「殿、どういたします」
「ふむ」
わかっている。
杉内中馬は、四人の平役人が命を落とした煙硝蔵の爆破に関わっている。
公儀にとっては重罪人なのだ。どんな言い訳も通用しない。
即座に捕らえ、事の真相を聞きださねばならなかった。
だが、蔵人介は動くのを躊躇った。
「されば、お先に」
串部は物陰からそっと離れ、気づかれぬように露地の向こうへ移っていく。
退路を断つべく動いたのだ。
ぽん、ぽんと、紙風船が宙に舞い、地べたに転がった。
薬売りに化けた杉内はそれを拾い、おみよに手渡す。

「良い子だ」

禿頭《かむろあたま》を撫《な》で、腰を持ちあげた。

「おいちゃん、また来てね」

おみよの声が弾んでいる。

おみつは声を出さずに泣いていた。

杉内は薬箱の取っ手に天秤棒を通し、重そうに担ぎあげる。

父と娘はつかの間の邂逅《かいこう》を果たし、また会う約束を交わして別れた。

名残《なごり》惜しそうに手を振る杉内の後ろ姿を眺めていると、これが今生《こんじょう》の別れになるのではないかと案じられた。

三ツ股の辻を曲がるまで、じつの娘と妹は手を振りつづけた。

ふたりが店に引っこんだのを確かめ、蔵人介はおもむろに動きだす。

このまま見逃すこともできたが、そういうわけにはいかなかった。

辻を曲がったさきでは、串部が待ちかまえているにちがいない。

蔵人介は心を鬼にして追いかけ、三ツ股の辻を右手に曲がった。

と、そのとき。

脇道のほうから、覆面をかぶった侍どもがあらわれた。

三人いる。

そのうちのひとりが抜刀し、野太い声を張りあげた。

「杉内中馬、覚悟せい」

気合いもろとも、撃尺《げきしやく》の間境を越えてくる。

「ぬりゃお」

乾坤一擲《けんこんいってき》の面打ちが、猛然と振りおろされた。

杉内も抜刀し、横一文字で受け太刀を取る。

――がきっ。

受けた刀をまっぷたつにされ、杉内はずばっと胸を斬られた。

「うわっ、くそっ」

刺客たちの背後へ、串部が血相を変えて迫った。

蔵人介も裾を端折り、反対側から必死に駆けつける。

串部は同田貫《どうたぬき》を抜き、阻もうとする相手の臑を刈った。

「ぬげっ」

刺客のひとりが転倒する。

「峰打ちだ」

さらにひとりを斥《しりぞ》け、串部は首領格の背後に迫った。
首領格が振りむいた隙に、手負いの杉内は小脇を擦りぬけていく。
「待て」
叫んだ首領格に向かって、串部が水平斬りを繰りだした。
「はっ」
相手は一間近くも跳躍し、逆《さか》しまに面打ちを仕掛けてくる。
「ぬおっ」
串部は仰け反り、尻餅をついた。
そこへ、蔵人介がようやく追いついた。
有無を言わせず抜刀し、刺客の背中に斬りつける。
覆面をかぶった刺客は、振り向きざまに刀を弾いた。
――きいん。
火花が散り、両手に痺れが走る。
手強い。
手練《てだれ》の杉内に傷を負わせただけのことはある。
愛刀の来国次《らいくにつぐ》を青眼《せいがん》に落とし、蔵人介は串部に叫んだ。

「追え、杉内を早く追え」

「はっ」

串部は跳ねおき、土煙をあげて走りさる。

蔵人介は覆面の刺客と対峙し、ぴくりとも動かない。

しばらくすると、串部に臑を打たれた連中が起きあがってきた。

「退《ひ》け」

首領格は吐きすて、ゆっくり後退《あとじさ》りしはじめる。

三人の刺客は納刀するや、踵《きびす》を返して去った。

深追いをするつもりはない。

気懸かりなのは、杉内のほうだ。

「無事でいてくれ」

蔵人介はつぶやき、猪首《いくび》の国次を鞘に納めた。

八

串部は残念ながら、杉内中馬に追いつくことができなかった。

杉内を捜す端緒《たんしょ》は無くなり、刺客たちの正体も判然としない。

手許に残されたのは、薬箱のそばに転がっていた紙風船だけだ。

数日後、蔵人介は義弟の市之進に「顔を立ててほしい」と請われ、重い腰をあげた。

午後になって向かったさきは下谷練塀小路《したやねりべいこうじ》、筆頭目付の任に就く鳥居耀蔵の拝領屋敷である。

これまで訪ねたことはない。

どちらかと言えば、近づきたくないところだ。

曇天のもと、下谷御成《おなり》街道の途中で右手に曲がった。

足取りは重く、白洲《しらす》に引っ立てられた罪人の気分だ。

町家を突っ切ると、武家屋敷が入りくんで建つ界隈へ出た。

鳥居邸の表門は新屋敷表門通りに面し、裏門のほうが練塀小路に接している。

表門は両袖に長屋を配した長屋門だった。敷地は広く、二千五百石取りの旗本にふさわしい佇まいである。

門番に名を告げると、すんなり通してくれた。

飛び石伝いに進めば、市之進が玄関先で待っている。

「さきほどから、お待ちかねでござります」

物言いは慇懃《いんぎん》で、いつもの天真爛漫《てんしんらんまん》さは微塵《みじん》もない。

蔵人介は険しい顔でうなずき、義弟の背にしたがった。

草履を脱いで長い廊下を何度か曲がり、庭に面した離室《はなれ》へと向かう。

瓢簞《ひょうたん》池のそばには、矢背家にあるものと同じ金縷梅が四弁の花を咲かせていた。

ただし、幹の太さは倍ほどもある。

八畳の部屋に招じられると、ぎょろ目の人物が上座に根を生やしていた。

鳥居である。

幕臣たちの粗《あら》探しをすることに長けており、やり口は狡猾で荒っぽい。

一部の者からは「梟雄《きょうゆう》」と綽名《あだな》され、腫れ物のように忌避《きひ》されている。一方では老中水野忠邦《みずのただくに》の懐《ふところがたな》刀と目され、広範な探索や仕置きの権限を与えられていた。

そのため、身分の高い者のなかにも媚《こ》びる者は多い。中奥の重鎮である橘右近は、鳥居の増長ぶりを憂えている者のひとりだった。

鳥居の配下の市之進には同情を禁じ得ないが、当の本人は悩んでなどいない。

「上役はどなたでもよいのです。親の代からつづく徒目付のお役を、それがしは天職と考えております」

そんなふうに見得を切ったこともある。

ともかくも下座に腰を降ろすと、市之進は遠慮して席を外した。

鳥居が身を乗りだし、薄い口端を吊って笑う。

「わざわざ足労させてすまなんだ。どうしても、おぬしに会いたいと申す人物がおるのじゃ」

あいかわらず、雉子《きじ》の黒焼きでも呑んだような、けんけんと疳高《かんだか》い声だ。

市之進の手で閉められた襖障子が開き、肩衣《かたぎぬ》を着けた人物がはいってくる。

蔵人介は振りむかず、左右の拳を膝に置いてお辞儀をした。

肩衣の人物は鳥居のかたわらに座り、こちらに首を曲げる。

頭を下げたままでいると、鳥居が咳払いをしてみせた。

「矢背蔵人介よ、硬くならずともよい。顔をあげよ」

「はっ」

言われたとおりに顔をあげ、右手に座る人物に目を向ける。

「あっ」

驚きの声が漏れた。

すかさず、鳥居が「くく」と鳥のように笑う。

「存じておろう。佐々部平内どののじゃ」

紹介された人物は細面に口髭を生やし、柔和な笑みを浮かべていた。

まちがいない。加賀藩邸の書庫を案内してくれた書物調奉行なのだ。

「ふほほ、仰天して声も出せぬのか。じつはな、佐々部どのにはまことの名がある。まことの名を隠し、大目付の間者として加賀藩に潜りこんでおるのじゃ」

「……ま、まことでござりますか」

「まことじゃ。先日、大目付の南條《なんじょう》壱岐守《いきのかみ》さまからご紹介いただいた。まことの姓名や身分を明かすことはできぬが、加賀藩へ潜りこんだのは十二年前のことじゃ」

「十二年前」

溶姫の輿入れに随伴《ずいはん》し、そのまま加賀藩の平士に転じたという。

そののち、本人の努力もあって、書物調奉行の役目に就いたのだ。

「間者としては、まことに好都合な役目じゃ。おかげで、加賀藩の内情は筒抜けというわけさ。ふほ、ふほほ」

鳥居はひとしきり笑い、かたわらに目配せを送る。

佐々部は一礼し、蔵人介に向きなおった。

「すまぬが、まことの姓名は名乗れぬ。これからも佐々部平内で通させてもらう。それから、おぬしに謝らねばならぬ。わしは千駄ヶ谷の御煙硝蔵が爆破された件を調べておった。下手人とおぼしき杉内中馬と親しかったのがおぬしと知り、偶然を装って近づいたのだ」

日本橋本町二丁目の『式亭正舗』で出遭ったのも、茶ノ木稲荷で再会したのも、偶然ではなかった。佐々部が意図して近づいたのだ。加賀藩邸の書庫で殺気を感じた理由もこれでわかった。

「おぬしを杉内と同様、敵方の間者ではないかと疑った。鳥居さまにお聞きして、ようやく誤解が解けたのだ。疑ってすまぬ。このとおりだ」

頭を下げられ、蔵人介は恐縮する。

「おやめください。すべてはお役目のうえでのこと、致し方ございませぬ」

「そう申してくれるとありがたい。調べてみてわかった。杉内が敵方の間者になったのは、幕臣に採用された直前のことだ。おぬしに関わりはない。わしは大目付の南條壱岐守さまに命じられ、何年もまえから加賀藩の不正を調べておる。できることなら、おぬしに助っ人を頼みたい。いや、大目付の間者になれと申しておるのではない。万が一のとき、わしの命を守ってほしいのだ」

早晩、命を狙われる公算は大きいという。

「不正の核心に近づくにつれて、敵はいっそう警戒の目を光らせるようになった。いつなんどき、正体を見破られぬともかぎらぬ。事実、配下の者が面割りの一刀で絶命したのだ」

面割りの一刀と聞き、杉内ではなく、杉内を襲った覆面の刺客が頭に浮かんだ。

佐々部が探りを入れてくる。

「ひょっとして、おぬし、刺客と遭遇したのか」

「仰せのとおりにござります」

「どうであった。力量のほどは」

「手強い相手にござりました」

「そうであろう。して、逃したのか」

「残念ながら」

干鰯問屋での出来事をかいつまんで説くと、佐々部は笑みまで浮かべつつ、興味ありげにうなずいた。

「おぬしとやりあった相手は『塩屋《しお》』の刺客だ」

「『塩屋』でござりますか」

「杉内に声を掛け、娘の命を盾《たて》に取って間者に仕立てあげた。やり口の汚い連中さ」

佐々部平内は、杉内中馬が間者に仕立てられた経緯まで知っている。

この男をどこまで信用したらよいのか、蔵人介は迷いはじめていた。

「されど、おぬしは凄腕の刺客に斬られなんだ。鳥居さまが仰るとおり、幕臣随一の力量であることは疑いの余地がない。その腕を見込んでの頼みだ。百万石を誇る大藩の不正をあばくため、ひと肌脱いではもらえぬか」

蔵人介は返答に詰まった。

たとい、鳥居の紹介でも安易に受けるわけにはいかない。

だいいち、受ける立場になかった。受ける理由もない。強いてあげるならば、杉内中馬に関わった責をまっとうするには、加賀藩でおこなわれている不正とやらを知る必要があるということだ。

そのためには、佐々部のはなしに耳をかたむけねばなるまい。

「矢背どの、助力を約束してもらえるなら、わしが十二年掛かりで調べた内容をはなして進ぜよう。無論、南條壱岐守さまのご了解は得てある。案ずることはない。貴殿の上役にあたる御小姓組番頭の橘右近さまも、この件については鳥居さまのご裁量に委ねると仰ったそうだ」

「それは、まことにござりますか」

蔵人介が向きなおると、鳥居は厳《いか》めしげにうなずいた。

嘘ではあるまい。いや、嘘であったとしても、あとで橘への言い訳には使える。

蔵人介は覚悟を決めて首肯《しゅこう》した。

「されば、説いて進ぜよう。百万石の不正とは何か」

佐々部は見得を切るように発し、懐中から白茶けた石を取りだす。

「これが何かわかるか。硝石《しょうせき》だ。硫黄《いおう》と木炭を混ぜあわせれば、火薬になる。雪深い山里に建つ藁《わら》葺《ぶ》き屋根の百姓家に行き、囲炉裏のそばの地べたを掘れば、硝石は自然とできているものだ。されど、これだけ質の高い硝石をつくるには手間を掛け、まずは培養土をつくらねばならぬ」

水無月、囲炉裏のそばの床下を七尺ほど掘り、稗殻《ひえがら》を敷いたうえに蚕《かいこ》の糞を混ぜた土を敷き、さらに干し草や蒸し草などを重ねる。これを幾重も繰りかえし、床下七寸まで積みあげる。そして葉月《はづき》に土を鍬《くわ》で切りかえし、尿をかけて細菌の繁殖を促す。

こうした作業を繰りかえし、五年目にしてようやく培養土が完成する。

培養土は桶に入れ、水を注いで採った浸出液を灰汁《あく》とともに煮詰めるのだ。

「こうした手間を掛けてできたのが、この硝石だ」

と、佐々部は硝石の製造過程を事細かに説いてみせた。

「品質では群を抜く代物でな。毎年、これが一千斤《きん》も大坂《おおさか》で取引されている。莫大な利益だ。それが加賀藩の勝手を潤しておる」

「えっ」

「驚いたか。加賀藩は公儀に隠れて、硝石を密造しておるのさ。わしはな、密造の確乎たる証拠を摑むべく、命を賭けておるのよ」

残念ながら、藩ぐるみで密造に携わっているかどうかは判然としていないらしい。確乎たる証拠を摑むためには、硝石の密造場所をみつけださねばならぬという。

「険山と渓谷に遮られ、容易に踏みこめぬところだ。雪深い山里で、培養土の原料となる稗や蕎麦《そば》や麻や蚕の糞などが豊富にあり、水や薪《たきぎ》も調達できねばならぬ。さらに、金沢まで硝石を隠密裡に運ぶ道筋も確保されておらねばなるまい」

じつは、そうした条件に適合する山里がひとつあるという。

「越中の五箇山《ごかやま》だ」

美濃《みの》の郡上八幡《ぐじょうはちまん》から越中の高岡《たかおか》へ通じる白川《しらかわ》街道の途中、飛騨《ひだ》との国境に近い山里である。里へ達するには険しい渓谷を渡っていかねばならず、川には橋がひとつも架かっていない。

「里の人々は葡萄《ぶどう》の蔓《つる》を編んでつくった綱を渡し、籠に乗って川を渡っている。籠渡しと申してな、それが十数箇所もあるそうだ。何故、橋を架けぬのか。加賀藩の者に糾《ただ》してみると、五箇山が流刑《るけい》地だからと応じた。流された罪人が逃げださぬようにとの配慮らしいが、わしには言い訳にしか聞こえぬ。しかも、五箇山は存外に近い。金沢城下の外れから十里余りでな、双方を結ぶ道もあるという」

道は一部藩士たちのあいだで「塩硝の道」と囁かれていた。

「煙硝を秘するために、煙の代わりに塩という字を用いたのではあるまいか。文字どおり、公儀を煙《けむ》に巻くためにな」

どうだと言わんばかりに、佐々部は身を乗りだしてくる。

「加賀藩の重臣で、硝石の製産を司《つかさど》っていそうな者はおらぬ。不正の黒幕は『塩屋』と呼ばれておる人物だ。正体はわからぬ。御用達の商人かもしれぬ。たとえば『海の百万石』と呼ばれる銭屋五兵衛《ぜにやごへえ》とかな。ただし、銭五が尻尾を出すはずはない。かりに、秘密を知る者が幕閣にあったとしても、銭で口止めされるのがおちであろう」

言いすぎたとおもったのか、佐々部は隣をちらりとみる。

鳥居は不機嫌な顔をしてみせたが、何ひとつ文句は言わなかった。

その反応から推しても、佐々部は大目付配下のなかでかなり身分の高い人物だと察せられる。

「千駄ヶ谷の御煙硝蔵を爆破させたのは『塩屋』に相違ない。鳥居さまにも申しあげたが、爆破の理由は公儀の火薬を減らしておくためだ。実際にどれだけの火薬が減ったかはどうでもよい。公儀の御煙硝蔵が容易に爆破できると満天下に報せることが重要なのだ。それによって、火薬相場は高騰する。硝石を有する者は、多大な利益を得ることになる。それが藩の意志であるならば、加賀百万石の寿命は風前の灯火となろう」

はなしがあまりに大きすぎる。蔵人介は関わるのを躊躇った。

だが、それだけの筋書きを聞いた以上、尻をみせて逃げるわけにはいかない。

「御煙硝蔵爆破のからくりを解けば、不正の核心に迫ることができるやもしれぬ。鍵を握るのは、誰あろう、杉内中馬だ。杉内のことを、ちと調べてみた。驚くなかれ、あやつは三年前まで加賀藩前田家に仕えておった」

御目見得以下の御歩であったが、御前試合で勝ちすすみ、与力への出世が見込まれていた。

「ところが、杉内は突如として正気を失い、藩士をひとり斬って深傷《ふかで》を負わせた。罪人として五箇山に幽閉され、半年後に逃亡したのだ」

「……ま、まさか」

驚愕する蔵人介を尻目に、佐々部は喋りつづける。

「杉内は金沢城下に戻って妻と娘を連れ、船で密かに大坂へ向かった。そののち、どうやって江戸へ出てきたかはわからぬ。ともあれ、罪人であるにもかかわらず、杉内は身分を偽り、幕臣に採用された。されど、考えてもみよ。食うや食わずの浪人が何の伝手もなく、幕臣になることができようか」

おそらくは『塩屋』に手懐《てなず》けられ、間者となってまんまと煙硝蔵へ潜りこんだにちがいないと、佐々部は言う。

「そして一年後、杉内は命じられたとおりに爆破をやり遂げた。失踪したのちに命を狙われたのは、口封じのためであろう。となれば、敵方の知られたくない秘密を知っていることになる。ひょっとしたら、五箇山で硝石がつくられている証拠《あかし》も握っておるやもしれぬ。できれば、杉内を生かしたまま捕らえたい。何よりも知りたいのは『塩屋』の正体だ。されど、敵方には凄腕の刺客が控えておる。矢背どの、頼りにしておるぞ」

蔵人介は頭が混乱していた。佐々部のことばを信じれば、三年越しで罪人と関わっていたことになる。どっちにしろ、杉内には秘された過去があったのだ。

鳥居が念押しのように疳高い声を発した。

「矢背よ、助力を断れば、明日から役料無しの小普請《こぶしん》に移されるやもしれぬぞ」

脅しだ。

一瞬、橘右近に課された裏の役目を知っているのではないかと疑った。

「義弟の顔を立ててやれ」

鳥居は口端を吊り、笑いかけてくる。

ただし、目は少しも笑っていない。

「委細《いさい》承知つかまつりました」

凍りついた能面のような顔で言い、蔵人介は畳に両手をついた。

九

廊下の陽だまりに猫が丸まっている。

ときおり、露地裏からやってくる野良猫だ。
三毛猫だが、背中の毛がわずかに抜けており、鐵太郎に「ぬけ」と名付けられた。
ぬけを眺めているると、こちらまで眠くなってくる。
縁側に転がっているのは、杉内中馬が置き忘れていった紙風船だ。
ぬけがさっきまで遊んでいた。
一陣の風が吹き、紙風船を攫《さら》っていく。
揺れながら空に舞いあがり、金縷梅の枝に引っかかった。
蔵人介はやおら身を起こし、庭下駄をつっかけて近づく。
金縷梅の尖った枝に手を伸ばし、紙風船を取りもどした。
ぬけの爪でやられたのか、それとも、枝の先端に刺さったのか。
大きく破れて、ぱっくり口が開いている。
「ん」
紙風船のなかに、何かあった。
取りだしてみると、文のようだ。
開いた瞬間、文面が目に飛びこんできた。
――矢背蔵人介さま、詮無いこととは申せ、やむにやまれぬおもいから、御手許に届かぬかもしれぬ文をしたためております。

杉内中馬だ。

文には煙硝蔵爆破の経緯が、細かい字でびっしり綴《つづ》られていた。

——下手人は野呂三右衛門でござります。横流しの露見を恐れた野呂が塩屋の手先から脅されたうえに金銭を受けとり、凶行におよんだのでござります。未然に防ぐことができなんだは拙者の不覚、せめて塩屋の正体をあばかんと野呂を問いつめ、爆破の真相だけは吐かせたのでござります。

文を読みながら、手が震えてくる。

杉内は蔵人介の目に触れると信じ、紙風船に告白文を仕込んでおいたのだ。

——驚くべきことに、野呂が手を染めた火薬の横流しも仕組まれたものでした。誘ったのは、菊坂台町で薬屋を営む越中屋十郎兵衛《じゅうろべえ》にござります。阿漕《あこぎ》な越中屋は塩屋の走狗《そうく》となり、公儀の火薬を売りさばいておりました。横流しをばらされたくなかったら、煙硝蔵を爆破せよと脅したのも、越中屋にござります。報酬まで渡され、野呂は応じざるを得なかった。すなわち、最初から仕組まれた謀事だったのでござります。

佐々部や目付筋が考えている筋書きとは、まったくちがう内容だった。

文の告白を信じるならば、杉内は爆破の下手人に仕立てあげられたことになる。

——拙者はかつて、加賀藩で玉薬方に配されておりました。赴任先の五箇山で大目付配下の間者を斬り、役を解かれたのでござります。そのころ、塩屋という呼称を耳にいたしました。硝石を掠めとる奸臣にござります。藩への忠誠ではなく、おのれの野心を充たすために悪事をおこなう。藩の横目付も塩屋の正体をあばかんと、躍起になっておりました。

ところが、杉内は「裏目付」なる人物から幾ばくかの路銀を渡され、領内から追放された。妻子ともども生まれ故郷を捨て、江戸へ出てくるしかなくなったのだ。

——ほどなくして妻が亡くなり、幼い娘を抱えて途方に暮れました。されど、生ける屍《しかばね》にだけはなりたくなかった。藩を逐《お》われた過去を捨てて、人生をやりなおしたかったのでござります。そのころ、矢背さまのご高名を耳にいたしました。矢も盾もたまらず、あのような無謀な行動に出てしまったのでござる。矢背さまは、拙者の無謀をお許しくださった。その広いお心にお縋り申しあげるしか、拙者には生きる術《すべ》がなかったのでござります。

文は核心に近づいていった。

——お会いしてから一年後、ご存じのとおり、拙者は幕臣になりました。されど、お許しくだされ。拙者はとある人物に誘われ、何度か拒んだものの、仕舞いには妹に託した娘の命を盾に取られ、諾するよりほかにありませんでした。どのような経緯であれ、拙者は加賀藩の間者となることとひきかえに、幕臣の地位を得たのでございます。それだけはどうしても、おはなしできませんでした。拙者は公儀の敵なのでございます。

杉内を間者に誘った「とある人物」とは、路銀を持たせて放逐した「裏目付」であった。姓名はあかされていないが、その人物になかば脅され、杉内は自分を捨てた藩のために辛い役目を負わされたのだ。

――お役目は煙硝蔵の番士と聞き、嫌な予感がいたしました。案の定、一年経って命じられたのは、藩のために煙硝蔵を爆破せよというものでした。拙者は拒みました。されど、敵はあきらめなかった。二段構えの策を講じ、野呂にやらせたのでございます。ここまで書けば、もうおわかりのことと存じます。拙者は騙されておりました。藩の裏目付は塩屋と通じていたのでございます。情けないことに、野呂の告白を聞くまでそれに気づきませなんだ。

気づいたときは後の祭り、野呂は刺客に葬られ、杉内も追われる身となった。

――味方のなかに敵がいる。拙《つたな》い経験から導きだされた教訓にございます。詮無いことゆえ、裏目付の姓名は申しあげますまい。冨田流小太刀の達人にございます。野呂を始末したのも、そやつの仕業にございます。忠臣の仮面をかぶった悪党を、この手で討たねばなりませぬ。そして、あわよくば塩屋の正体をあばき、天の裁きを下す所存でございます。せめて、それがお世話になった藩への最後のご奉公かと。

蔵人介は「落ちつけ」と、みずからに言い聞かせた。

杉内はすでに、討つべき相手の所在をみつけている。これは死地に向かおうとする侍が必死のおもいで綴った告白文なのだ。

文には綴られていないが、向かうべきさきのあてはあった。

菊坂台町の『越中屋』を張りこんでいた串部が、喜助《きすけ》という手代の動きを探り、王子権現のそばに秘密の水車小屋があることを嗅ぎつけたのだ。

水車小屋から連想できるものは、火薬の製造場所だった。火薬をつくるには硝石と硫黄と木炭を細かく砕いて混ぜねばならず、混ぜるためには水車が要る。しかも、巨大な水車だ。

なるほど、王子には七つの滝を擁する渓谷もあり、水車小屋を建てる場所には事欠かない。加賀藩の下屋敷がある板橋《いたばし》にもほど近く、藩の裏切り者が足繁く通うのに好都合なところでもあった。

文は終わりに近づくにつれ、文字が震えて読みづらくなった。

おそらく、尋常ならざる覚悟が武者震いとなって文字に伝わったのであろう。

杉内を斬った刺客こそが、死地で待ちうける「裏目付」にちがいない。

雪山で手負いの狼が死を予感し、群れから離れていくすがたを、蔵人介は連想せずにはいられなかった。

――最後に、これだけはお信じくだされ。矢背さまと過ごさせていただいたひときに、何ひとつ嘘偽りはござりませぬ。加賀屋で過ごしたひとときは、拙者にとってかけがえのないものにござりました。どうか、どうか、そのことだけはお信じくだされますよう。

陽だまりに寝そべった「ぬけ」が、欠伸《あくび》を嚙み殺している。

蔵人介は部屋に戻り、旅仕度をはじめた。

杉内の向かうさきが、王子ときまったわけではない。

だが、ほかに行くあてはないのだ。

ともあれ、急がねばならぬ。

杉内中馬を死なせるわけにはいかなかった。

十

どうして、あのような文を長々と書いてしまったのか。

杉内中馬は、今さらながらに後悔していた。

読まされたほうは迷惑なだけのはなしだろう。

もっとも、紙風船が拾われるとはかぎらない。風に飛ばされて堀川を流れ、海の藻屑《もくず》と消えたかもしれず、蔵人介が文を読むときまっているわけではない。

それならそれでかまわぬという気持ちと、拾ってほしい気持ちの両方がある。

みずからが歩んできた道程を、誰かにわかってもらいたかった。

おぬしのやろうとしていることは正しいのだから前へ進めと、誰かに背中を押してほしかったのかもしれない。

それゆえ、文をしたためた。

宙を舞う紙風船に、溢れるおもいを託したのだ。

今さら言うまでもなく、命を捨てる覚悟はできている。

唯一の心残りと言えば、おみよのことだ。

おみよの成長を見守りつづけ、陰から支えてやりたかった。

妹とそのつれあいからも、できるだけ顔をみせにきてほしいと懇願された。

おそらく二度と会うことはあるまいが、何年かすれば、おみよの記憶からも消えてなくなるだろう。

それでよいとおもう反面、淋しさは拭えなかった。

中馬は深々と頭《こうべ》を垂れ、胸に「南無阿弥陀仏」と唱えながら歩みだす。

数日前から板橋中宿の旅籠に泊まり、今朝早く六阿弥陀千住道《ろくあみだせんじゅみち》から王子をめざした。

まずは音無《おとなし》川を渡って王子権現へ向かい、加賀藩寄贈の狐像を拝んで急な石段をのぼった。

石垣細工を背にした本社は、杉木立に囲まれた高台にある。

裏手の崖から下方を眺めると、滝のある渓谷をのぞむことができた。

鬼門《きもん》の方角を仰げば、筑波山《つくばさん》が悠然と聳えている。

先日、富山藩御用達の越中屋十郎兵衛と顔に痘痕のある手代のあとを尾《つ》け、隠密裡に火薬を製造している水車小屋が名主滝《なぬしのたき》のそばにあることをつきとめた。いったん旅籠に引きあげ、いくつか仕度をし、覚悟を決めて足を踏みいれたのだ。

王子権現の周辺は、狭いようで広い。

土地は入りくんでおり、杉林の随所に渓谷や滝が点在していた。

中馬が水車小屋へ向かう理由は、加賀藩を裏切った「裏目付」と対峙し、黒幕と目される「塩屋」の正体をあばくことだ。

それだけではない。

腹には火薬玉を抱えてきた。

不正の温床とも言うべき水車小屋を、粉微塵に爆破しようとおもっている。

おそらく、年寄衆八家と称される加賀藩の重臣たちも把握してはおるまい。下屋敷のある板橋からさほど離れていないところで、五箇山の硝石を使った火薬製造がおこなわれていようとは想像もできぬはずだ。

中馬はかつて玉薬方だっただけに、加賀藩が藩ぐるみで隠密裡に火薬を製造していた事実を知っていた。

金沢城下の土清水《つちしみず》には、堅固な煙硝蔵もある。

敷地は兼六園《けんろくえん》に匹敵するほど広く、大きな水車を備えた搗蔵《つきぐら》も併設されていた。搗蔵のなかには水路が掘られ、搗臼《うす》がいくつも並んでいる。水路に辰巳《たつみ》用水の水流を引きこみ、水車をまわして原料を粉末にするのだ。

原料となる硝石は五箇山から運びこまれ、硫黄と木炭は主に越中の立山《たてやま》から採集される。各々を臼のなかで粉末にしたのちに混ぜあわせ、水をくわえて練りこんで乾燥させると、色の黒い火薬ができあがるのだ。

土清水から十里におよぶ険しい道程は「塩硝の道」と呼ばれていた。

行く先の五箇山は、赤尾谷《あかおだに》、上梨谷《かみなしだに》、下梨谷《したなしだに》、小谷《おたん》、利賀谷《とがだに》の五つの谷からなる。平家の軍勢が木曾義仲《よしなか》率いる源氏と戦って敗れた倶利伽羅《くりから》峠に近く、平家の落ち武者が逃れ住んだ山里とも言われていた。

中馬も役目柄、何度となく足を運んだが、険しい渓谷や川に行く手を阻まれ、里へたどりつくには渡し綱をたぐりながら断崖絶壁を籠で渡らねばならなかった。

五箇山と加賀藩との関わりは、第二代藩主利長《としなが》の御世まで遡《さかのぼ》る。藩は毎年二千斤を超える硝石を二百年以上も買いあげてきた。四十斤ずつまとめて煙硝箱に入れ、牛や馬の背に積んで「塩硝の道」をたどるのだ。

硝石は藩内で備蓄されるのみならず、隠密裡に船積みされて大坂でも売られ、藩に莫大な利益をもたらした。ゆえに、加賀百万石の勝手を支えるのは五箇山だと囁く者たちもいる。

無論、幕府の知るところとなれば、藩は改易を免れまい。

五箇山と硝石の関わりについては、金沢城内でも口にしてはならぬという不文律があった。

中馬はまた、煙硝役に任じられた羽馬家《はばけ》の長老たちとも親しい交流を持った。それゆえ、羽馬家に紛れこんでいた小者を大目付の間者と見破ることができた。逃走をはかったので、追いかけて命を絶った。上役には褒められたが、幕府の間者を斬った事実は消えない。藩は中馬を追放することで、斬殺の隠蔽をはかった。

致し方のないことだとおもっている。路銀も与えられたし、藩に恨みはない。五箇山や土清水の秘密を幕府に訴えるつもりもなかった。藩への忠誠は、あのころと少しも変わっていない。それだけに、五箇山の硝石を掠めとって私利を貪《むさぼ》る連中のことが許せなかった。

「断じて、許すわけにはいかぬ」

あきらかに、硝石は盗みとられたものだ。

江戸の加賀藩邸か、積みだしの湊《みなと》か、あるいは、五箇山から硝石を運ぶ道程か。何処かは判然としないものの、そのような大胆な盗みができるのは、藩の事情に精通している大物以外には考えられない。つまりは、年寄衆八家やそれに準じる重臣の誰かが「塩屋」にちがいないと、中馬は踏んでいた。

「あやつに聞けばわかることだ」

脳裏には「裏目付」の顔が浮かんでいる。

鉄砲玉薬奉行の野呂三右衛門を脅して煙硝蔵を爆破させ、品川宿で命を奪った凄腕の刺客でもあった。

干鰯問屋のそばで急襲されたときは、もはやこれまでとあきらめた。

あのとき、蔵人介とその従者に救われた命を無駄にはできなかった。

傷ついた胸に怜悧《れいり》な刃を研ぎつつ、中馬は渓谷の奥へと進んでいった。

猪の通る杣道《そまみち》に分けいり、谷間のせせらぎを渡る。

名主滝の水音が、次第に近づいてきた。

身を切られるほど、水は冷たい。

岩場から顔を差しだすと、目と鼻のさきに水車小屋があった。

水辺から三十間ほど引きこんだところで、きゅるきゅると水車が回っている。

差しわたしで、一丈六尺はあろうか。大きな水車だ。

搗蔵のなかには、人の気配があった。

金で雇われた百姓たちにちがいない。

搗いているのは米ではなく、硝石や硫黄なのだ。

しばらくすると、小屋から見知った人影があらわれた。

小肥りのずんぐりしたからだつきに狡猾そうな狸顔、越中屋十郎兵衛だ。

「薬屋め」

ただの商人《あきゅうど》ではない。能登の人買いだったとの噂もある。

十郎兵衛の後ろから、痩せてひょろ長い男も従《つ》いてきた。

手代の喜助だ。煙硝蔵爆破ののち、妹と娘のいる干鰯問屋の周囲を嗅ぎまわっていたことは知っている。五箇山でも何度か目にした。顔に疱痕があるので、よくおぼえている。喜助は藩から許可を貰い、薬の行商もやっていた。今にしておもえば、硝石を掠めとる段取りを築いていたのかもしれない。

野呂三右衛門は、あのふたりに口説《くど》かれて火薬の横流しに手を染め、そのことをばらすと脅されたあげく、煙硝蔵を爆破した。公儀の火薬蔵が損壊したという噂は東海道を矢のように駆け、大坂で硝石や火薬の相場を高騰させた。

まさに、悪党どもの狙いどおりになったというわけだ。

それだけ大胆な絵を描くことのできる「塩屋」の正体を見極めたいと、中馬はおもった。

そのためには、因縁の相手と対峙しなければならない。

「こら、何をしておる。怠けずにはたらかぬか」
喜助が手にした鞭《むち》を撓《しな》らせ、百姓たちを怒鳴りつけた。
十郎兵衛は搗蔵から離れ、薄暗い杉木立に隠された番小屋へ向かう。
番小屋には、ぽつんと明かりが灯っていた。
人がいるのだ。
中馬は、ごくっと生唾を呑みこんだ。

十一

筑波山の稜線に、黒雲が垂れこめている。
八つ刻を過ぎたばかりなのに、夕暮れのような空だ。
――どどん。
突如、爆裂音が蔵人介の腹を揺さぶった。
「殿、名主滝の裏手でござる」
串部が叫び、渓谷の裂け目を指差す。
杉木立の向こうに、黒煙があがっていた。

嫌な予感がする。
「杉内め、早まったか」
焦燥に駆られつつ、串部とともに小走りに進む。
小川を渡り、岩場を越えるあいだも、爆裂音がつづいた。
わかっている。火薬を製造する搗蔵が粉微塵にされたのだ。
杉内中馬は火薬玉を抱え、死地へ躍りこんだにちがいない。
ふたりは瀑布《ばくふ》の裏手にまわり、渓谷の狭間にたどりついた。
目に飛びこんできたのは、千駄ヶ谷でみたような惨状だった。
焦げた瓦礫《がれき》が散らばり、いたるところで黒煙があがっている。
「殿、ひと足遅うござりました」
串部は惨状の搗蔵に足を踏みいれ、周囲を調べはじめる。
硫黄の匂いがたちこめ、大きな水車が転がっていた。
残骸のなかには、燻《いぶ》された屍骸もある。
逃げおくれた連中のようだ。
「殿、こやつ、干鰯問屋を探っておった男では」
串部のそばに走り、地べたに仰臥《ぎょうが》した屍骸をみた。

痘痕面の町人だ。
「越中屋の手代にまちがいない」
爆破の衝撃で、腹の一部が剔《えぐ》れている。
ふたりは顔をしかめ、離れていった。
杉内中馬らしき屍骸はみあたらない。
蔵人介は骨のように白い硝石を拾い、さりげなく懐中に入れた。
少し離れたところから、串部が呼びかけてくる。
「殿、あそこに番小屋がござります」
鬱蒼《うっそう》とした杉木立に隠されており、被害を受けていないようだ。
串部を先に行かせ、慎重に近づいていった。
小屋は天井の低い丸太小屋で、扉はなかば開いている。
心もとない明かりが外に漏れていた。
近づくにつれて、血腥《ちなまぐさ》い臭気が漂ってくる。
杉内であろうか。
心ノ臓が早鐘《はやがね》を打ちはじめた。
串部は扉に手を掛け、こちらに首を捻る。

蔵人介は、黙ってうなずいた。

――ぎっ。

扉が開く。

「うっ」

小肥りの男が、壁にもたれて死んでいた。

月代のまんなかを、ぱっくり割られている。

「越中屋十郎兵衛か」

杉内が成敗したにちがいない。

鮮血の四散する床には、折れた刀が転がっていた。

細長い土間には、血痕が点々と裏手まで繋《つな》がっている。

串部は裏木戸を蹴倒し、小屋の外へ飛びだした。

勾配のきつい杣道が、うねうねと上っている。

「まいろう」

蔵人介に後ろから促され、串部は腰から鉈《なた》を抜きとった。

絡みついた蔦《つた》や棘《とげ》のある枝が、ふたりの行く手を阻んでいる。

だが、杉内はあきらかに、獲物を追って杣道を上ったのだ。

蔵人介と串部は、くずれかけた道を一歩一歩上っていった。
しばらく経って息があがりはじめたころ、冷たい雨が降ってきた。
菅笠と蓑《みの》を着け、白い息を吐きながら先を急ぐ。
やがて、正面に稲荷の祠《ほこら》がみえてきた。
奥の院とも言うべきところであろうか。
祠の左右には苔生《こけむ》した狐の石像が控えている。
「あっ」
串部が声をあげた。
賽銭《さいせん》箱に、誰かが覆いかぶさっている。
杉内中馬だ。
まちがいない。
「殿、こときれております」
先行した串部が申し訳なさそうに言った。
獲物を目前にして、無念にも逝ったのだ。
「南無……」
蔵人介は念仏を唱え、祠の観音扉を見上げた。

「おるぞ」

狭い祠のなかに、何者かが潜んでいる。

串部は跫音《あしおと》を忍ばせ、階段《きざはし》を上りはじめた。

――ぎっ、ぎっ。

一段上るたびに板が軋《きし》み、祠のなかで殺気が膨らむ。

――どん。

観音扉が内から開いた。

「うわっ」

串部は階段を転げおちる。

まるで、突風でも吹いたかのようだ。

「ふはは、誰かとおもえば、鬼役ではないか」

祠の奥から、聞きおぼえのある声が響いた。

蔵人介は階段を一足飛びに駆けあがり、廊下《ほそどの》で仁王立ちになる。

「おぬし、佐々部平内か」

それと気づいた途端、からまっていた糸がまっすぐな一本に繋がった。

「ふふ、さよう。杉内中馬は仕舞いまで、わしが大目付の間者と気づかなんだ。藩を裏切った『塩屋』の手下と決めつけおってなあ」

「ちがうのか。おぬしは裏目付として、杉内中馬を操った。加賀藩が五箇山で秘密裡に硝石をつくらせていることも、大坂で硝石や火薬を売って利益をあげていることも、おぬしは何もかも知りながら、肝心なことを秘していた。何故か。私利私欲に駆られ、公儀を裏切ったからだ」

「ふっ、証明《あかし》は立てられまい」

「『塩屋』をみつければ、証明は立てられる」

「くかか、杉内も『塩屋』の正体を聞きおったわ。されどな、そんな者はおらぬ。風聞にすぎぬのよ」

「何だと」

「硝石や火薬を欲する者ならば、誰であろうと『塩屋』になることはできる。加賀藩や富山藩の重臣にも、幕閣のなかにも『塩屋』はおるぞ。人の欲とはかぎりないもの、肝心なのは悪党どもの要求に遅滞なく応じてやることさ」

信じられない。

加賀藩から硝石を掠めとって火薬を製造し、江戸府内で隠密裡に売りさばく。

「それだけのことを、おぬしひとりでやったと申すのか」

「謀事を練る智恵者はひとりでよい。金さえ出せば、手足となる者はいくらでもいる。越中屋もそうだ。鉄砲玉薬奉行の野呂三右衛門もそうだ。やつらの代わりなど、いくらでもいる」

火薬はまた新たにつくればよいと、佐々部は豪語する。

「幕府でも雄藩でも、今や、そこかしこから海防の重要さが叫ばれておる。これからは益々、火薬を欲しがる者が出てこよう。わしは生きつづけ、金を儲けねばならぬ。どうだ、おぬしも仲間にならぬか。最初から、見込みのある男だとおもっておった。それゆえ、声を掛けてやったのだぞ。役料二百俵の毒味役に未練などあるまい。安い忠義など捨てさり、わしのもとで夢をみぬか」

「御免蒙《こうむ》る」

あっさり拒むと、佐々部は一瞬口を噤《つぐ》み、弾けるように嗤《わら》った。

「ぶはは、何と、断るのか。突き富の当たり籤《くじ》をいらぬと申すのか」

「物狂いに付きあう気はない」

「わしが物狂いだと。狂っておるのは世の中のほうではないか。ふん、まあよい。仲間にならぬと申すなら、死んでもらうしかあるまい」

佐々部は正座したまま、膝で躙りよってくる。

「ふふ、どうした、恐いのか」

誘っているのはわかった。

相手は小太刀の達人なのだ。狭い祠のなかでの優位は動かない。

「冨田流は加賀前田家の御留流《おとめ》でもある。わしは同流の小太刀を修め、藩内に敵無しの名声を得た。さらに、信用も得た。それゆえ、裏目付の地位を与えられたのだ。公儀の大目付からも間者としての信頼を保っておる。これほどおいしい立場を、容易に手放すとでもおもうか。矢背蔵人介よ、おぬしとはすでに一度、刃を合わせておる。ふっ、なかなかの居合技であったが、わしには通用せんぞ」

「どうかな」

蔵人介は、敢えて祠に踏みこんだ。

「殿、油断めさるな」

串部が背後から、不安げな声を掛けてくる。

「案ずるな」

蔵人介は背中で応じ、不敵な笑みを浮かべた。

腰に差した愛刀の柄は長く、八寸の刃が仕込んである。

「いい度胸だ」

佐々部は発するや、片膝立ちで小太刀を抜きはなつ。

「はいやっ」

白刃は水平に空を斬り、ぐんと伸びあがってきた。

蔵人介は抜刀せず、長い柄を捻るように押しだす。

ぴんと目釘が弾けとび、仕込み刃が飛びだした。

——ひゅん。

八寸の抜き身が一閃する。

火花が散り、小太刀に弾かれた。

「莫迦《ばか》め、小細工など見切っておるわ」

佐々部の小太刀が、蔵人介の左胸に突きたてられた。

「うっ」

声を発したのは、佐々部のほうだ。

小太刀の先端は、硝石に阻まれていた。

瓦礫のなかから拾った掌ほどの硝石だ。

万が一のこともあろうかと、左胸にあてがい、さらしで縛りつけておいた。

「抜かったな」

蔵人介は素早く体《たい》を入れかえ、片膝をついた恰好で佐々部のからだを背中に担ぎあげていた。

「ぬぐ……ぐぐ」

仰向けで天井をみつめる佐々部平内の首には、いつのまにか、黒い下緒《さげお》が巻きついている。

もがけばもがくほど、細紐は首に食いこんでいった。

蔵人介は下緒を両手で握りしめ、背負った相手を投げおとす勢いで前屈みになる。

――ぐきっ。

首の骨が折れ、佐々部のからだから力が抜けた。

「殿、お見事でござる」

観音扉の脇から、串部が顔を覗かせた。

蔵人介はうなずき、階段の下に目を向ける。

と同時に、杉内中馬が動いたようにみえた。

もちろん、動いてはいない。

冷たい雨に打たれたまま、賽銭箱を抱いている。

懐中から覗いているのは、娘の手土産にするための紙風船であろうか。

せめて、妹のおみつには、友の最期を伝えておかねばなるまい。

「辛い役目だ」

虚しい風が吹きぬけ、落ち葉を攫っていく。

乾いた落ち葉を集めて火を焚《た》き、火葬の仕度をせねばなるまい。

屍骸は焼かれて骨となり、硝石と見分けがつかなくなるだろう。

たとえそうであったとしても、友の屍骸を冷たい渓谷の狭間に置き捨てていくことはできぬと、蔵人介はおもった。

十二

土手の猫柳《ねこやなぎ》が風に遊ばれ、銀色の花穂を揺らしている。

陽の当たる斜面には芹《せり》が萌え、澄んだ水面には睡蓮《すいれん》が芽を伸ばしていた。

彼岸を過ぎると川の水は温み、卵を孕《はら》んだ雌鮒《めすぶな》の魚影をみかけるようになる。

御濠に近い鎌倉《かまくら》河岸のほうでは、白酒を売りはじめたとの噂も聞こえてきた。

日本橋の十軒店には、もうすぐ雛市《ひないち》が立つにちがいない。

「向こう横町のお稲荷さんへ、一銭あげて、ざっと拝んでお仙《せん》の茶屋へ……」

汐留橋の橋詰めから、童女たちの手鞠唄《てまり》が聞こえてくる。

年齢はまちまちで、銀杏《いちょう》返しを結った年長の娘もいれば、十に満たないお煙草盆《たばこぼん》の娘たちもいる。禿髪の幼子も何人かいて、おみよも楽しそうに唄っていた。

「……腰をかけたら渋茶を出して、渋茶よこよこ横目でみたらば、お土のだんごかお米のだんごか、おだんご、だんご、まずまず一貫貸しました」

まだ夕餉には間があるものの、前垂れ姿のおみつが干鰯問屋のほうから呼びにくる。

「おみよ、もうすぐごはんだよ」

おみよは手鞠に夢中で、耳を貸そうとしない。

蔵人介は足を止め、おもむろに懐中から紙風船を取りだした。

ぷっと膨らませ、掌でぽんと突いてやる。

「あっ、おいちゃん」

おみよは勘違いしたのか、からだごと吹っ飛んできた。

おみつも嬉々《きき》として、反対側から駆けてくる。

駒下駄の音を聞きながら、蔵人介は落ちてきた紙風船をぽんと叩いた。

紙風船は大きな弧を描き、おみよが伸ばした掌に落ちていく。

「わあい、わあい」

年長の娘たちもやってきて、紙風船を掌で叩いて遊びだす。

後ろから、おみつが声を掛けてきた。

「もしや、矢背のお殿さまでは」

「ん」

振りむくと、探るような眸子を向けてくる。

「やっぱり、そうなのですね」

うなずいてやると、おみつはなぜか涙ぐんだ。

「杉内中馬の妹、みつにござります。兄はいつも、矢背さまのことを楽しげにはなしておりました。年に一度しかお会いできぬお方だが、自分にとってはかけがえのないお方だと、そう申しておりました。兄のことを『生涯の友』と仰ってくれたそうですね。兄はそのおことばを支えにしておりました。如月の朔日が来るのを、いつも指折り数えて待っていたのでござります」

「ありがたいな」

「されど、今年はお会いできなかったのですね」

蔵人介はうなずき、淋しげに微笑んだ。

「再会できずとも、心は通じておった」

「えっ」

懐中から奉書紙を取りだし、おみつに手渡す。

開いた奉書紙には、杉内中馬の髻《もとどり》が納めてあった。

おみつはことばを失い、呆然と佇んだままでいる。

「杉内中馬どのは忠義の人でござった。武士らしい立派な最期を遂げられましたぞ」

大きく瞠ったおみつの眸子に、じわりと涙が滲《にじ》んできた。

幼いおみよが、頬を染めながら駆けてくる。

「ねえ、おっかさん、おいちゃんはどうしたの」

蔵人介は身を屈め、おみつの代わりにこたえてやった。

「おいちゃんはな、遠くへ旅に出たんだよ」

「いつ逢えるの」

「来年、いや、再来年かな。でも、おみよちゃんのことは、空からいつもみていてくれるはずさ」

おみよは空を見上げた。

蒼穹《そうきゅう》には白い雲が浮かんでいる。

「あれだね、おいちゃんは、あの雲だね」

おみよが小さな掌で、ぽんと紙風船を叩いた。

紙風船は宙に舞い、雲とひとつに溶けこんだ。

末期養子《まつごようし》

一

庭の辛夷《こぶし》が春雨に濡れている。
蔵人介は苛立っていた。
目のまえでは、若いふたりが竹刀を合わせている。
鐵太郎の願いを聞きいれ、卯三郎が稽古をつけているのだ。
竹刀は練兵館で使用されるもので、定寸《じょうすん》よりも長くて重い。
何合か竹刀を合わせていると、鐵太郎は腰をふらつかせた。
心もとない物腰だが、負けん気だけは強い。
突いては躱《かわ》され、振りおろしては弾かれ、息はあがっても「まいった」のひとことだけは発しなかった。
一方、卯三郎はあきらかに手加減をしている。
無理もあるまい。自分のほうが五つも年上だし、技倆にも雲泥《うんでい》の差があるのだ。
だが、蔵人介は気に食わない。
やおら立ちあがって裸足で庭に下り、汗みずくの鐵太郎から竹刀を奪った。
青眼に構えて対峙すると、卯三郎の目つきが変わる。
「ぬりゃ……っ」
腹の底から気合いを発し、大上段から打ちかかってきた。
――ばしっ。
強烈に弾きかえし、竹刀の撓りを効かせて肩口を叩く。
「ぬぐっ」
骨の軋《きし》む音がした。
卯三郎は前のめりに倒れ、地べたに膝をつく。
「その程度か」
煽ってやると、首を捻りかえした。
小鼻を膨らませ、睨みつけてくる。

「まだまだ」

起きあがるや、双手《もろて》を伸ばして突きこんできた。

「ふん」

横から払いおとし、容赦なく鼻っ柱を打つ。

鈍い音がして、卯三郎は鼻血を散らした。

「父上、おやめくだされ」

鐵太郎が叫んでも、蔵人介は取りあわない。

志乃が黄水仙《きずいせん》の花を手にしたまま、仏間から顔を出す。

幸恵も縫い物を放り、何事かと廊下へ飛びだしてきた。

四つ目垣の向こうからは、串部が亀のように首を伸ばしている。

「まだまだ」

卯三郎は鼻血を拭いて立ちあがり、竹刀を相青眼に構えた。

こんどは慎重に間合いをはかり、安易に打ちかかってこない。

ぴりっと、張りつめた空気が流れた。

卯三郎は右八相《はっそう》に構えなおし、爪先を躙りよせる。

眉間に青筋を立て、五体から炎《ほむら》を放っていた。

怒っているのだ。

いったい、何に腹を立てておる。

蔵人介は眸子を細め、黙然と問うた。

わしにか、それとも、不甲斐ない自分にか。

納戸払方だった兄は上役のいじめに耐えきれずに物狂いとなり、母を殺めたその刃で自刃《じじん》した。同役の父は行方知れずとなったあげく、横領に手を染めた上役に刃向かって返り討ちに遭った。卯木家は改易とされ、天涯孤独となった卯三郎は行き場を失い、詮方なく隣人の好意に甘えるしかなかった。

望みもせぬのに寝食を与えられ、さぞや、居心地が悪かろう。

不運な境遇に置かれている自分が、情けないにちがいない。

そうおもうのならば、なおさら、鐵太郎と真剣に向きあえ。

中途半端に甘やかさず、きっちり稽古をつけよ。

府内随一の厳しさで知られる練兵館に通いつづけ、おぬしは何を学んでいるのだ。

蔵人介は胸の裡《うち》で叱りつけ、徐々に間合いを詰めていく。

冷静さを欠いた卯三郎は、全身隙だらけだった。

練兵館館長の斎藤弥九郎から「筋がよい」と褒められた剣士の片鱗《へんりん》もない。

「斬る人も空《くう》、太刀も空、打たるるわれも空なれば、打つ人も人にあらず、打つ太刀も太刀にあらず……」

蔵人介は沢庵《たくあん》和尚の著した『不動智神妙録』の一節を唱え、竹刀を大上段に振りあげる。

「……打たるるわれも稲妻のぴかりとするうちに、春の空を吹く風を斬るごとくなり。いっさい止まらぬ心なり。風を斬ったのは、太刀におぼえもあるまいぞ」

卯三郎は、金縛りに遭ったように動けなくなった。

渇いた口を湿らせるべく、唾を呑むこともできない。

「雑念払うべし。ねい……っ」

蔵人介は鋭く踏みこみ、真っ向から脳天を打ちくだく。

——ばしっ。

竹刀が月代のうえで跳ね、竹の切片が散った。

卯三郎は膝を屈し、顔から地に落ちていく。

気を失ってしまったのだ。

「……ち、父上、何ということをなさる」

鐵太郎は吐きすて、固めた拳を震わせた。

幸恵が庭に下り、卯三郎のそばへ駆けよる。
「お殿さま、大人《おとな》げないことにござりますぞ」
きっと眉を寄せ、たしなめるように言った。
串部が手桶に水を汲み、蟹股《がにまた》でやってくる。
「奥方さま、そこをお退《ど》きくだされ」
言うが早いか、ざばっと威勢良く水を掛けた。
覚醒した卯三郎は首を振り、起きあがろうとする。
その鼻先へ、竹刀の先端が差しだされた。
「矢背家の稽古に手加減はない。心しておくように」
蔵人介は言い捨て、竹刀を引っこめる。
卯三郎は目に涙を溜め、口惜しげにうなずいた。
鐡太郎も我が事のように、悔し涙を浮かべている。
幸恵は不安そうに立ちすくみ、串部は卯三郎を抱きおこす。
志乃だけはむっつり黙ったまま、音もなく仏間へ消えていった。
これしきのことで家を出るようなら、鬼役を継ぐべき器ではない。
矢背家の養子に迎えるには、それなりの覚悟を決めてもらわねばならぬ。

幸恵はいざ知らず、少なくとも蔵人介と志乃のふたりは、卯三郎の資質を見極めようとしていた。

気づいてみれば雨は熄み、雲間から一条《ひとすじ》の光が射しこんでいる。

「これが希望の光になればよいが……」

蔵人介は空を見上げ、眩《まぶ》しげに睫毛を瞬《しばたた》かせた。

二

上野山《うえのやま》の桜は七分咲きとなり、町娘たちは晴れ着を纏って花見に出掛けた。

墨堤《ぼくてい》の桜も咲きそろってきたので、大川《おおかわ》には大小の屋形船が行き交っている。

志乃と幸恵は野良猫の「ぬけ」が眠る縁側で膝をつきあわせ、花見の予定を相談していた。

上野山や墨堤はもちろんのこと、明日は御殿山《ごてんやま》から八《や》ツ山《やま》へ、明後日は玉川上水の流れる小金井《こがねい》橋へ、そのつぎは日光街道を抜けて飛鳥山《あすかやま》へと、茶菓子を摘みながら名所番付を眺め、小娘のようにはしゃいでいる。

そうしたなか、蔵人介は練兵館から呼出を受けていた。

九段坂下にある道場を訪ねてみると、二十人ほどの門弟たちが向かいあい、組打ちの荒稽古をおこなっている。

「いや、たあ……っ」

ほとばしる気合いも凄まじい。

相手の「真を打つ」べく、頭にかぶった面をひたすら激しく打ちあうのだ。

ここは合戦場《かっせんば》かと、蔵人介はおもった。

正面の壁に「武は戈《ほこ》を止むるの儀なれば、少しも争心あるべからず」という道場訓が貼ってある。

剣が争乱の道具になることを戒める練兵館らしい教訓だ。

稽古に見入っていると、年嵩《としかさ》の門弟が応対にあらわれ、道場の奥にある客間へ案内された。

泰然とした物腰で待っていたのは、館長の斎藤弥九郎である。

縦も横もある堂々とした体軀《たいく》に角張った顔、眉も太ければ鼻梁《びりょう》も太く、挑むように睨む眸子はぎらついている。最大の特徴は耳朶《じだ》の垂れた福耳で、反りかえった鬢《びん》の脇から象のように張りだしていた。

「ようこそ、おいでくだされた」

分厚い唇《くち》もとから吐きだされた声も太い。

さすが、諸藩からも挙って若い藩士たちが入門を望む大道場の主だけあって、気攻めでぐいぐい攻めてくる。

「おい、酒肴《しゆこう》を持ってまいれ」

外へ声を掛けると、さきほどの門弟が膳を運んできた。

「それがしの生家は越中射水郡《いみずごおり》の百姓でござる。贅沢に慣れておりませぬゆえ、安酒と鰻《うなぎ》の胆《きも》しかござらぬが、よろしければどうぞ」

「お心遣い、痛み入ります」

たがいに酒を注ぎあい、一献酌みかわす。

「ぬふふ、昼間の酒は美味《うも》うござる。門弟どもはさぞ、羨ましがりましょうな。ところで、ご足労いただいたのはほかでもない、卯木卯三郎のことでござる」

「そう言えば道場で見掛けませなんだが、あやつがまた何かしでかしましたか」

「いやいや、そうではない。矢背どのと鉢合わせにならぬよう、番町《ばんちよう》の急坂を駆けさせておるのでござる」

よほどのはなしと察し、蔵人介は身構えた。

斎藤は襟を正し、こほっと空咳を放つ。

「じつは、さるところから養子話がござりましてな。隣人の誼でお預かりいただいている矢背どのには、本人よりもまずさきにお断りしておかねばならぬと、さように考えた次第でござる」

「それはそれは、お気に掛けていただき、御礼のしようもござりませぬ。卯三郎にとって斎藤どのは剣の師であるとともに、ご後見役《こうけん》も同然。それがしなどが口を挟む余地はござらぬ」

「されば、このはなし、進めてもよいと仰せか」

「拒む理由などありませぬ」

胸の裡とうらはらの返事をし、顔に少しの感情も出さない。

斎藤はじっとこちらをみつめ、ほっと安堵《あんど》の溜息を吐いた。

「いや、はははは。じつは、矢背どのが御家の養子に迎えたいのではないかと勘ぐっておりました。無論、ご子息がおありなのは存じております。ただ、鬼役という過酷な役目を担わせるには、ちと気が優しすぎるご性分と聞いたもので。どうやら、それがしの勝手な邪推だったらしい。平に御容赦くだされ」

下げた頭は硬そうで、石で叩いても割れそうにない。

蔵人介は自棄酒《やけざけ》を呷《あお》りたくなった。

斎藤はすかさず、酌をしようとする。

「養子先は百俵取りの御闕所物奉行《ごけっしょもの》にござる。ご存じのとおり、奉行とは申せ、御目見得以下の軽きお役。されど、幕臣は幕臣にございます。卯三郎の境遇ならば、願ってもないはなしではないかと存じまするが」

「仰せのとおりかと」

「さようでござるか。いや、安堵いたしました。じつを申せばここだけのはなし、大目付の南條壱岐守さまから韮山《にらやま》代官の江川太郎左衛門英龍《えがわたろうざえもんひでたつ》さまを介して、直々にお願いがござってな。喫緊《きっきん》のことゆえ何とか頼むと頭を下げられては、断るわけにもまいりませなんだ」

大目付の南條壱岐守と聞いて、蔵人介はぐっと身を固めた。

先月、火薬密造の件で成敗した佐々部平内は、そもそも、南條の間者として加賀藩に潜入していたからだ。

そうした関わりがあることなどおくびにも出さず、蔵人介は問いを発した。

「大目付さまがお急ぎの理由とは、何でござりましょうな」

「じつは、先方が末期《まつご》養子を望んでおります」

闕所物奉行の名は棚田六兵衛《たなだろくべえ》というのだが、当主の六兵衛は一昨夜、心ノ臓の発《ほっ》作《さ》で急死した。子はおらず、後家《ごけ》となった妻が親戚じゅうに声を掛けても、色好い返事を寄こす者はいないという。

「かといって、家を潰すわけにもいかず、進退窮まって、大目付の南條さまに願いでたという経緯《いきさつ》でな」

三千石取りの大目付が百俵取りの後家の願いを聞きいれたことに、蔵人介は首を捻らざるを得ない。

「それがしも妙だとおもったが、仲立ちにはいられた江川さまによれば、壱岐守さまは情のわかるおひとらしい」

江川太郎左衛門は、武州《ぶしゅう》、相模《さがみ》、伊豆《いず》、駿河《するが》、甲斐《かい》にまたがる二十六万石の幕領を治める代官だ。斎藤の剣友であり、練兵館を開くにあたって金銭の援助をした恩人でもある。老中の水野忠邦に命じられ、昨年の暮れから相州《そうしゅう》沿岸の視察にもむいていた。海防強化の是非を問う視察であったが、江川とともに随伴を命じられたのは筆頭目付の鳥居耀蔵だった。

韮山代官が進取《しんしゅ》の精神に富む聡明《そうめい》な人物であるということは、義弟の市之進からも聞いている。

ともあれ、江川の頼みとあれば、斎藤は無下《むげ》にもできまい。

「急がねばならぬ」

当主を失った後家は、必死にちがいなかった。

建前上、当主はまだ生きていることにして、当主の名で養子縁組を願いでなければならないからだ。

一方、通知を受けた上役のほうも、すでに亡くなっているのを知りながらも屋敷へおもむき、当主の生存と養子縁組の意志を確かめねばならぬ。これを判元見届《はんもとみとどけ》と称し、上役は腐りかけた屍骸に語りかけるなどした。そして即日、親族は末期養子の願書《ねがいしょ》に捺印《なついん》し、月番《つきばん》の老中宛てに届け、翌日には病死届けを提出する。その日からおおむね四月《よつき》ほど経ってから、相続の許可が下ろされた。

「ほとけになった当主は仏間に寝かされておりましてな、判元見届は五日後だそうでござる」

「五日後ならば、早急に返事をせねばなりませぬな」

「さよう。矢背どのから卯三郎本人に、末期養子のはなしをしてはいただけまいか」

恐い目でぎろりと睨まれたら、断ることもできない。

斎藤は銚釐《ちろり》を摑み、膝を躙りよせてきた。

「ささ、おひとつ」

注がれた安酒を喉に流しこむと、やりきれなさが募ってくる。

峻拒《しゅんきょ》できない自分が情けない反面、卯三郎が幕臣として役目に就く絶好の機会を奪うわけにはいかないという気持ちもある。

選択の余地があるのならば、本人の意向を聞いてみたかった。

縁もゆかりもない家の末期養子となり、闕所処分とされた罪人の財産を没収した り売却する役目に就きたいのか。それとも、矢背家に今しばらく留まって毒味作法の修行をおこない、鬼役となってお城に出仕したいのか。

どちらも敬遠されがちな役目だが、禄を頂戴できるだけでもありがたいとおもわねばなるまい。

斎藤も卯三郎の将来を案じて、養子話を持ちかけてきたのだ。

本人の心情がどうあれ、拒む余地などあるわけがない。

ならば、直にはなせばよいではないかと言いたかった。

何故、気の重い役目をこちらに押しつけるのか。

五体に溜めこんだ怒りが、殺気となって漏れた。

斎藤も鋭敏に察し、隙のない構えで対峙する。

「柄《つか》に八寸の徳と申すは、田宮《たみや》流の理合《りあい》にござろう。そこもとと同じ長柄刀《ながつかとう》を使う剣客を存じております」

「ほう、それは」

「誰あろう、大目付の南條壱岐守さまでござるよ。じつは卍《まんじ》抜けの達人であられましてな」

「卍抜けと申せば、林崎夢想流《はやしざきむそう》」

「いかにも。長いのは柄のみならず、本身《ほんみ》の刃長も三尺三寸はござる。長尺刀を瞬時に抜きはなち、縦横無尽に使いこなす。ふふ、駿河台の御屋敷に招かれ、形《かた》を披露していただいたことがござってな。これも役得と申すべきか、いやはや、貴重なものを拝見することができました」

同じ居合を修めた者としては、是非とも「卍抜け」と称する大太刀の抜き技を目にしてみたい。

蔵人介は、南條壱岐守という人物に興味を抱いた。

「抜けば仕留める居合の両雄、立ちあっていずれが勝つか、剣の道を志す者であれば誰しもが興味を禁じ得ぬところでござる」

「えっ」

斎藤は門弟たちに他流試合を禁じている。厳格な剣の師から発せられたことばともおもえなかった。

「ぬふふ、戯《ざ》れ言《ごと》でござる。お聞き流しくだされ」

斎藤は仰けぞり、のどちんこまでみせて大笑する。

その大らかさに気を殺《そ》がれ、蔵人介は剝《む》きかけた牙を収めた。

三

卯三郎が稽古から戻ってくると、蔵人介はさっそく部屋に呼びつけた。

事情を知らぬ家の連中は何事かと色めきたったが、当主のいつになく厳しい態度に気圧《けお》され、そばに近づくこともできない。志乃でさえ声を掛けなかったほどだから、幸恵や鐵太郎がはなしかけられるはずもなかった。

蔵人介は背筋を伸ばして座り、抑揚《よくよう》のない調子で喋りだす。

「わしもな、一刻前までは練兵館におった。斎藤どのに呼びだされてな」

「えっ、先生がいったい何で」

卯三郎は前のめりになり、黒目がちな眸子を向けてきた。

蔵人介は一拍間を置き、淋しそうに微笑んで目を逸らす。

「おぬしに養子話がきた。大目付の南條壱岐守さまから直々のおはなしでな、縁組のお相手は壱岐守さまご配下の御闕所物奉行、棚田六兵衛どののお家だ」

重い沈黙が流れ、突如、卯三郎は両手を畳についた。

「拙者ごときのために、ありがたきおはなしにございます。されど、何故にございましょう。何故、先生は道場でおはなしいただけなかったのでしょう」

「わからぬ。わしは斎藤どのに託されたゆえ、はなしを伝えたまでだ」

「おふたりとも、気が重い役目だとおもわれたのですね。拙者が拒むのではないかと、ご懸念されたに相違ない。ご案じめされるな。そのおはなし、ありがたくお受けいたします」

「本心か」

「はい」

翳《かげ》りのない表情から本心を読みとることはできない。

蔵人介は胸に燻《くすぶ》る情けを振りはらい、淡々とつづけた。

「ご当主の棚田六兵衛どのは一昨日、急の病で亡くなられた。ご遺族がお望みなのは末期養子だ」

「いっこうに構いませぬ。されど、末期養子ならば、のんびりしてはいられますまい。さっそく、ご挨拶に伺わねば」

「何もそう焦ることはない。明日でもよかろう」

「いいえ、そういうわけにはまいりませぬ。遺された方々はさぞかし、気を揉んでおられることでしょう。一刻も早く、ご挨拶だけも済ませておくべきかと」

家の仏間に屍骸が寝かされていることを、卯三郎はきちんと理解しているのだ。日が経てば死臭が充満し、家人たちはいっそう死と向きあわねばならなくなる。そうしたとき、末期養子が決まっているのといないのとでは、心の持ちようが天と地ほどもちがってくる。

そこまで踏まえたうえで、卯三郎は挨拶に行くべきだと主張しているのだ。

細やかな心配りに驚きつつも、道理だなとおもい、蔵人介は同意してしまった。

卯三郎は仕度をすると言って退出し、志乃に断って庭から沈丁花《じんちょうげ》を何本か手折《たお》ってくる。忌み事にふさわしい追善《ついぜん》の花とは言えぬものの、死臭を紛らわせる配慮をしたつもりのようだった。

ふたりは冠木《かぶき》門を出て、組屋敷の狭間を足早に進み、浄瑠璃《じょうるり》坂を下った。

夕陽は西に大きくかたむき、通夜へおもむくかのような雰囲気である。

暗い気分で向かったのは、市ヶ谷御門を通りぬけたさきの番町だった。闕所物奉行の屋敷は駿河台にある大目付の役宅内ではなく、麴町《こうじまち》七丁目へ抜ける亀沢横丁《かめざわよこちょう》の一隅にある。

頑《かたく》なに閉じられた門を敲《たた》くころには陽も沈み、あたりは薄暗くなっていた。

屋敷に人気はなく、抹香《まっこう》臭さだけが漂っており、後家となった妻女がたったひとりで家を守っているようだった。

もはや、周知のことであるにもかかわらず、隣近所に主人の死は伏せられている。焼香《しょうこう》に訪れる者とてないのは、そのためであろう。

親類縁者のひとりやふたりは居てもよさそうなものだがと、蔵人介はおもった。

応対にあらわれた妻女は細面で痩せたからだつきをしており、顔色は死人のように蒼褪《あおざ》めていた。

それでも、見知らぬ来訪者にたいして気丈《きじょう》にふるまう余力は残している。

氏素姓を聞かれた途端、蔵人介は使いも出さずに訪ねたことを後悔した。

妻女としては、みずから上役に頼んだこととはいえ、はじめて会った相手に「末期養子をお受けしたい者でござる」と応じられたら、面食らうにちがいない。

戸惑う蔵人介を尻目に、卯三郎が機転を利かせた。

「さるお方から御家のご不幸をお聞きし、ご焼香だけでもとおもいまして」

誠実な物言いと澄んだ瞳が、相手の心を一瞬にしてとらえたようだった。

妻女はすべてを理解したようにうなずき、当主の眠る仏間に導いてくれた。

中庭に面した廊下を渡るとき、蔵人介は濃厚な沈丁花の香りを嗅いだ。

卯三郎が携えた花ではなく、棚田家の庭にも沈丁花が咲いていたのだ。

「この時節、暗くなると香りが増してまいります。目で愛《め》でるのではなしに、鼻で愛でる。主人は桜よりも風情があると申しておりました」

灯籠の明かりに映しだされた庭の花木は手入れが行きとどいており、我が子のように育てられた様子が窺える。子ができずに後ろめたさを感じている妻を、夫は慈愛の籠《こ》もった手で大らかに包みこんでいたにちがいない。

得手勝手《えてかって》な想像ではあったが、庭のつくりこみを目にするや、仲睦まじい幕臣の夫婦がつましく暮らしてきた日常の風景が、蔵人介の脳裏に浮かんでいた。

案内された仏間にも沈丁花は飾られており、白い蒲団に寝かされた死者は布で顔を覆われ、安堵しきったように眠りつづけている。

「顔をおみせすることはできませぬが」

妻は申しわけなさそうに言い、焼香台も用意できぬことを謝った。

謝る必要など、ひとつもない。五日後に上役が訪ねてきて判元見届が終わるまで、棚田六兵衛は死んではならぬ。奇妙なはなしだが、生きている者として扱わねばならぬのだ。

蔵人介たちは名を名乗り、訪ねてきた事情も告げた。

妻女は名を「臙《えん》」と言い、もとは商家から嫁いできたという。

年はまだ、四十に届いておるまい。

窶れてはいるものの、なかなかの縹緻良《きりよう》しだ。

おおかた、六兵衛のほうが見初めて嫁に迎えたのだろうと、蔵人介は邪推した。

目の前に座る不幸を背負った妻女が卯三郎の義母になるのかとおもえば、妙な感じもする。

「棚田家は二百年以上の長きにわたってつづいた家ゆえ、自分の代で潰すわけにはいかぬと、主人は口癖のように申しておりました」

それゆえ、主人の親戚筋に声を掛けたのだが、誰ひとり相談に乗ってくれる者とていなかった。

「生前から疎遠にしていたこともあるのでしょうが、わたくしの出自や他人の恨みを買いやすい闕所物奉行というお役目が関わっているのやもしれませぬ」

朧はやおら立ちあがり、おもいだしたように茶を淹れてこようとする。

すかさず、蔵人介は引きとめた。

「どうか、おかまいなく。それより、何かお隠しになってはおられませぬか」

「えっ」

「不躾《ぶしつけ》ながら、何か秘密をお持ちなら、打ちあけていただきたい」

末期養子を受ける身ならば当然のことだという顔をしてみせると、真剣な眼差しに打たれたのか、朧はふたたび座りなおす。

「仰せのとおりでござります。上の方に秘しておくようにと命じられましたが、末期養子にはいっていただける方に黙っているわけにもまいりませぬ」

朧は決意を固め、驚くべきことを口にした。

「主人は病死ではなく、何者かに斬殺されたのでござります」

「何ですと」

声をあげたのは、後ろに控える卯三郎のほうだった。

蔵人介もおもわず、蒲団に寝かされたほとけをみた。

朧の消えいりそうな声が、耳に忍びこんでくる。

「一昨日の夕刻、役目を終えて帰る途中の善國寺谷《ぜんこくじ》で、刀も抜かずに背中を斬られたのでございます」

「背中を、しかも、刀も抜かずにでござるか」

「はい」

朧はうつむき、声を震わせる。

「背中を斬られるは武門の恥、卑怯者の誹《そし》りを受けるやもしれぬから秘しておくようにと、さように命じられました」

「いったい、誰がお命じに」

「南條壱岐守さまご配下の御用人頭《ごようにんがしら》、辻軍太夫《つじぐんだゆう》さまにでございます」

朧は辻なる者の命にしたがっている。

家を存続したければ病死にしておけと命じたのも、辻軍太夫であった。

事情を知った親戚の連中は保身に走り、今のところ救いの手を差しのべようとする者はいない。

「君子《くんし》危うきに近寄らずというわけだな」

蔵人介はひとりごち、腕組みをする。

「下手人に心当たりは」

「ございませぬ。町奉行所のお役人によれば、辻斬りかもしれぬと」

「町奉行所の役人が動いたのでござるか」

「最初だけです。辻さまがここに来られてからは、潮が引くように居なくなってしまわれました」

大目付の威光を恐れ、調べを打ちきったのだ。

五日後に判元見届に来る上役のなかにも、辻軍太夫はふくまれているという。

何かあるなとおもったが、これ以上、根掘り葉掘り尋ねるわけにもいかない。

蔵人介が黙していると、卯三郎が身を乗りだしてきた。

「朧さま、微力ながら拙者、お力になりとうござります。何なりと仰ってくださ い」

驚いた朧の眸子がじわりと潤《うる》み、口をへの字に曲げるや、嗚咽《おえつ》を漏らしはじめる。

「……か、かたじけのうござります。ご面識もないお方から、これほどお心の籠もったおことばを頂戴できるとは、考えてもおりませんでした」

「どうか、お気を落とされぬように」

畳に両手を置く妻女に頭を下げ、ふたりは背を向ける。

「あの……」

朧が声を掛けてきた。

脅えたような眸子で、何か言いたそうにする。

だが、口から漏れたことばは期待したものではなかった。

「……お、お気をつけてお帰りくださいまし」

ほかにも、何か隠していることがあるのだ。

蔵人介はそれと察したが、敢えて追求するのをやめた。

下手に事情を知れば、厄介事に巻きこまれる恐れもあるからだ。

厄介事に巻きこまれるまえに、養子話を断るという手も残っている。

おもいつめた顔の卯三郎を促し、仏間をあとにした。

膲の嗚咽が漏れ聞こえてきたが、振りかえらずに廊下をたどる。

門の外へ出てしばらく歩き、蔵人介はおもむろに口をひらいた。

「どういたす。もう一度、考えなおしてみるか」

「えっ」

「わしから斎藤どのに断りを入れてもよいのだぞ。死因が病死でないとわかれば、納得していただけよう」

蔵人介の問いかけに、卯三郎は口を尖らせる。

「考えなおす必要など、何ひとつありませぬ。微力ながら、膲さまの力になりたいと申しました。武士に二言はござらぬ」

「さようか」

潔い返答に感服しつつも、内心では溜息を吐きたくなった。

末期養子にはいるとなれば、棚田六兵衛殺しを調べぬわけにはいかない。

判元見届の当日まで、できるだけのことはしてみようと、蔵人介は心に決めた。

四

帰路、棚田六兵衛が斬られたところへ足を向けてみた。

そこは屋敷から一丁ほど東へ進んだ四つ辻の曲がり角で、左右には芥溜《あくただまり》と化した空き地が広がっている。昼なお暗い低地ゆえか人通りも少なく、夕暮れともなれば何十羽という烏が集まるところだった。

「道端の木陰か藪に潜めば、気づかれませぬな」

卯三郎は何気なく、顎をしゃくった。

太い樹木の裏に、人の気配がわだかまっている。

蔵人介は大きく踏みだし、腰の長柄刀に右手を添えた。

「卯三郎、退いておれ」

さらに一歩踏みだすと、木陰から小柄な人影が抜けだしてきた。

「お待ちを。怪しい者ではございませぬ」

お店者のようだ。吊りあがった狐目に尖った鼻、薄い唇を卑屈にゆがめ、拝むような仕種をしてみせる。

蔵人介は身を寄せ、上から睨《ね》めおろした。

「何者だ」

「……て、天竺屋《てんじくや》俵右衛門《ひょうえもん》と申す古物商にございます」

「古物商が何故、待ちぶせをしておった」

「待ちぶせなどと、滅相《めっそう》もございませぬ。そこの善國寺坂を上ったところで、ご挨拶するつもりでおりました」

「おぬしに挨拶されるおぼえはない」

「御武家さま方、御闕所物奉行の棚田さまのもとをお訪ねになりましたな。手前は棚田さまのお宅に出入りしておりました」

なるほど、闕所物奉行は罪を犯して改易や減封《げんぽう》となった大名や大身旗本《たいしんはたもと》の所有財産を没収し、売りはらって金銭に換える役目を担う。古物商との関わりが深いことは理解できた。

「棚田さまはたいへん生真面目なお方で、今どきのお役人にはめずらしくと申しては語弊《ごへい》がござりますが、手前どものような出入りの商人に一銭も賄賂《まいない》を要求なされませなんだ。そりゃ、お金はお貸ししましたよ。なにせ、百俵のお役料では生活《たつき》がまわりませせぬからな。ご返済はあるとき払いでけっこうですと申しあげたにもかかわらず、棚田さまは節季にかならずご返済くだされました。そのようなお方が背中を斬られて死んじまうなんて、手前は口惜しくて仕方ありません」

「おぬし、もしや、斬殺をみておったのか」

「とんでもない。恐ろしくて想像したくもありませぬよ」

「それなら、何故、わしらを尾けた」

「尾けたのではござりませぬ。棚田さまと関わりの深いお方ならば、お伝えしたいことがありまして」

「何だ、申してみろ」

「そのまえに、せめて、ご姓名だけでもお教え願えませぬか」

蔵人介は名乗るかわりに、目にも止まらぬ捷《はや》さで刀を抜いた。

「ひぇっ」

寄り目になった天竺屋の鼻先には、名刀来国次の切っ先がある。

「矢背蔵人介、それがわしの名だ。本丸の御膳奉行をつとめておる」

「……お、鬼役さま」

切っ先を外して納刀すると、天竺屋はへなへなとくずおれた。

戯れ事が過ぎたようだ。

腰を屈め、肩を軽く叩いてやる。

「名乗ったぞ。ほれ、喋ってみろ」

「……じ、じつは、心当たりがござります」

「ん、棚田どのを殺めた下手人のことを申しておるのか」

「へえ」

後ろの卯三郎も身を寄せてくる。

天竺屋はたどたどしい口調でつづけた。

「お役目柄、棚田さまに意趣《いしゅ》を抱く者はおりました。なかでも、仙崎《せんざき》さまの御曹司《おんぞうし》は行状がひどく、酔った勢いでお屋敷にみえられ、今すぐ斬ってやるから出てこいと、ご近所じゅうに聞こえるほどの怒鳴り声をあげられたとか」

「仙崎とは何者だ」

父の仙崎左門《さもん》は家禄四千石の大身旗本で無役の寄合《よりあい》だったが、さきごろ、公儀の沙汰により切腹し、仙崎家は改易となった。理由は一人息子の直也《なおや》が廓《くるわ》狂いとなり、馴染みの楼閣で刃傷沙汰におよんだからで、幕閣に厳しい裁きを促したのが大目付の南條壱岐守政重《まさしげ》であったという。

子息の行状のせいで当主が切腹のうえ改易とは、厳しすぎる沙汰だなと、蔵人介はおもった。

「お沙汰が下って数日ののち、手前は棚田さまに従いて仙崎家の品々を調べにまいりました。そこへ、酩酊《めいてい》した御曹司があらわれたのでござります。背中に長い刀を負い、目にも止まらぬ捷さで抜いてみせました。されど、棚田さまは一歩も退《ひ》かず、懇々《こんこん》と説諭なされた。御曹司は気を殺《そ》がれたのか、獣のように喚《わめ》きながら去っていったのでござります。去りがけに『家の物をひとつでも持ちだしたら命はないぞ』と脅しあげたのをおぼえております。きっと、仙崎直也が棚田さまを殺めたに相違ない」

天竺屋は、興奮の面持ちで唾を飛ばす。

「逆恨みにござります。棚田さまは大目付さまの御命にしたがい、お役目を全《まっと》うなされたにすぎませぬ」

蔵人介はうなずきもせず、じっと相手の目をみつめる。

「さようにだいじなはなし、何故、われらに告げようとおもったのだ」

「御門のところでおふたりをお見掛けし、棚田さまの御家をお助けいただけるのではないかと直感いたしました。手前は何としてでも、棚田さまの御恩に報いたい、朧さまのお力になりたいのでございます」

「まことか。ふん、そうではあるまい。残骸を漁《あさ》る烏のように、金目のものは転がっていまいかと、周囲を探っておるのであろう」

「……と、とんでもございませぬ」

「まあ、よかろう。仙崎直也の居場所に心当たりは」

「……ご、ございませぬ」

「嘘を申すな」

「ひゃっ」

刀を抜こうとするや、天竺屋は頭を抱えて蹲《うずくま》る。

「申します。申しますので、ご堪忍ください。麻布《あざぶ》竜土《りゅうど》町《ちょう》にある毛利《もうり》さまの御下屋敷にございります」

「長州藩《ちょうしゅう》か」

蔵人介は首をかしげた。

改易となった旗本の穀潰《ごくつぶ》しが、三十六万九千石の大藩に匿《かくま》われているとでもいうのだろうか。

「仙崎家のご当主は代々、毛利さまの御屋敷に出入りを許されておられました。御曹司はおそらく、そちらの関わりから伝手を頼ったのでござりましょう」

由緒ある仙崎家は、長州藩の出入旗本だったにちがいない。出入旗本は幕初のころは監視役として重要視されたが、時を経るあいだに大名家に取りこまれていった。留守居《るすい》役などに請われれば、盆暮れの手当などを貰う代わりに、公儀で審議されている城普請や道普請などの極秘内容を流したりもする。出入旗本ならば利害をともにしてきた公算は大きく、路頭に迷う縁者の面倒をみる者があってもおかしくはない。

「何故、おぬしはそのことを知ったのだ」

蔵人介の問いに、天竺屋は胸を張った。

「調べたのでござります。毛利さまのご家中にも、骨董《こっとう》好きなお客さまが大勢おられます。そうした方々の口から、仙崎家の御曹司が出入りしているとの噂を耳にしたのでござります」

考える暇も与えず、たたみかけてやる。

「誰を訪ねればよい」

「えっ、まさか、毛利さまのご家中をお訪ねになるので」

「訪ねるかどうかは、こっちで決めることだ」

ぎろりと睨みつけると、古物商は観念したように漏らす。

「御留守居役であられる堂林帯刀《どうばやしたてわき》さま方の御用人頭で、小関庄左衛門《こせきしょうざえもん》さまにござります。どうか、手前が喋ったことはご内密に」

内密にしても、相手は容易に察するであろう。

「ほかに言いたいことは」

「ござりませぬ」

萎《しお》れた顔で首を横に振る天竺屋から、蔵人介は身を離した。

黙って様子を窺っていた卯三郎は、すぐに麻布へ行きたい仕種をする。

「足労したところで、門前払いにされるだけだ」

蔵人介は噛んでふくめるように諭し、勾配のきつい善國寺坂を上りはじめた。

五

翌日、蔵人介は卯三郎ではなく、従者の串部をともなって長州藩の下屋敷を訪ねた。

本来なら使者を送ってから伺うのが礼儀だが、何日も待たされるのがわかっているので直に訪ねてみることにしたのだ。

麻布竜土町までは御濠に沿って赤坂《あかさか》御門まで進み、青山《あおやま》大路を百人町《ひやくにんまち》に向かう途中で南に折れる。さらに、寺町《てらまち》を通って急勾配の三分坂《さんぶざか》を下り、屋敷町を抜けていけばたどりつく。

三分坂の坂下には、弓なりの築地塀《ついじ》に囲まれた報土寺《ほうどじ》があった。名大関、雷電為右衛門《らいでんためえもん》に縁のある寺だ。

串部が「どうしても墓参りをしたい」と懇願するので、仕方なく付きあってやった。

「二十一年間二百五十を超える取組で十敗しかしておらぬわけですからな、雷電こそが天下無双《てんかむそう》と呼ぶにふさわしい力士にござります」

なるほど、雷電は桁外《けたはず》れに強かった。丈は六尺五寸、重さは四十五貫目もあったという。ただし、将軍家斉に御目見得した肝心の上覧相撲で、関脇の陣幕嶋之助《じんまくしまのすけ》に土をつけられた。

「決まり手は、のど輪にござりまするよ。それが格下に喫した一敗目、やはり、雷電も人だったという顚末《てんまつ》でござる」

よほど雷電が好きなのか、串部は滔々《とうとう》と語りつづけ、仕舞いには「ああ、どすこい、どすこい」と、相撲甚句《じんく》まで披露する。

見上げる空は晴れわたり、そよ吹く春風が何処からか桜の花弁を運んでくる。

蔵人介は調子外れの唄を背中で聞きながら、のんびりと坂道を下りていった。

目途の毛利屋敷を指呼《しこ》に置くと、串部が唄を止めて喋りかけてくる。

「殿、卯三郎どのは供を許されず、口惜しがっておられましたな」

蔵人介は足を止め、にこりともせずに応じた。

「詮方あるまい。あやつは練兵館へ稽古に行かねばならぬ」

「それにしても、よくぞすんなり末期養子をお受けになったものでござる」

「おぬしなら、どうしておった」

「はて、赤子《あかご》のように駄々《だだ》をこねたやも。行きとうない、お家に置いてほしいと、泣いて頼んだことでしょう」

「卯三郎のほうがおぬしより、腹が据《す》わっておるということさ」

「うほっ、こりゃ一本取られましたな。されど、卯三郎どののお気持ちもわからんではない」

「どういうことだ」

「隣人の誼でお世話になることに、気後れを感じておられるのでは。それゆえ、本心をひた隠し、ことさら明るくふるまっておられるのです。ほんとうは、殿に引きとめてほしいのではあるまいか。拙者には、そうおもえてなりませぬ」

串部の言うことはよくわかるし、同情したくなる気持ちもわかる。

だが、蔵人介は引きとめようとおもわなかった。こちらの一存で卯三郎の行く末を決めることなどできない。矢背家の養子に迎えたい気持ちはあっても、口に出すことは憚られた。

鬼役は軽い気持ちで頼めるような役目ではない。そしてまた、卯三郎に家を継がせるということは、血の繋がった鐵太郎を見捨てることにも通じるからだ。

いずれにしろ、よほどの決断が要るはなしだった。

あれこれ悩んでいるところへ、養子話が舞いこんできたのである。

蔵人介が勝手に拒むべきではないし、拒む権限も持ち得なかった。

本人が望むのであれば、できるだけのことをしてやるしかあるまい。

蔵人介は毛利屋敷の門前に立ち、六尺棒を握った番人に取次を頼んだ。

期待もせずにしばらく待っていると、意外にも小関庄左衛門は屋敷内におり、少しのあいだなら会ってくれるという。

ただし、従者は門外に待機するように命じられたので、串部はふてくされてしまった。

「さあ、こちらにござる」

若い藩士が案内にたち、蔵人介は広大な屋敷内へ導かれた。

玄関ではなしに脇の厩舎《きゆうしや》を通って裏手へまわり、藩士たちの詰める長屋や番小屋をいくつも通りすぎ、むくり屋根の細長い土蔵のそばまでやってくる。

飛び石伝いに中門を抜けると、四つ目垣に囲まれた庭があった。

枯れ木の狭間にみえる藁葺きの庵《いおり》は、茶を点《た》てる数寄屋《すきや》であろうか。

寂《さ》びた簀戸《すど》を抜けると、砂雪隠《すなせっちん》のある待合いに、侍がひとり立っていた。

「ほう、これはこれは。本丸の鬼役どのでござるか」

巨木のような大男だ。

親しげに出迎えたつもりでも、五体から放つ覇気《はき》は尋常なものではない。

蔵人介は、報土寺の墓前に詣でた雷電為右衛門を頭に浮かべた。もちろん、風貌は錦絵でしか知らぬし、大きな手形から巨体を想像するしかないが、眼前に立ちはだかる壁のごとき人物が雷電のすがたと二重写しになる。

「ぬふふ、どうなされた。拙者が小関庄左衛門でござる」

ぽんと肉厚の腹を叩き、親しげに顔を近づけてきた。

「じつは、矢背どののご高名を以前より聞きおよんでおった。ゆえに、お顔を拝見したいとおもいましてな」

「それは恐縮でござる」

「丈はあるが、存外に細身であられる。田宮流の奥義は、やはり、抜き際の一刀におありか」

藪から棒に流派の奥義《おうぎ》を尋ねられ、蔵人介は面食らった。

「それがしの流派までご存じとは、恐れいりましたな」

「知らぬはずがござらぬ。拙者はこうみえても、景《かげ》流の抜刀術を修め申した。景流の根は伯耆《ほうき》流、さらに元をたどれば林崎夢想流にいきつく。田宮流も同流から分かれた一派なれば、いずれも根は同じ。剣の道を修めようとする者ならば、強き相手を求めるのは自然の成りゆきにござる。しかも、居合を修めた者ならば、幕臣随一の達人と称される矢背蔵人介の名を知らぬはずはない」

申し合いに来たかのような錯覚に陥った。

うっかり、本来の目途を忘れかけてしまう。

小関が身を反らし、大きな口を開けて嗤った。

「ぬかか、ご無礼つかまつった。ところで、ご用件は何でござったかな」

気を取りなおし、相手を真正面から見据える。

「じつは、仙崎直也と申す幕臣の件でまいりました」

仙崎の名を出した途端、小関は眉間に皺《しわ》を寄せた。

「仙崎直也と申せば、不埒《ふらち》な行状を重ねた挙げ句、由緒ある家を潰した穀潰しにござろう」

「その穀潰しを匿っておいでになるという噂がござる」

「わが毛利家でか。ぬはっ、さようなことがあるはずもない。いったい、誰がそのような噂を」

「ご想像にお任せ申す」

「ご想像に。ん、もしや、天竺屋とか申す古物商ではあるまいか。あやつ、たいそう口の軽い噂好きゆえな、まちがいあるまい。改易となった仙崎家にも土足で踏みこみ、書画や骨董を見繕っておったからな」

小関はひとりごとのように喋りつづけ、こちらに向きなおった。

「仙崎家は何代もつづく出入旗本であった。それゆえ、子息の行状にも目を瞑《つむ》ってはきたが、改易となった以上、当家との関わりはいっさいござらぬ。おはなしいたすこともないので、早々にお引きとり願おう」

さきほどまでの態度とは一変し、小関は怒りの籠もった声を放つ。

「さようでござるか。ならば、詮方ござらぬ」

蔵人介は一礼し、くるっと踵を返した。

「お待ちを」

振りむくと、小関が探るような目を向けてくる。

「貴殿と仙崎直也とは、どういう関わりがござるのか。差しつかえなくば、お教え願いたい」

「されば」

蔵人介は襟を正し、相手を鋭く睨みかえした。

「三日前の夕刻、番町で大目付配下の御闕所物奉行が何者かに斬られました。仙崎直也が下手人ではないかと申す者がおりまする」

「ほほう、それでかの者を捜しておられるのか。されど、幕臣殺しの探索は御目付衆の御役目でござろう」

「仰せのとおりにござる。なれど、御闕所物奉行にいささか縁があり申す」

鎌を掛けたわけではないが、小関はうっかり口を滑らせた。

「その御闕所物奉行、無嫡《むちゃく》を理由に改易になるやもしれぬと聞いたが」

「妙でござるな。さようなはなし、いったい、どなたに聞かれたのでござろう」

すかさず切りこむと、小関は顔を赤らめ、笑ってごまかそうとする。

「ふふ、まあよいではないか。ともあれ、毛利家と仙崎直也は何ひとつ関わりがござらぬ。さあ、門までお送りいたそう」

小関の大きな影が、雲のように覆いかぶさってくる。

蔵人介は息苦しさを感じつつも、影に隠れて歩きはじめた。

六

小関庄左衛門は、あきらかに隠し事をしている。

蔵人介の疑いは、翌夕になって確信に変わった。

長州藩出入りの御用商人を名乗る者が、わざわざ市ヶ谷御納戸町の自邸を訪ねてきたのだ。

「長門《ながと》屋宗吉《そうきち》と申します」

でっぷりした体軀に、光沢のある藍《あい》色の絹を纏っている。

顔は蝦蟇《がま》に似ており、顎から首筋にかけて疣《いぼ》が何個もあった。

幸恵が淹れた茶に口をつけもしない。座布団も使わず、ひたすら身を低くして、畳に両手をついている。

「長州の国元で採れる塩を一手に扱っております。店は箱崎《はこざき》にござりましてな、房《ぼう》州《しゅう》の競い相手が軒を並べる行徳河岸《ぎょうとくがし》は川を挟んで目と鼻のさきにござります。じつは、ご子息の鐵太郎さまを存じております。ええ、手前も尚歯会に出入りしておりまして、田原藩のご家老であられる渡辺崋山《かざん》さまにもたいへんお世話に……ふふ、ご子息は誰よりも蘭語がおできになる。お若いのに、さきが楽しみなお方にござります」

問いもせぬのに、立て板に水のごとく喋りつづける。

尚歯会には御政道に意見する者などもおり、目付に監視されているのを知っていた。鐵太郎には出入りを禁じた経緯もあったので、蔵人介は胡散臭い商人を警戒した。

だが、長門屋の用件は尚歯会や鐵太郎とは、まったく関わりがなかった。

「ほれ、早うせぬか」

蝦蟇に似た商人は後ろに控えた手代に命じ、袱紗《ふくさ》に包まれた手土産を出させる。

畳に滑らせた袱紗の中身は、山吹色の輝きを放っていた。

「これだけござります」

長門屋は指を五本立て、媚びたように笑う。

五両ではなく、五十両のことだ。

「これで何とか」

蔵人介は表情も変えない。

「何とかと言われても、意味がわからぬ」

「されば、はっきり申しあげましょう。仙崎直也のことは、お忘れいただきとう存じます」

「小関庄左衛門どののお指図か。それとも、小関どのが仕える御留守居役のご意向か」

「どうとでもお取りくだされ」

御用達の身でこのような貧乏旗本の自邸へ寄こされたのが心外なのか、長門屋はあからさまに溜息を吐いた。

蔵人介は動じない。

「事情をはなしてもらえるなら、考えてもよい。何故、仙崎直也のことを隠したがるのだ」

「さようなこと、手前はいっこうに存じませぬ」

「ただ、金を握らせてこいと、そう命じられてきたのか」

鋭い眼差しで睨みつけると、長門屋は掌を返したように愛想笑いを浮かべた。

「滅相もござりませぬ。矢背さまのご高名は、かねがね聞きおよんでおりました。できますれば、これを機にお目を掛けていただければと」

「何をしてくれる」

蔵人介が誘い水を投げかけると、長門屋は膝を躙りよせてきた。

「生活《たつき》のお手伝いをさせていただきます。たとえば、無利子無担保で年に百両ずつお貸しいたしましょう」

「それはまた、大盤振る舞いだな」

「何なりとお言いつけくだされば、この長門屋ができるだけのことはいたします る」

「それにはおよばぬ」

「へっ」

蝦蟇の鼻先で戸をぴしゃりと閉めるように吐きすてる。

「袱紗に包んだものを持って、お帰りいただこう」

「何と。これほどの好条件を呑まぬと仰《おつしや》る」

「縁もゆかりもない相手から生活の面倒をみてもらうほど落ちぶれてはおらぬ。さあ、手土産を持って出ていけ」

脅しつけてやると、長門屋は唇を嚙んだ。

「よろしいのですか。後悔しても知りませぬぞ」

怪しい商人の吐きすてた台詞が、蔵人介の闘志を掻きたてた。

こうなれば、仙崎直也と長州藩の関わりをとことん調べてやる。

廊下に響く跫音を聞きながら拳を固めたものの、正直なところ、わからぬことが多すぎた。

そこへ、長門屋の帰りを待っていたかのように、大目付からの使者が訪れた。

「南條壱岐守さまのご家中で、辻軍太夫さまというお方がみえられました」

幸恵に案内されて、白髪まじりの老臣があらわれた。

若い従者を廊下に侍《はべ》らせ、気軽な調子で客間に踏みこむ。

蔵人介は面食らいつつも、辻軍太夫を上座のほうに導いた。

幸恵が楚々《そそ》とした風情で、煎茶と茶菓子を運んでくる。

辻は遠慮もせずに茶を啜り、ほっと白い湯気を吐いた。

「なるほど、噂どおりの面構えじゃ。いや、お気になさるな。鬼役どののことは従前から噂に聞きおよんでおったものでな」

「はて、どのような噂にござりましょう」

「ひとたび抜けば人の首が飛ぶ。田宮流居合の練達《れんたつ》とか。ぬはは、冗談じゃ、冗談。加賀前田家へ潜りこませておった間者の一件では、ずいぶんとご迷惑をお掛けしたそうじゃな。壱岐守さまもたいそうお気に掛けなされ、いずれ近いうちに一席設けたいと仰せじゃ。されど、今日わしがまいったのは、そのことではない。棚田家の跡目相続のことじゃ」

「もしや、はなしが流れたのではありますまいな」

「そうではない。礼を言いにまいったのじゃ。正直に申せば、ほかになり手がおらぬ。韮山代官の江川太郎左衛門さまを介して斎藤弥九郎どのから色好いご返事を頂戴したときは、壱岐守さまも膝を叩いて喜んでおられた。ところで、末期養子になってもよいと申す殊勝者《しゆしようもの》はいかにしておられる」

「練兵館へ稽古にまいっております」

「おお、そうであった。剣の腕前はなかなかのものと聞いておる。そこもとも指南しておられるのでござろう」

「いいえ」

「さようか。ふうん、もったいないはなしじゃ。ところで、捨ておけぬ噂を聞いたのじゃが」

辻の目つきが変わったので、蔵人介は襟を正した。

「何でござりましょう」

「そこもと、棚田六兵衛の死因を嗅ぎまわっておるとか」

「いったい、誰がそのようなことを」

「噂にすぎぬ。されど、火のないところに何とやらと申すからな。噂にすぎぬというのなら、それでよいのじゃ」

死因を嗅ぎまわっているという言い方が気になった。

棚田殺しの件で訪ねたさきは、麻布竜土町の毛利屋敷だけだ。

留守居役の用人頭である小関庄左衛門と大目付配下の辻軍太夫が裏で通じているとでもいうのだろうか。

「いかがした。返答せぬか」

「はあ。されば、申しあげます。というより、こちらからお尋ねしたい。御闕所物奉行の棚田どのは何者かに斬られた。にもかかわらず、下手人の探索もなされずに病死となった。大目付の筋でそのようにご判断された理由を、しかと伺いたいのでござる」

「斬られたこと、後家が漏らしたな」

「隠すように命じるほうが、どうかとおもいまする。少なくとも、これから末期養子になろうとする者に、棚田どのの死因を隠すのはおかしゅうござりましょう」

辻は肝斑《しみ》のめだつ額に青筋を立て、咳きこむように吐きすてた。

「すべては棚田家を存続させるため。凶事を隠して病死と言いくるめることなど、いくらでも前例があろう。嘘も方便じゃ」

蔵人介は冷静にうなずき、相手の気を呑みこむ。

「されば、もうひとつお聞きしたいことが」

「何じゃ」

「仙崎家が改易となった裏には、南條壱岐守さまのご意向がはたらいたと聞きました。いかに子息の行状が目に余るものであったとは申せ、三河《みかわ》以来のお旗本をお取り潰しにするのはあまりに厳しい仕打ちかと」

「何を申すか」

辻は黄色い前歯を剝き、怒りを爆発させた。

「一介の鬼役風情がお上のご沙汰に意見するとは笑止《しょうし》千万《せんばん》、事と次第によっては承知できぬぞ」

「縄でも打ちますか。どうぞ、ご随意に」

「……な、何じゃと」

辻はことばを失い、冷静さを取りもどそうとする。

と、そこへ、練兵館の稽古から戻った卯三郎があらわれた。

廊下にかしこまり、丁寧にお辞儀をしてみせる。

「大目付さまのご使者さまとお見受けいたします。拙者、このたび棚田六兵衛さまの跡目を相続いたす所存の卯木卯三郎にござります。どうか、お見知りおきのほどを」

辻は呆気《あっけ》に取られつつも、皺顔につくり笑いを浮かべた。

「ほほう、そのほうが棚田の跡目……なるほど、卯木卯三郎と申すのか。斎藤弥九郎どのの門人だけあって、凛々《りり》しい面構えをしておる。知ってのとおり、闕所物奉行は大目付配下のだいじなお役目じゃ。跡目となったあかつきには、心して掛かるがよいぞ」

「はは」

辻は蔵人介に向きなおり、喉から搾りだすように吐きすてる。

「よいか、三日後には判元見届じゃ。壱岐守さまも、わざわざお出ましになる。おぬしらと仙崎家は何の関わりもない。末期養子になりたくば、これ以上の詮索は無用と考えよ」

卯三郎は事情がのみこめず、きょとんとした顔をする。

真相は藪のなかに隠れ、疑惑はいっそう募るばかりだ。

辻軍太夫と従者が居なくなっても、蔵人介は黙然と座りつづけた。

七

夕刻、蔵人介は串部に誘われ、吉原《よしわら》へやってきた。

廓内の京町《きょうまち》二丁目に、仙崎直也の行状をよく知る楼主がみつかったのだ。

芸者たちの鳴らす清掻《すががき》の音色が、嫌でも興奮を煽りたてる。

桃源郷へと通じる大門《おおもん》を潜ったさきは、南北百三十五間にもおよぶ仲《なか》の町《ちょう》だ。

大路のまんなかには咲きそろった染井吉野《そめいよしの》がびっしりと植えられ、縁台に座る遊女の裾にも桜の花弁が散っている。向かって右手は江戸町《えどちょう》一丁目、左手は同二丁目、そのさきの角町《すみちょう》、京町一、二丁目とつづく五丁町《ごちょうまち》を透《す》かしみれば、居並ぶ引《ひき》手茶屋《てぢゃや》の軒先に花色暖簾と提灯が連なり、紅殻格子《ベンガラごうし》に彩られた妓楼《ぎろう》の籬《まがき》が鮮やかに浮かびあがった。

格子の内では張見世《はりみせ》の遊女たちが逆手に持った朱羅宇《しゅらう》の煙管《キセル》を燻《くゆ》らせ、素見《ひやかし》の客に流し目を送っている。

「観音菩薩か鳳凰《ほうおう》か、はたまた羽衣《はごろも》天女か」

串部は鼻の下をびろんと伸ばす。

手管《てくだ》を駆使して男を誘う遊女の数は、幼い禿も入れて二千人を超えるというからすごい。

「たまご、たまご」

吉原名物の茹《ゆ》で卵売りの声が聞こえてくる。

ふたりは客の波を漕ぐように進み、しばらく歩いて四つ辻を左手に曲がった。

京町二丁目は新しくできた町だけあって、中見世や小見世が集まっている。

籬が半分しかない中見世のなかに、めざす『左文字屋《さもんじや》』はあった。

朱塗りの籬を通りすぎ、妓夫《ぎゆう》に大小を預けて暖簾をくぐる。

「おふたりさん、ご案内」

八間《はちけん》の吊された大広間がぱっとひろがり、女たちの嬌声《きようせい》が聞こえてきた。

土間には米俵が積みあげられ、酒樽や大竈《おおかまど》が所狭しと並んでいる。大広間は屏《びよう》風《ぶ》でこまかく仕切られ、新造《しんぞう》たちが廻し部屋として使う。派手やかな仕掛けを纏った新造や茶をはこぶ禿たちが行き交い、漫《そぞ》ろ顔《がお》の遊客にまじって三味線を担いだ箱屋のすがたもみえる。

左手の隅には、障子屏風に囲まれた内証《ないしよう》があった。

金精神《こんせいじん》を祀る縁起棚が置かれ、客取表や大福帳がぶらさがっている。

忘八《ぼうはち》と呼ばれる楼主らしき男は手枕《てまくら》で横たわり、按摩《あんま》に肩を揉ませていた。口に頬張っているのは、『竹村伊勢《たけむらいせ》』の餡《あん》ころ餅であろう。

銘柄は「最中《もなか》の月」と称する。

御膳所へ持ちこむ不埒な包丁人がおり、蔵人介はほどよく甘さを控えた餡ころ餅の味をよく知っていた。

左文字屋の楼主は陣五郎《じんごろう》といい、鬼瓦《おにがわら》のような顔つきをしている。強面《こわもて》に箔《はく》を付けているのが、突きだした額の向こう傷であった。

「ああみえて、存外に気の弱いやつでござるよ」

串部はにやりと笑い、大股で内証に近づいていく。

陣五郎は眠そうな眸子を向け、あからさまに溜息を吐いた。

「また、おめえさんかい。おれが知っていることは、あらかた喋ったぜ」

「あらかたでは駄目なのだ。もうちょっと詳しく喋ってもらわぬとな」

「あんだよう、面倒臭えなあ」

「面倒臭がっておると、素首《そっくび》を失うぞ。申したであろう。こちらは幕臣随一の剣客、矢背蔵人介さまだ。恩を売っておいて損のないお方だぞ」

「へえへえ、わかりやしたよ」

陣五郎は小粒の梅を紫蘇《しそ》の葉で包んだ甘露梅《かんろばい》を摘み、口に入れた途端に酸っぱい顔をした。

「ひょお、すっぺえ。砂糖の漬《つ》かりが甘えぜ」

蔵人介と串部も内証の縁に座り、薦《すす》められた甘露梅を口にふくんだ。

陣五郎は按摩を去らせ、手綱《たづな》染めの褞袍《どてら》の襟を寄せる。

銀煙管を咥《くわ》えて一服やり、雁首《がんくび》を煙草盆の端に叩きつけ、おもわせぶりに喋りはじめた。

「繰りけえしになりやすがね、仙崎直也は長えこと左文字屋の上客《じょうきゃく》でやした。何せ、三十六万九千石の金蔓《かねづる》を摑んでおいでだった。へへ、毛利さまでやすよ。節季に御用商人の店に伺えば、耳を揃えて廓代を払ってくれやしたぜ。言ってみりゃ、仙崎家の御曹司とは蜜月だったんだがね」

今から半年前、仙崎直也は馴染みの遊女から袖にされたと怒り、刃傷沙汰におよんで左文字屋を出入御免になった。

「こいつでやすよ」

陣五郎は額の向こう傷を指差し、ふてぶてしく笑ってみせる。

「でへへ、直也に斬られた傷でさあ。もっとも、けしかけたのはこっちのほうだった。頼まれたんでやすよ。長門屋宗吉っていう毛利さま御用達の塩屋にね。もちろん、後ろ盾は三十六万九千石だ。出入旗本の御曹司とはいえ、毛利家の連中もこれ以上は直也の好きにさせておくわけにゃいかねえ。手切れ金だと言って、塩屋は五百両も包んできやしたぜ」

陣五郎は探るような目を向け、煙管をすぱすぱやりだす。

天井に揺らめく紫煙を目で追いつつ、嗄《しゃが》れた声でつづけた。

「こいつは危ねえ金だなって察したもんでね、あっしはお上のお墨付きが欲しいって言ったんだ。そうしたら何日か経って、白髪まじりの偉そうな役人がお忍びでやってきやがった。何と、そいつが大目付のご配下でね、今後何が起こっても左文字屋はお構いなしっていうお墨付きを頂戴しやした。その代わりといっちゃ何だが、見世で一番の花魁《おいらん》を侍《はべ》らせ、ひと晩只で遊ばせてやりやしたよ。へへ、どうやら、最初からそいつを望んでいたとみえて、あの糞爺《くそじじい》、涎《よだれ》を垂らして喜んでいやがったな」

使者として訪れた大目付の配下とは、風体から推《お》すと、辻軍太夫のことにまちがいなかろう。

「怪しからん爺だな」

と、串部は本心から吐きすてる。

陣五郎は野卑な笑い声をあげ、すぐさま、真顔になった。

「なあるほど、大目付と三十六万九千石が裏でつるんでいやがるんだなと、あっしはそうおもいやしたよ。だからって、後にゃ引けやせん。やつらの思惑どおり、命懸けで仙崎直也を怒らせてやったんだ。向こう傷ひとつで五百両なら、悪くねえ勘定だ。しめしめとおもいやしたがね、そのあと、びっくりするようなことになっちまった」

蔵人介はすかさず、応じてやった。

「放蕩《ほうとう》息子の行状が表沙汰になり、当主の仙崎左門は切腹を申しつけられた。それ ばかりか、四千石取りの由緒ある旗本は改易とされた」

「さようで。こいつはてえへんなことになった。仙崎直也は嵌《は》められたんでやすよ。あっしも片棒を担がされちまった。胸が痛みやしたがね、後の祭りってやつでさあ。それにしても、大目付さまのお墨付きが無けりゃ、左文字屋もどうなったかしれねえ。この身だって、このさきの羅生門《らしようもん》河岸に浮かんでいたかも。おお、恐っ。二度と危ねえ連中とは関わりたかありやせんや」

楼主のことばを信じれば、毛利家の連中は大目付と裏で手を組み、仙崎直也が廓で刃傷沙汰をおこすように仕向けた。そのうえで、嗣子《しし》の行状を口実に、仙崎家を改易に追いこんだことになる。

やはり、仙崎家を改易にしたい別の理由があったにちがいない。

「この身を守るためならば、どんなことでも知らねえより知っていたほうがいい。てなことで、ちょいと調べてみたんでやすがね」

陣五郎は声をひそめ、毛利家の重臣に「塩屋」と呼ばれている人物がいると漏らす。

「誰かは知りやせん。御用商人の塩屋とは別でやすよ。そっちの塩は、どうやら、煙硝のほうらしくてね」

「煙硝だと」

蔵人介の脳裏には、加賀藩の書物調奉行だった佐々部平内の顔が浮かんでいた。

佐々部もたしか、硝石や火薬を買ってくれるお得意さまを「塩屋」と呼んでいたではないか。

陣五郎の仕入れたはなしによれば、毛利家の連中も加賀前田家などから御禁制の火薬を大量に仕入れているようだった。

「藩ぐるみってやつだが、御用金の出納《すいとう》を一手に握るのは塩屋だって噂でね。たぶん、手先に使っている御用商人から見返りに賄賂《まいない》をたっぷり貰っているにちげえねえ」

「なるほど」

と、蔵人介は相槌《あいづち》を打つ。

「出入旗本の仙崎左門は、不正な手管で私腹を肥やす塩屋の動きに勘づいたのかもしれぬ」

「あっしも、そう睨んでおりやす。仙崎左門は勘づいたのに、お上に訴えようとせず、塩屋に強請《ゆすり》を掛けたんじゃねえかと。へへ、欲を搔いたんでやすよ。そのせいで、とんでもねえしっぺ返しを食わされた。何せ、頼りにしていた肝心の大目付が、塩屋と裏で手を組んでいやがったんだからな。どれだけじたばたしたところで、最初から勝負にゃならねえ」

大目付の南條壱岐守は毛利家の重臣に頼まれ、仙崎左門を破滅に導いてやった。それなりの報酬は受けとったであろうし、恩も売ったにちがいないと、陣五郎は強調する。

あくまでも想像の域を出ないはなしだが、筋は通っていた。

蔵人介は満足げに微笑む。

「それだけの秘事を、よくぞ喋ってくれたな」

「よくぞも糞もねえ。でえち、旦那は左文字屋の用心棒になっていただけるお方だ。あっしはこうみえても、命を狙われる身でやしてね。仙崎直也のやつだって、寝首を掻こうと狙っているかもしれねえ。この身を守ってくれるお方となりゃ、包み隠さず何でも喋るってのが渡世の義理ってもんだ。ねえ、串部の旦那」

串部は水を向けられ、ぺろっと舌を出した。

こちらの与《あずか》りしらぬところで、適当な約束でもしていたのだろう。

「あれ、舌を出しやがった。蟹野郎め、嵌めやがったな」

陣五郎は片膝立ちになり、かたわらの刀架けに手を伸ばす。

わずかに早く蔵人介の手が伸び、一瞬にして白刃が閃《ひらめ》いた。

「うっ」

鬼瓦の鼻面に、反りの強い古刀《ことう》の切っ先が向けられた。

蔵人介は睨みを利かせ、低い声で漏らす。

「わしを雇うのは百年早いぞ」

「……へ、へい。仰るとおりで」

陣五郎の額に脂汗《あぶらあせ》が滲んだ。

蔵人介は殺気を消し、見事な手さばきで納刀する。

「……お、お見事でやんす」

「安心いたせ、おぬしを消したりはせぬ。あとひとつ、聞いておきたいことがある」

「へい、何なりと」

「仙崎直也は毛利家の下屋敷で匿われているらしい。そのような噂を聞いたことはないか」

「知りやせん。でえち、妙なはなしじゃありやせんか。毛利と大目付はつるんでいやがるんですぜ。毛利の連中が咎《とが》めのあった幕臣の縁者を匿っていると知れたら、お上は黙っちゃいねえでしょう」

ひょっとしたら、そこが狙い目かもしれぬと、蔵人介はおもった。

大目付を牽制《けんせい》する手札《てふだ》として、直也を手許に置いているのかもしれない。

その直也に、闕所物奉行の棚田六兵衛を斬殺した疑いが掛かっている。

古物商の天竺屋によれば、意趣返しから殺めた公算は大きいという。

意趣返しならば、直也が狙うべき獲物はほかにもいる。

厳しすぎる裁きを促して仙崎家を潰した張本人、大目付の南條壱岐守だ。

毛利家の連中は壱岐守と手を組みつつも、いざとなったら狂犬を放とうと狙っているのかもしれない。

なぜならば、壱岐守が第二の仙崎左門にならないともかぎらぬからだ。

まちがいあるまいと、蔵人介はうなずいた。

仙崎直也は、刺客として飼われているのである。

ともかく、さまざまな思惑が錯綜《さくそう》し、どうにも一筋縄でいきそうになかった。

こうなれば敵の出方を探るべく、黒幕の「塩屋」に会ってみるのも一手だろう。

「旦那、月に十両、いや、十五両でいかがでやしょう。しかも、遊女は抱き放題とくりゃ、断る理由なんざありやせんぜ。ねっ、小遣い稼ぎに桃源郷で雇われてみやせんか」

陣五郎は鬼瓦のような顔を歪め、しきりに拝んでみせる。

「やっぱし、百年早《はえ》えですかい」

蔵人介は応じもせず、内証に背を向けた。

長州藩毛利家で「塩屋」と呼ばれる重臣とは、留守居役の堂林帯刀なる人物なのであろうか。

堂林家の用人頭をつとめる小関庄左衛門を毛利屋敷に訪ねたあと、蝦蟇に似た御用商人の長門屋宗吉が金を携えてやってきた。そして、仙崎直也のことを詮索するなと脅した。

八

堂林が「塩屋」ならば、連中の隠蔽したい秘事の筋書きを描くことはできそうだ。焦臭《きなくさ》い火薬や硝石が大金を動かし、あらゆる者を欲望の渦に巻きこんでいる。疑惑の目は今や、諸大名を取りしまる大目付にも向けられようとしていた。

もはや、独断で動くのは慎むべきなのかもしれない。

口惜しいが、御小姓組番頭の橘右近に相談を持ちかけるべきだ。

橘ならば大所高所から判断し、進むべき道を示してくれそうな気もする。

奸臣に引導を渡す命が下されるかもしれず、蔵人介は気持ちのどこかでそのことを期待してもいた。

橋にはなしを持ちこむかどうか悩んでいると、串部が由々しき一報をもたらした。

「善國寺坂脇の芥捨て場で、背中を斬られた屍骸がみつかりました。古物商の天竺屋俵右衛門にござります」

「何だと」

天竺屋の屍骸は烏に啄《ついば》まれ、眼球がふたつとも刳《く》りぬかれていたらしい。

「背中を斬られていた点から推すと、顔見知りの仕業かもしれませぬ。毛利家の小関とか申す巨漢が怪しゅうござる」

たしかに、小関は天竺屋のことを知っていた。懇意のようでもあった。

蔵人介が仙崎直也と毛利家を結びつけたのは、天竺屋が余計なことを喋ったせいだというのもわかっている。

「わしのせいで命を落としたのか」

「いいえ、斬られるべくして斬られた。それだけの男だったのでござります」

蔵人介は腕を組み、天竺屋が斬られる様子を頭に浮かべた。

「背中を斬られていたと申したな。棚田六兵衛どのもそうであった。背中を斬られたことが世間に知れたら卑怯者の誹りを受ける。やによって病死にせよと、膳どのは辻軍太夫に口説かれたのだ」

「棚田さまを斬った相手も顔見知りの公算が大きいと、殿は仰りたいのでござるか」

「まあな」

「そうなると、意趣返しを狙う仙崎直也は下手人ではないかもしれませぬぞ。棚田どのにかぎらず、殺気を放った相手に正面からこられたら、誰であろうと刀を抜かぬはずがありませぬからな」

串部の言うとおりだ。

後家の臙によれば、棚田は刀を抜かずに背中を斬られていた。

誰かと別れたあと、背中を向けたところを斬られたのではあるまいか。

そうなれば、下手人は警戒を抱く必要のない顔見知りということになる。

「仙崎直也でないとすれば、いったい誰なのでしょう」

「わからぬ」

ともあれ、棚田殺しもふくめて、あらゆる疑惑の真相を突きとめねばなるまい。

疑惑のまんなかに居る人物は「塩屋」こと、毛利家留守居役の堂林帯刀であろう。

「できれば、二日後の判元見届までに顔を拝んでおきたいな」

「ふふ、そう仰るとおもって、段取りをつけてまいりました」

「まことか」

「ええ」

串部は自慢げに、ぐいっと胸を張る。

「御用達の長門屋のもとへ足を運び、断られるのを覚悟で『殿は金を貰ってもいいと仰っている。その代わりに留守居役と会わせろ』と頼んだら、ほどなくして色好い返事が」

「戻ってきたのか。それを早く言え。して、いつ会える」

「今宵」

刻限は酉《とり》の六つ半、ところは店の所在と同じ箱崎にある長門屋の別邸らしい。

蔵人介が褒めてやると、串部は鬼の首を獲ったように喜んだ。

陽が落ちてあたりが暗くなったころ、ふたりは市ヶ谷御納戸町の自邸を出た。

御濠に沿って歩き、漆黒の闇と化した溜池《ためいけ》の桐《きり》畑を抜け、汐留橋のあたりで小舟を仕立てたあとは、一路、箱崎をめざす。

串部は鏡のような水面を進む舟のうえで、小関庄左衛門のはなしをした。

「調べましたぞ。小関は居合のみならず、神道無念流も修めております。神田の撃《げき》剣館《けんかん》ではかなり名の知れた門弟で、かの斎藤弥九郎さまとも五分にわたりあうほどであったとか」

それほどの力量ならば、蔵人介も知らぬはずはないのだが、どうやら、素行不良で撃剣館を破門された経緯があるらしく、爾来《じらい》、神道無念流の門弟たちのなかで口にする者もなくなったという。

「からだつきは雷電並みでも、心技体がともなっておらぬようで。されど、油断めさるな。何せ、斎藤弥九郎と五分にわたりあった剣客でござりますからな」

箱崎で小舟を降り、刻限どおりに別邸を訪ねてみると、長門屋宗吉が下にも置かぬ様子で出迎えてくれた。

「ようこそ、お心変わりしていただけましたな。ふほほ、さあ、こちらでござります。遠慮無くおあがりくだされ」

蝦蟇は目尻をさげ、小料理屋のような別室へ導こうとする。

廊下の隅に座っているのは、岩と見紛《みまご》うほどの巨漢だった。

「矢背蔵人介どの、またお会いしましたな」

小関庄左衛門、天竺屋を斬ったかもしれぬ相手だ。

後ろの串部と目が合い、ふたりは火花を散らす。

「ご従者はそれへどうぞ」

廊下の隅に座れと促され、串部はふてくされたような顔をした。

蔵人介だけが長門屋の背につづき、部屋のなかへ足を踏みいれる。

十畳敷きの部屋の上座に、還暦を疾《と》うに過ぎた貧相な小男が座っていた。

垂れた瞼《まぶた》に眸子が半分ほど隠れ、尖った鼻下には泥鰌《どじょう》髭を生やしている。

こやつが「塩屋」なのか。

喩《たと》えてみれば、みずすましだなと、蔵人介はおもった。

「わしが堂林帯刀じゃ。小関から矢背どののことは聞いておる。さあ、近《ちこ》う。とりあえず、一献《いっこん》交わそうではないか」

用意された膳には、豪華な料理が並んでいた。

注がれた酒は、灘《なだ》の生一本だ。

匂いでわかる。

蔵人介は盃を頂戴し、ひと息で呑みほした。

「ほほう、さすが公方さまのお毒味役。良い呑みっぷりじゃ。されど、ここは城中笹之間にあらず。いわば、敵中外様《とざま》の宴席。酒に毒が仕込んであったら何といたす」

「死なば本望と心得よ」

間髪《かんはつ》を容《い》れずに応じてやると、堂林はぎくりと目を剝いた。

蔵人介は両肱《ひじ》を張り、軽く頭を下げる。

「ご無礼つかまつりました。亡き先代から教えられた家訓にござります」

「なるほど、毒を喰《くろ》うても死なば本望と心得よか。見事な教えじゃ。いや、感服《かんぷく》いたした」

おもった以上に持ちあげられ、蔵人介は妙な感じをおぼえた。

「ところで、当方のお仲間にくわわっていただけると長門屋に聞いたが、さように受けとってよろしいのか」

「けっこうでござります」

「ほっ、それは心強い。何せ、そこもとは、幕府御鬮所物奉行の棚田家を継ぐ若者の後見人に当たるお方じゃからな」

「まだ正式に決まったわけではありませぬ。判元見届は明後日ゆえ」

「存じておる。判元見届には、差配《さはい》役であられる大目付の南條壱岐守さまも来られるのであろう。ならば、われらも捨ておくわけにいくまい」

「ほう、それはまた、何故にござりましょう。たかが鬮所物奉行の判元見届に、大藩の御留守居役ともあろうお方がご関心を向けられる。できることなら、その理由をお教え願いたい」

「繋ぐ役目だからとだけ、今はおこたえしておこう。そのうちにわかること。さあ、今宵は大いに呑もうぞ」

盃をあげる「塩屋」が、滑稽な大道芸人にみえてしまう。

蔵人介は調子を合わせ、薦められるがままに酒を呑みつづけた。

小関と串部もいつのまにか部屋にはいって膳を囲み、競うように盃を空け、どちらが蟒蛇《うわばみ》かの勝負をしている。

蔵人介は肝心な問いかけをおこなおうとして、何度もことばを呑みこんだ。

藩ぐるみで火薬や硝石を買い漁っているのかなどと、大藩の留守居役に面と向かって言えるはずはない。公金を利用して、御用達の長門屋ともども私腹を肥やしているのだろうなどと、糾せるはずもなかった。

それでも、会いにきた甲斐はあった。

堂林帯刀の面相を一目《いちもく》すればわかる。

平気で藩を裏切り、悪事に手を染める男のようだ。

裏付けはなくとも、悪党かそうでないかの見分けくらいはつく。

こやつめ、化けの皮を剝いでやるぞ。

胸の裡で毒づきながらも、顔にはいっさい出さない。

蔵人介は気づかれぬように、怒りの刃を研ぎはじめた。

九

判元見届の前日、蔵人介は串部をともない、番町の棚田家へ足を運んだ。

後家の臙《えん》は何か、重要なことを隠しているにちがいないと踏んでいた。

やはり、秘密をそのままにして、卯三郎を養子に出すわけにはいかない。

「南條壱岐守さまは何故、棚田家の存続を望んでおられるのでしょうな」

串部の発した素直な問いこそは、蔵人介がもっとも知りたいことであった。

三千石取りの大目付が、配下とはいえ、何故、百俵取りの棚田家を存続させたいと願うのか。臙はその秘密を握っているような気がした。

亀沢横丁の一角に足を踏みこむと、棚田家の周囲だけは陰鬱《いんうつ》な空気に包まれている。門前から玄関にいたる道も掃《は》いたあとはなく、枯れ葉が散らばっていた。訪ねる者とてないのだろう。

蔵人介と串部は、顔を見合わせた。

朧は主人を失ってから、おそらく、一歩も外へ出ていないのだ。

表戸を敲くと、人の気配が近づいてきた。

顔を覗かせたのは、頰のげっそり痩《こ》けた幽霊のような女だ。

「朧どの、どうなされた」

蔵人介が驚いて声を掛けると、朧はその場で気を失ってしまう。

上がり端《はな》からずり落ち、土間のうえに転がったのだ。

串部が駆けより、抱きおこした。

「おい、しっかりいたせ」

数日何も食しておらず、立つ力も湧いてこないのであろう。

蔵人介は串部に朧を背負わせ、仏間へ向かった。

次第に、濃厚な死臭が漂ってくる。

蠅《はえ》も何匹か飛びかっていた。

離れた部屋に朧を寝かし、仏間へ踏みこむ。

ほとけは数日前と同じ恰好で寝かされていたが、掛け蒲団を剝ぐと、屍骸のそばで何かが蠢《うごめ》いていた。

「うつぷ」

串部は袖で鼻と口を隠し、えいとばかりに屍骸をひっくり返す。

背中に巻いた晒《さら》しが解け、傷口に蛆《うじ》がわいていた。

「くそったれめ」

串部は悪態を吐きつつも、勝手から椀と匙《さじ》を持ちこみ、蛆を掻きだしはじめた。

蔵人介はそのあいだに土間のへっついで火を熾《お》こし、鍋を置いて湯を沸かしつつ、襷《たすき》掛け姿で米をとぎ、粥《かゆ》のおかずになりそうなものを物色した。

ふたりで手分けをしつつ、半刻ほど立ちはたらいた。

ようやく人心地がついたころ、膳が眠りから覚めた。

線香の焚かれた仏間では、背中の傷口をふさがれたほとけが新しい蒲団に寝かされている。屍骸の傷み加減はどうにもならぬが、臭気もずいぶん和らいで、明日の判元見届はどうにか切りぬけられそうな体裁だけは整った。

「……も、申しわけもないことにござります」

膳は畳に額を擦りつけようとしたが、蔵人介はそれを制して蒲団のうえに座らせた。

「さあて、まずは腹ごしらえだ」

串部が膳を運んでくる。

膳のうえでは、粥が湯気をあげていた。

おかずは沢庵と梅干、忘れてならぬのが大根の味噌汁だ。

「わが殿がご近所に飛びこみ、仙台《せんだい》味噌と大根を分けてもろうた。大根を千六本《せんろっぽん》に刻んだのも、わが殿のなさったことだ。毒味ばかりか料理の腕も一流であられてな、食さねば罰が当たりますぞ」

串部に急《せ》かされ、膳は味噌汁の椀を手に取った。

そして、ひと口ふくみ、感極まってしまう。

「膳どの、どうなされた」

蔵人介の問いに、膳は顔を持ちあげる。

「……あ、あまりに美味しいので」

それ以上はことばにならず、肩を揺すって啜り泣く。

蔵人介は椀をそっと取りあげ、存分に泣かせてやった。

落ちついたところで、手ずから粥を食べさせてやる。

膳は温かい粥を食べ、頰を真っ赤に染めた。

ひと口の粥で生気を取りもどしたのだ。

「急がず、ゆっくり食べなされ」

「はい」

朧は空腹をおもいだしたかのように箸を動かし、ぺろりと粥を平らげた。かりっと小気味よい音を起《た》てて沢庵も齧《かじ》り、大根の味噌汁を一滴も残さずに呑んだ。

その様子を眺めながら、蔵人介と串部は胸を撫でおろしたのである。

「まことに、何とお礼を申しあげたらよいものか」

朧はしきりに恐縮しつつも、意志の籠もった顔で身の上話をしはじめた。

「商家の出と申しましたが、まことは宿場女郎《しゅくばじょろう》にござりました。中山道は桶川《おけがわ》の宿で紅花《べにばな》商人相手に色を売っていたのでござります」

朧とは、桶川臙脂《えんじ》の「朧」から取った名だという。

「旦那さましか、ご存じのないことにござります。武家の妻女が女郎あがりでは外聞《がいぶん》に差しさわりがあるので、商家の出にしておけと仰いました」

ふたりの出会いは五年前に遡る。棚田六兵衛は病で亡くした前妻の菩提《ぼだい》を弔《ともら》うべく、墓所のある高崎《たかさき》城下へ向かった。その帰り道、中山道は桶川宿の旅籠で暴漢どもに囲まれた朧を助け、それがきっかけで一夜をともに過ごした。

「運命《さだめ》としか言いようのない出来事にござりました。旦那さまはその場で抱え主に身請け金を支払い、わたしを後妻に迎えたいと仰ったのです。何度、ほっぺたを抓《つね》ったことか」

有頂天《うちょうてん》のまま江戸へ連れてこられ、ふたりでひとつ屋根の下で暮らしはじめてから、朧はそれが夢でないことを実感した。

「旦那さまは、わたしを愛《いと》おしんでくださりました。たぶん、奥さまを亡くされた悲しみを埋める代わりだったにちがいありません。もちろん、わたしはそれでよかった。生まれて一度も感じたことのない幸福がこの胸に、波のように押しよせてきたのでございます。旦那さまのためなら、死んでもいい。本気でそうおもいました。今でも、その気持ちは変わっておりません。旦那さまのためなら……でも、もう、何もしてあげられない……う、うう」

朧は両手で顔を覆い、嗚咽を漏らす。

涙もろい串部は、後ろで貰い泣きをしていた。

蔵人介が黙って促すと、朧はふたたび喋りだす。

「旦那さまは棚田の家だけは守りたいと、常々、口にしておられました。ご遺言にございます。旦那さまのご遺言だけは守らねばならぬと、身勝手にも心に決めました。そのせいで、何ひとつ関わりのないみなさまに多大なご迷惑を。先日、おみえになった卯三郎さまにお優しいことばを掛けていただき、とんでもない過《あやま》ちを犯そうとしていることに気づいたのでござります」

「とんでもない過ちとは何か、詳しくお聞かせ願えぬか」

蔵人介は、できるだけ優しく問うた。

朧は涙を拭き、まっすぐにみつめ返す。

「旦那さまは大目付の南條壱岐守さまから、帳簿役を押しつけられていたのでござります」

「帳簿役」

壱岐守は何者かから、受けとってはならぬ賄賂を受けとっていた。

棚田は強引に命じられ、賄賂の受けとり役をやらされていたのだ。

朧は知らぬようであったが、汚れた金を渡したのが毛利家の連中であろうことは察しがついた。

「旦那さまが亡くなったあと、壱岐守さまの命で辻軍太夫さまやご家来衆が家捜《やさが》しにまいりました」

裏帳簿を探しにきたのだという。

だが、どこからも出てこなかった。

「わたしは、この家とは別のところに隠したのだと申しあげました。棚田の家名が断絶するようなら、大目付さまの悪事は白日《はくじつ》のもとに晒されるだろう。わたしを亡き者にしても同様に裏帳簿は公表される手筈になっていると、そう申しあげたところ、わたしの本性を知らない連中は臆《おく》してしまい、言うとおりにすると約束したのでござります」

「そのとばっちりを受けたわけか、くそっ」

串部が悪態を吐くと、膳は両手をついて謝った。

「はったりなんです。裏帳簿なんてありません。焼いてしまったんです」

「ならば、壱岐守の罪をあきらかにする手だてはないのか」

蔵人介の咎めるような口調に、膳は強気で抗《あらが》ってみせる。

「たとい、あったとしても、何ができるって仰るんです。相手は天下の大目付、悪事をあばこうとすれば、あっさり消されてしまうだけのはなしでござりましょう。でも、それなら賢く立ちまわって、棚田家の存続を認めてもらおうとおもいました。

そんなことが許されるはずもなかったんです」

みずからの意志ではなかったとはいえ、悪事に加担した棚田六兵衛の跡目を卯三郎に継がせるわけにはいかない。

「されど、判元見届はやり遂げよう」

と、蔵人介は言った。

「えっ」

驚く膲をみつめ、厳しい口調で説きふせる。

「ここで止めたら、相手の思う壺だ。大目付の大罪をあばくためにも、卯三郎が末期養子になるとおもわせておく必要がある」

「お待ちください。失礼ながら、お毒味役の矢背さまが、いったいどうやったら大目付さまの罪をあばくことができるのでござりましょう」

「わからぬ。何せ、わからぬことが多すぎてな。されど、明日の判元見届だけは滞りなく進めていただこう。南條壱岐守の顔を拝む絶好の機会でもあるしな」

何事かを直感したのか、膲はごくっと唾を呑み、決意を固めたようにうなずいた。

「かしこまりました。鬼役さまをお信じ申し上げます。何なりと、お言いつけください」

膲の目に輝きが戻った。

大目付の大罪をあばくことが、棚田六兵衛の供養《くよう》になると察したのだ。

蔵人介は黙りこみ、卯三郎に偽って事を進めることへの言い訳を考えた。

いずれは正直にすべてを打ちあけねばなるまいが、今はそのときではない。

卯三郎は直情径行《ちょくじょうけいこう》なところがあるので、当面は黙っておくしかなかった。

「それがようござりましょう」

串部も同意し、膴にもよくよく言いふくめる。

蔵人介はほとけにも了解を得るべく、仏間へ足を向けた。

十

弥生《やよい》八日、雨。

番町の棚田邸において、判元見届がとりおこなわれた。

裃《かみしも》姿で厳めしく登場したのは、大目付の南條壱岐守政重である。

堂々とした体軀に、脂で光った顔、目鼻のつくりは大きく、唇は分厚い。髪は黒々と染めあげられ、眉毛は針金のように太く、耳の穴からも剛毛が飛びだしている。炯々《けいけい》とした眸子で睨まれた者は、一瞬にして縮みあがるにちがいなかった。

老臣の辻軍太夫ほか三人の家臣が、露払いよろしく随行している。

これを出迎える側は、嫌々ながらも列席を余儀なくされた棚田六兵衛の遠戚と妻女の膴、それから末期養子になる予定の卯三郎と後見役の蔵人介、従者として串部のすがたもあった。

大目付は大身旗本から選ばれ、従五位下の大名格として遇され、年始には大紋《だいもん》と折烏帽子《おりえぼし》の着用を許された。諸大名や高家《こうけ》寄合を監視し、居城の修復や末期養子の是非などを調べ、改易などの非常時には使者となり、訴訟の評定《ひょうじょう》にも列席する。老中の管轄でありながら老中をも観察し、重臣たちの犯した罪を公方へも直に言《ごん》上《じょう》できる。

諸大名や高家寄合にとっては目の上のたんこぶだが、幕府にとってこれほど頼りになる者はいない。

まさしく、権威を身に纏ったかのような南條壱岐守が、吹けば飛ぶような闕所物奉行の家にいる。どれだけ身分の差があっても、上役は配下の判元見届をしなければならない。それは幕初からつづく徳川家の定式《さだめしき》ではあったが、やはり、夢でもみているような感覚は否めない。

事情を知らぬ卯三郎などは、威風堂々とした壱岐守の威圧に耐えかねている。着慣れない紋付き袴のせいもあるのか、蒼白な面持ちで額に汗を滲ませていた。

黒小紋を纏った臙がこれを目敏くみつけ、布でさりげなく拭ってやったりする。

肝心の判元となる当主は仏間から客間に移され、表向きは危篤《きとく》とされているため、衝立《ついたて》の向こうに寝かされていた。

部屋じゅうに咳きこむほどの香が焚かれているので、死臭はほとんどしない。

壱岐守は不機嫌そうに眉を寄せ、上座に腰を降ろした。

手首には水晶の数珠《じゅず》を巻いている。

「辻よ、何をぐずぐずしておる。ちゃっちゃと進めぬか」

「はは。されば、これより棚田六兵衛の判元見届を取りおこないまする。これ、棚田六兵衛」

辻は衝立の向こうに呼びかける。

間抜けな仕種だが、本人は真剣だった。

本来であれば、見届人たる壱岐守は当主の生存をおのが目で確かめたうえで、本人に養子縁組の意志を糾さねばならない。

しかし、実態はちがう。

棚田六兵衛は死んでいるのだ。

辻は頃合いをみはからい、壱岐守に向きなおる。

「御前、お確かめのほどを」

「ふむ、しかと確かめた」

「されば」

辻は今一度衝立に対峙し、毅然《きぜん》と声を掛けた。

「棚田どの、末期養子のこと、ご異存あるまいな」

当然のごとく返答はない。

膲がそっと目頭を袖で拭いた。

それで判元見届の儀式は終わった。

あとは辻の指図で事務方が願書の押印の真偽を確かめ、あらためて病死の届出書と末期養子の申請書を作成し、最後に壱岐守の印判を押して老中へ提出すればよい。

別室にて饗応《きようおう》する必要もなく、辻たちは早々に席を立った。

「あっさりしておりますな」

串部が囁く。

卯三郎も拍子抜けしたようだった。

遠戚の手前、膲は気丈にふるまっている。

ようやく、ほとけを荼毘《だび》に付すことができるので、安堵してもいるのだろう。

膲や遠戚の者たちに従いて、蔵人介や卯三郎も大目付の一行を見送りに出ることとなった。

門の外には、立派な体裁の権門《けんもん》駕籠が待ちかまえている。

「よいしょ」

壱岐守は掛け声とともに駕籠に乗りこみ、三人の従者が駕籠脇に散った。

「まことに、かたじけのうござりました」

遠戚のひとりが挨拶し、腰も深々と頭を垂れる。

「ふむ」

辻は厳めしげにうなずき、駕籠を先導すべく供先にまわった。

「まいるぞ」

辻の合図で六尺たちが駕籠を持ちあげ、ゆっくり歩みだす。

四つ辻の角を曲がるまで、蔵人介たちも頭を垂れていなければならない。

「やれやれ」

串部が正直な気持ちを吐露《とろ》する。

刹那、駕籠先へ人影がひとつ躍りだしてきた。

「ぬわっ、おぬしは仙崎直也」

慌てた辻は、刀をまともに抜くこともできない。

襤褸《ぼろ》を纏った仙崎直也は、まちがいなく修羅《しゅら》と化していた。

背負った刀を抜きはなち、右八相に高々と掲げてみせる。

「小賢《こざか》しい提灯《ちょうちん》持ちめ。この目でしかと見定めたぞ。辻軍太夫、おぬしが闕所物奉行の背中を斬ったのをな」

「……ま、待て。はなせばわかる」

懇願する辻の眉間が、ぱっくり割れた。

「ぬぎゃ……っ」

全身に返り血を浴びた獣が、駕籠に襲いかかっていく。

「ぬおおお」

先棒と後棒が駕籠を捨て、こちらへ一目散に逃げてきた。

置き去りになった駕籠を守るべく、供人のひとりが立ちはだかる。

「退《の》け。おぬしに用はない」

獣が叫んでも供人は退《ひ》かず、一刀で袈裟懸けに斬られた。

残った供人たちも刀を抜きはなつ。

蔵人介は、ようやく我に返った。

「串部、あやつを止めろ」

「はっ」

駆けだす串部よりも早く、卯三郎が突出した。

一方、血達磨の獣は、新たな供人の腹に刀を刺している。

刀の切っ先が腹を貫き、背中の皮を破って突きだしてきた。

そのとき、権門駕籠の垂れがふわりと捲《めく》れあがった。

南條壱岐守が慌てる様子もなく、ゆっくり外へ出てくる。

仙崎直也が血走った眸子を剝いた。

「大目付め、父を嵌めたな」

抜こうとした刀は、供人の腹に深々と刺さったままだ。

壱岐守は悠揚《ゆうよう》と足を運び、直也を上から睨みつけた。

腰には三尺三寸はあろうかという長い刀を差している。

あれだけ長い刀を素早く抜くには、卍抜けの秘技を使うしかない。

指で鯉口《こいぐち》を切りつつ、左手で鞘を握って持ちあげ、鞘を引くと同時に右手で本身を抜きはなつ。

林崎夢想流の抜刀術を会得した達人でなければ、まともに刀を抜くこともできまい。

「下郎《げろう》め」

壱岐守は吐きすてた。

突如、閃光が走る。

「ひゃああ」

直也が悲鳴をあげた。

右小手を、すっぱり斬られている。

「覚悟せい」

壱岐守は二刀目を浴びせるべく、大上段に刀身を振りあげた。

「お待ちを、お待ちを」

背後に、卯三郎が迫っていた。

壱岐守が躊躇《ためら》った一瞬の隙をつき、仙崎直也が逃げだす。

その背中を、卯三郎が追いかけた。

串部も追いすがったものの、先行するふたりの背中は遠退《とおの》いていく。

蔵人介は追いかけるのをあきらめ、駕籠のさきで足を止めた。

「ちっ」

壱岐守は血振りを済ませ、素早く納刀してみせる。

駕籠にもたれてこときれた供人の腹には直也の刀が刺さっており、輪切りにされた直也の右手が刀の柄を握っていた。

見事な太刀捌《さば》きだと、蔵人介はおもった。

往来には屍骸が転がり、夥《おびただ》しい血が流れている。

「外道め、あれでは逃げきれまい」

壱岐守は吐きすて、蔵人介を睨みつける。

「鬼役、矢背蔵人介か。ふん、おぬし、田宮流の居合を使うらしいな」

「よくご存じで」

「鬼役なぞ辞め、わしの配下にならぬか。よい目をみさせてやるぞ」

「ほほう、大目付の探索方には役得がおありなのでござるか。これはまた、妙なことをお聞きしましたな」

「何じゃと」

壱岐守は重心を低くし、身に殺気を帯びる。

「おぬし、わしが恐くないのか」

「いっこうに」

「ふうん、腹が据わっておるな。だてに三十年近くも鬼役をやっておらぬようじゃ……して、わしに何か言いたいことでもあるのか」

「いいえ、ござりませぬ」

「ならば、手負いの賊を追うがよい。賊の最期を見届け、しかと報せよ」

「御意にござる」

蔵人介は一礼し、脱兎《だっと》のごとく駆けだした。

十一

右手を失った仙崎直也は小舟に乗り、日本橋川を漕ぎすすんでいった。

卯三郎は土手道を追いかけたが、箱崎の手前で小舟を見失った。

だが、あきらめるわけにはいかない。

箱崎にはたしか、毛利家御用達の塩問屋がある。

「長門屋というたか」

串部が教えてくれた。

詳しく聞いたわけではないが、口のわるい従者に言わせれば「舐めたまねをする阿漕な蝦蟇野郎」らしい。

ともあれ、箱崎の舟寄せに向かってみた。

桟橋を調べてみると、血痕が見受けられる。

「おったぞ」

卯三郎は冴《さ》えた勘を自分で褒め、血痕を探しながら歩きはじめた。

正午を過ぎたころだというのに、あたりは夕方のように薄暗い。

空には雨雲が垂れこめ、降りそそぐ大粒の雨は熄む気配もなかった。

血痕は随所で途切れていたが、どうにか露地裏をたどり、土蔵が何棟も居並ぶあたりまでやってきた。

これだけ血を流して、よくぞ生きていられるものだ。

卯三郎は生きのびようとする人の力に驚きつつも、暗がりの奥へ奥へと進んでいく。

土蔵の軒下には俵が山積みにされ、筵《むしろ》には白い粉が散らばっていた。

屈んで粉を指にくっつけ、ぺろりと舐めてみる。

「塩か」

俵の中身は塩なのだ。

白壁を見上げれば「長」の屋号がある。

まちがいない、『長門屋』の塩蔵であった。

塩俵のひとつにも血痕が付いている。

堀川へ通じる抜け裏の手前に蔵の出入口があり、頑丈そうな石の扉に血痕がべったり付いていた。

「塩蔵のなかにおるのか」

踏みこむには、勇気を絞らなければならぬ。

卯三郎は後ろをみた。

人影はなく、軒先から雨が流れている。

全身ずぶ濡れになり、川で溺れたような風情だった。

「えい、くそっ」

勇気を奮いおこし、石の扉を開けた。

——ぎっ。

挽き臼を挽いたような軋み音、心ノ臓が縮みあがる。

恐る恐る土間に一歩踏みだした。

背後の引き戸は半開きのままにしたが、明かりはすぐに届かなくなる。

一寸先は闇で、手探りをしなければ進むこともできない。

右に左に手を伸ばし、取っかかりになるものを探った。

へっついのようなものがあり、水桶や笊《ざる》が転がっている。
暗がりに少し目が馴れると、塩俵が積まれているのもわかった。
積まれているあたりが壁なのだ。
壁に沿って歩けば、全体の広さが把握できるにちがいない。
卯三郎は跫音を忍ばせた。
時折止まり、じっと耳を澄ます。
腥《なまぐさ》い血の臭いも嗅いだ。
やはり、手負いの獣は蔵のなかにいるのだ。
どうして、追いかけてきたのだろう。
仙崎直也は危うい男だ。
さきほどは、物狂いにしかみえなかった。
四千石の仙崎家を破滅に追いこんだ張本人でもある。
自分なら、とうてい生きてはいられまい。
だが、仙崎直也は生きている。
復讐を遂げるべく、獣と化して生きつづけた。
討つべき相手は、大目付の南條壱岐守だ。

家を潰されたことへの逆恨みか。
それにしては、気になる台詞を口走っていた。
──大目付め、父を嵌めたな。
その台詞を耳にした途端、黙ってみていられなくなった。
懊悩《おうのう》を抱えた哀れな生き物のように感じられたのだ。
直也は虐《しいた》げられた弱い人間なのだとおもった。
命を救わねばならぬ。
咄嗟にそうおもい、駆けだした。
そうだ。仙崎直也の命を救わねばならぬ。
卯三郎はようやく今になって、一心不乱に追いかけてきた理由に気づいた。
──がさっ。
左手の後ろで気配が動く。
つぎの瞬間、足許を鼠が擦りぬけていった。
「鼠か」
肩の力を抜き、また一歩、大きく踏みだす。
「うえっ」

おもわず、声をあげた。
何か柔らかいものを踏んづけている。
ぼっと、正面に松明《たいまつ》が点《つ》いた。
蔵のなかが、炎に照らされる。
卯三郎の足は、人の腹を踏んでいた。
屍骸だ。
右小手を失っている。
「小僧、おぬしは何者だ」
松明の炎が揺れ、誰かに問いかけられた。
目と鼻の先に立っているのは、雲を突くほどの大男だ。
卯三郎は身を反らせたまま、悲鳴をあげることもできない。
「おぬしも、こやつと同じにしてやろうか」
男の太い声が、頭上に覆いかぶさってくる。
足許に目を落とすと、屍骸は首も失っていた。
「ほれ」
大男が左腕を振った。

足許に、人の首が落ちてくる。
仙崎直也だ。
悲しみに満ちた目で、こちらをみつめている。
「覚悟するがよい」
大男が、のっそり迫ってきた。
松明を翳《かざ》したまま、腰の刀を抜こうとする。
卯三郎は金縛りにあったように動くことができない。
たぶん、このまま何もできずに死ぬのであろう。
暗い塩蔵の片隅で、仙崎直也のように首を無くして死ぬのだ。
逃げろ。
今ならまだ、間合いから逃れられる。
だが、からだは言うことを聞いてくれない。
終わりだ。
眸子を瞑《つむ》った瞬間、後ろから誰かに肩を摑まれた。
「動くでない。卯三郎どの」
串部だ。

膝の力が抜け、その場にくずれかける。

「ふん、もう一匹鼠が舞いこんできおったか」

大男は松明を捨て、腰反りの強い刀を抜いた。

串部は這うように滑り、愛刀の同田貫で相手の足を払う。

「はっ」

大男は跳躍した。

信じがたい高さまで飛びあがり、剛刀を振りおろしてくる。

狙いは頭蓋《ずがい》だ。

――がきっ。

串部は横一文字で受けとめた。

踏んばる足が土間にめりこむ。

そうおもえたほど、上から乗りかかられた。

「ぬおっ」

串部が押しかえす。

「……に、逃げろ」

その声に反応し、卯三郎は踵を返した。

と同時に、大男は右足で腹を蹴りつける。
「あひぇっ」
つぎの瞬間、串部は壁際まで吹っ飛んだ。
——ずこっ。
鈍い音がして、蔵のなかが静まりかえる。
壁で頭でも打ち、昏倒《こんとう》したにちがいない。
大男は串部に目もくれず、卯三郎の背中に迫ってきた。
外へつづく石の扉は開いている。
軒先からは、雨が滝のように流れていた。
大男の息遣いが近づき、背筋に悪寒《おかん》が走る。
「うわああ」
卯三郎は叫び、外に向かって頭から飛びこんだ。
——ばしゃっ。
水溜まりに這いつくばり、動くこともできない。
そのとき、天の声が聞こえた。
「立て、卯三郎」

ほとけの声ではない。

顔をあげると、蔵人介が悄然《しょうぜん》と佇んでいた。

雨の濡れるにまかせ、眸子を炯々とさせている。

「ほほう、これはこれは」

石の扉から出てきた大男が、嬉しそうに漏らした。

「ふふ、矢背蔵人介ではないか。とんだ大物が釣れおったわ」

「小関庄左衛門か」

蔵人介が口にしたのは、卯三郎がはじめて耳にする名だった。

尋常ならざる殺気が、ぴりぴりと伝わってくる。

蔵人介と小関庄左衛門は、今から命の取りあいをするのだ。

卯三郎は水溜まりから身を起こし、塩俵の陰に身を寄せた。

十二

小関は剛刀を横に寝かせ、平青眼に構えた。

一撃必殺の突きを狙う神道無念流独特の構えだ。

一方、蔵人介は抜きもせず、両腕をだらりと下げている。

ふたりのあいだには、幅二間ほどの水溜まりがあった。

おそらく、水飛沫が撥《は》ねた瞬間、生死の行方は決まる。

串部は蔵のなかで音沙汰もなく、生死も判然としない。

卯三郎は物陰から首を出し、しきりに空唾を呑んでいた。

雨脚はいっそう激しくなり、びしょ濡れの着物が鉛のように重い。

蔵人介が口を開いた。

「何故、仙崎直也を殺めたのだ」

小関は微動だにせず、口許をゆがめる。

「ふん、大目付殺しに失敗《しくじ》ったからだ」

「やはり、刺客として飼っておったのか」

「ああ、そうだ。大目付はいずれ欲を掻き、邪魔者になるにちがいない。その読みが当たってな」

雨音にまじって、蔵人介の問いがつづいた。

「塩屋とは堂林帯刀のことか」

「そうかもな」

「藩の公金を投じ、本物の塩屋に硝石や火薬を買わせ、見返りに賄賂を受けとった。勘づいた出入旗本の仙崎左門が邪魔になり、南條壱岐守に手をまわして仙崎家を潰した。この筋にまちがいはないか」

「擦りよってきたのは壱岐守のほうだ。ふふ、金を握らせれば、あやつは何でもやる。後ろ足で公儀に砂を掛けることもな。大身旗本どころか、小大名のひとつやふたつ容易に潰してみせると、豪語しおったわ。壱岐守とは、そういう輩よ」

「なるほど、ようわかった」

「何がわかったのだ。貧乏旗本のおぬしに何ができる。大目付の権威に平伏し、番犬になるしかあるまい。禄を貰うとは、そういうことであろう。おぬしは牙を抜かれた犬じゃ。負け犬なら負け犬らしく吠えてみよ。ほれ、どうした、わんと吠えぬか」

物陰に殺気が膨らみ、怒りで顔を紅潮させた卯三郎が抜刀しながら飛びだしてくる。

「来るでない」

蔵人介が一喝《いっかつ》した。

小関は、ふっと笑みを浮かべる。

「小僧、聞け。わしはな、練兵館の斎藤弥九郎と互角にわたりあった男だ。はったりではないぞ。ただし、板の間の勝負と真剣で人を斬るのとでは雲泥の差がある。ようくみておけ。断末魔《だんまつま》の叫びをあげて人が死にゆくすがたをな」

俊敏、神のごとし。

ばしゃっと、水飛沫が撥ねあがった。

「ふおっ」

小関は巨軀を丸め、平青眼から突きに転じる。

神道無念流の口伝《くでん》にある「懸中待《けんちゅうたい》」か。

相打ち覚悟で突く技だ。

――きいん。

蔵人介は抜きの一刀で弾いた。

火花が散り、小関はたたらを踏む。

後ろから首筋に斬りつけると、横三寸の動きで躱された。

見事な体捌きだ。

小関は振りむきざま、水平斬りを繰りだす。

――がしっ。

蔵人介は刀身を立てて受け、巻きおとして突いた。

梨子地《なしじ》に流れる丁字《ちょうじ》の刃文、来国次の白刃が光る。

「ぬっ」

小関の鬢が裂け、血が垂れた。

息つく暇もなく、相八相で激突する。

強烈な袈裟懸けを鎬《しのぎ》で弾いたものの、返しの胴斬りは空を斬った。

小関は後方へ跳ねとび、煌《きら》めく剛刀を青眼に構えなおす。

対する蔵人介は納刀し、またもや両手をだらりと下げた。

「小癪《こしゃく》なやつ」

小関も納刀する。

そう言えば、景流の抜刀術も修めたと聞いていた。

力量がどの程度のものか、興味が湧いてくる。

「やめておこう」

ふたたび、小関は剛刀を抜きはなった。

「抜刀術では、おぬしに一日《いちじつ》の長《ちょう》がある」

「ほう、ためさぬのか。存外に、あきらめが早いな」

「負ける勝負はせぬ。抜かせれば勝てると踏んだのよ」
小関は巨軀を揺らして歩みより、刀を大上段に振りあげる。
「ぬりゃ……っ」
巻きあがる水飛沫の狭間から、白刃が猛然と落ちてきた。
蔵人介は抜刀し、左十字に受けながす。
体を斜めに捌き、相手の右腰を斬った。
――ざくっ。
小関は片膝をつき、すぐに立ちあがる。
手応えはあったが、骨には達しておるまい。
「浅傷《あさで》じゃ」
小関は吐きすて、水溜まりのまんなかで仁王立ちになる。
刀身を足許に振りおろし、鋭利な切っ先を水に浸した。
面はがら空きだ。
誘っているのか。
練兵館門外不出の口伝《くでん》に「竜尾返《りゅうびがえ》し」なる奥義がある。
上段にわざと隙をつくって誘い、刀を瞬時に頭上へ振りあげるや、片手持ちで旋回させながら斬りさげる。

誘いに乗って打ちこめば、旋風のごとき一撃で胴を断たれるにちがいない。

恐懼《きょうく》すべきその技を、蔵人介は一度だけ斎藤に手ほどきしてもらっていた。

ただし、形《かた》をみせてもらったにすぎぬ。

生死を賭けて使う技の斬れ味など、想像すべくもなかった。

危ういことは承知していながらも、蔵人介は敢えて突っこむ腹を決めた。

先々《せんせん》の先《せん》を仕掛けるのだ。

「つお……っ」

抜刀し、猪首の国次を上段に構える。

つぎの瞬間、人中路《じんちゅうろ》に沿って斬りさげた。

「甘いわ」

ざっと、水飛沫が撥ねる。

と同時に、峰で強烈に弾かれた。

「うわっ」

国次の本身が宙へ飛んだ。

「死ね」

小関は剛刀を頭上に掲げ、片手持ちで振りまわす。
——ぶん。
奥義の「竜尾返し」だ。
蔵人介の手に刀は無い。
右膝をついて折敷《おしき》となり、脇差を抜いた。
「むんっ」
平青眼で水月《すいげつ》を突く。
寸毫《すんごう》の差だ。
小関の目玉が飛びだした。
信じられないといった顔で、急所に刺さった白刃に目を落とす。
「ぬぐ……ぐひぇええ」
叫んだ。
断末魔の叫びだ。
両手を突きあげ、白目を剝き、どしゃっと背中から落ちていく。
水飛沫が豪快に巻きあがった。
蔵人介は膝をついたまま、止めていた息を長々と吐く。

卯三郎は震えていた。

恐れなのか、武者震いなのか、自分でもわからない。

生まれてはじめて体感した。

これが死闘なのだ。

修羅にならねば生きのこることはできぬ。

それが剣の道を究めようとする者の宿命《さだめ》なのだ。

板の間の申し合いのように、きれいな勝ち方などない。

相手を出しぬくために智恵を絞り、技を尽くし、刀下に身を晒す。

そこにあるのは生きるか死ぬか、ふたつにひとつしかあり得ない。

蔵人介は身をもって、修羅場の闘い方をしめしたのだ。

卯三郎には、それがわかった。

これで怖《お》じ気《け》づくようなら、鬼役を継ぐことは許されまい。

血の繋がっていない者だからこそ、修羅場をみせられたのだ。

鬼役を継ぐということは、矢背家を継ぐということでもある。

もちろん、鐵太郎を差しおいて矢背家の跡取りになることなど、望むことすらおこがましかった。だが、かなわぬこととあきらめつつも、心の片隅では望んでいたのかもしれない。それがはっきりとわかったのである。

「卯三郎、大事《だいじ》ないか」

我に返ると、蔵人介の顔がそばにあった。

「……は、はい」

顔をあげると、雨粒が飛びこんでくる。

「それがしよりも、串部どののほうが」

蔵人介もそれに気づき、蔵のほうを振りかえる。

人の気配がして、石の扉から串部がひょっこり顔を出した。

頭をしたたかに打ったのか、酔蟹《よいがに》のようにふらついている。

「……と、殿、不覚を取り申した」

「さようか、命があって何よりだ」

「ずいぶん冷とうござるな。拙者の身も案じてくだされ」

「おぬしは生半可《なまはんか》なことでは死なぬ。案じるだけ損というものだ」

「褒められておるのか、軽んじられておるのか、ようわかりませぬな」

串部は不満げに口を尖らせ、小関の屍骸に近づいた。

「でかぶつめ、過信が仇《あだ》になったな」

毒づきながらも片手で拝み、腹に刺さった脇差を引きぬく。

刀身に付いた血を屍骸の袖で拭い、蔵人介たちのもとへ近づいてきた。

「卯三郎どの、あれが侍の死にざまでござる。明日はわが身と心得なされ」

「はい」

蔵人介は顔を横に向け、動かぬ屍骸に目をやった。

生死の間境にあった水溜まりは、血の池と化している。

三人は雨に打たれつつ、露地の暗がりから逃れていった。

十三

その夜、箱崎一帯は騒然となった。

町が炎に包まれ、二丁ほどの範囲が丸焼けになったのだ。

火事が他町《よそ》へ広がらずに済んだのは、堀川沿いに並んだ土壁の蔵と隣接する大名屋敷の高い塀に阻まれたからだった。

焼け跡からは遺体もみつかった。

あろうことか、火元となったのは毛利家御用達の『長門屋』にほかならず、主人の宗吉は黒焦げになった家屋の地下蔵で窒息《ちっそく》していた。欲深い蝦蟇商人は、死んでも千両箱を抱いていたらしかった。

長門屋宗吉は以前から尚歯会に出入りし、蘭語の禁書を何冊も所有しており、清《しん》国との密貿易なども取り沙汰されていた。大目付の指摘により、火事の原因はお上の目を欺《あざむ》くべく禁書を焼いたことではないかと疑われ、近々、評定所でほかに関わった者たちの裁きが協議されるという。

さらに驚くべきことには、翌朝、長州藩留守居役の堂林帯刀が深川島田町《ふかがわしまだちょう》の妾《しょう》宅《たく》で屍骸となってみつかった。

表向きは病死とされたものの、串部が町奉行所の小役人に酒を呑ませて聞いたところによると、妾ともども毒を盛られたらしかった。堂林が妾宅へ向かったのは夜半のことで、屍骸がみつかったのは従者が迎えにいった翌朝だった。驚いた従者が騒いだため、藩の連中よりもさきに町奉行所の役人が駆けつけてしまった。そのおかげで、詳しい死因が判明したのだ。

夕刻、役目を終えて下城し、帰路の御濠端を歩いているとき、蔵人介は串部に一部始終を聞かされた。

「壱岐守の仕業か」

腹の底から唸り声が漏れる。

「まちがいござりませぬ」

すべては、大目付の南條壱岐守がおのれを守るためにやったことだ。

仙崎直也の異様な行動をみてとり、毛利家の連中が差しむけたことを疑った。

疑いを抱いただけで、すぐさま、報復に転じたのである。

「素早い判断は流石《さすが》と申すしかありませぬな。それにしても、火事まで起こしてみせるとは。殿、どうなされます」

「わしらとて、針の筵に座らされておるようなものだ」

「されば、こちらから仕掛けるので」

問いにこたえずとも、仕掛ける気でいることは顔をみればわかる。

蔵人介は悪事不正の筋書きを解くと同時に、みずから手を下すべきかどうかを考えつづけていた。

橘右近に命じられたわけでもないのに、大目付を的に掛けようというのだ。

踏みだすためには、みずからを納得させるための明確な理由が要る。

大目付の不正義に断を下すべきなのか。

いや、それほど大上段に構えることはない。

やはり、成敗する理由は棚田六兵衛殺しにあった。

お上に忠誠を誓った小役人は、上役の辻軍太夫に斬られた。

おそらく、棚田は自分なりの正義を貫こうとしたのだろう。

金輪際、不正の片棒は担げぬと宣言し、その見返りに命を落とした。

当事者ふたりが死んでいるので、あくまでも想像の域を出ないものの、筋を大きく外してはおるまい。

辻は壱岐守の忠実な僕《しもべ》として、棚田の口を封じねばならなかった。

おのれも甘い汁を吸いつづけるためには、背中を斬るしかなかったのだ。

強い権力を手にした者は、弱い連中を顧《かえり》みようとしない。汚いことはすべて配下にやらせ、自分は高みの見物としゃれこんでいる。不正が発覚しそうになれば責を負わせ、場合によっては死をもって償わせようとする。

棚田六兵衛の死など、壱岐守にとってはどうでもよいことなのだ。

辻軍太夫という側近の死ですら、心を動かされる出来事ではなかろう。

平然と弱い者を置き去りにする。人の命を軽んじる壱岐守の性根が、蔵人介はどうしても許せない。

串部の声で我に返った。

「橘の御前には談判なさるので」

談判したところで、成敗の許しを貰える保証はない。

何せ、相手は大目付だ。

したたかな頭を持ち、林崎夢想流の達人でもある。

毛利家の連中も御用商人も消えた今となっては、黒い関わりを調べるのは容易なことではなかろう。

確乎とした証拠を手にできぬかぎり、橘は断を下せまい。

指をくわえて、じっと待っているわけにはいかなかった。

串部の声が低くなる。

「じつはさきほど、棚田家の様子をみてまいりました」

「臙どのは、どうしておった」

蔵人介の問いに表情を曇らせ、串部は袖口から文を取りだす。

「後家のすがたはなく、表戸の隙間にこれが」

書き置きのようだ。

開いてみる。

――もとのくらしにもどります　さようなら

みみずののたくったような拙い字だ。

何やら、虚しい。

卯三郎は、どうおもうだろうか。

棚田家に振りかかった不幸を知っても、いったん決めたことだからと、末期養子を辞退しようとしなかった。頑固と言えばそれまでだが、矢背家の庇護《ひご》を離れ、みずからの力で一からやり直したいという気持ちもわからぬではない。

串部はどうやら、蔵人介の悩みを見抜いているようだった。

「世の中、上手くはいかぬものでござるな。されど、卯三郎どのにとってはよかったというべきかもしれませぬ」

勘の鋭い従者は気づいているのだ。

矢背家を継ぐ者は、剣の才がなければならぬ。

鐡太郎ではなく、卯三郎が継ぐべきではないかと、薄々感じているのだ。

「しかも、あれだけの修羅場を体感なされましたからな」

「いいや」

蔵人介は首を横に振った。

「ほんとうの修羅場はここからだ」

「えっ」

串部は空唾を呑む。

「……ま、まさか、卯三郎どのを連れていかれると」

「詮方あるまい。こたびのことでは、あやつに迷惑を掛けた。結末をしっかりと見届けさせてやらねばならぬ」

串部はぎょっとしつつも、少し考えて納得顔でうなずいた。

「たしかに、それがあの方の宿命かもしれませぬ。して、仕掛けはいつに」

「明後日、三手掛《さんてがかり》評定があると聞いた。評定のはじまりは巳《み》の四つ、それまでに忍びこみたい」

「げっ、評定所のなかで始末をつけると仰るので」

「大目付控えの間だ。おぬしは、表門の門番をどうにかしてくれ」

「どうにかしろと言われても、良い思案など浮かびませぬぞ」

困惑顔で考えこむ串部を尻目に、蔵人介はさっさと歩きだした。

十四

二日後、弥生十一日は朝から快晴となった。

幕府の評定所は和田倉御門の外、辰ノ口から流れる道三堀に沿ったところにある。天皇の勅使《ちょくし》を招く伝奏《てんそう》屋敷と隣りあう、三角の地所だ。

評定所では本日巳ノ刻より、三手掛の評定が催される。

三手とは町奉行、大目付、目付のことだ。

南町奉行は筒井《つつい》紀伊守《きいのかみ》政憲《まさのり》、北町奉行は大草《おおくさ》安房守《あわのかみ》高好《たかよし》、大目付は南條壱岐守を入れて三人、目付は筆頭の鳥居耀蔵以下四人、ほかに留役《とめやく》三人が臨席するので、大広間に集う人数はぜんぶで十二人になる。

案件はいくつかあり、箱崎で火を出した長門屋宗吉の件も俎上《そじょう》にあがる。もちろん、主役は壱岐守であったが、長門屋は尚歯会と関わりがあったので、筆頭目付の鳥居も強い関心を寄せていた。

鳥居と蜜月なのは北町奉行の大草で、尚歯会や蘭学者たちへの探索などでも協力しあっている。一方、鳥居は南町奉行の筒井とは相容れない。理由は明快だった。

筒井は昌平坂《しょうへいざか》学問所きっての秀才で、大学頭《だいがくのかみ》の林述斎《はやしじゅっさい》に代わって公方家慶に講義をおこなったこともある。しかも、十八年もの長きにわたって町奉行の座にある。鳥居は述斎の実子なので、筒井を苦手としているのだ。

鳥居と壱岐守は、表向きは良好な関わりを保っているものの、裏ではたがいを出しぬこうと駆け引きを繰りかえしていた。監視する対象も寄合旗本や御用商人などで重なっている相手が多く、ともすれば手柄の奪いあいになりかねないこともあった。

そうした重臣たちの関わりや思惑は、ことごとく、橘右近から聞かされていた内容だった。正直、どうでもよい。蔵人介の関心は、あらかじめ手に入れておいた評定所の絵図面にある。

肝心なのは、大目付の控えの間だ。

すでに、位置は確かめていた。というより、絵図面は隅々まで頭にはいっている。誰にも気づかれずに控えの間へ達する経路も、容易に諳《そら》んじてみせることはできる。

たとい、番士に気づかれたとしても、従者のような顔をしていればよい。表門から堂々と胸を張って入れば、怪しまれる心配はまずなかった。

従者はたいていふたり一組で行動するので、卯三郎を連れていることも懸念にはならない。

唯一、懸念があるとすれば、表門の門番をどうするかであった。

評定の刻限は近づいている。

今ごろ、重臣たちは控え部屋に待機しているころであろう。

蔵人介は卯三郎をともない、物陰から身を躍らせた。

躊躇いもみせず、表門へ向かっていく。

門の脇には、堂々とした体軀の門番が六尺棒を握って佇んでいた。

それでも構わず、蔵人介は近づいていく。

「お待ちを」

呼びとめられた。

顔を向けると、門番はにやりと笑う。

串部であった。

「荒っぽい手を使いました。ほかに良い思案が浮かびませなんだ」

本物の門番は、かたわらの番小屋で眠らせてある。

蔵人介と卯三郎が門を擦りぬけたら、門番に活を入れ、何事もなかったように立たせておく腹らしい。

串部のことゆえ、ひと芝居打つなりして、どうにかするにちがいない。

ともあれ、門を無事に潜りぬけさえできれば、それでよかった。

「まいるぞ」

「はっ」

緊張で顔の強張った卯三郎を急きたて、蔵人介は足早に玄関へ向かった。

玄関へはあがらず、脇の通用口へまわり、人気のないのを確かめて、小走りに奥へ進む。

擦りぬけたさきには中庭があり、庭の隅には厠があった。

卯三郎がもぞもぞしだす。

緊張しすぎて尿意を催したのだ。

「詮方あるまい」

ふたりで中庭を突っきり、厠へ飛びこむ。

「うっ」

先客がいた。

南町奉行の筒井紀伊守だ。

蔵人介は俯《うつむ》いた。

「おう、従者か」

筒井は目も向けず、壁に向かって小便を弾いている。

「還暦を超えると、小便の出が悪うて困る」

「失礼つかまつりました」

「よいよい。遠慮いたすな。隣で弾くがよい」

「そういうわけにはまいりませぬ」

蔵人介は厠の外に待機し、筒井が出てくるまで片膝をついて待った。

卯三郎は漏らしそうになったので、厠の裏で袴をたくしあげ、土のうえに小便を弾いている。

筒井は去った。

ほっと安堵の溜息を吐き、卯三郎をともなって廊下へあがる。

足袋《たび》で滑るように進み、廊下を何度か曲がった。

朝陽を浴びた白洲が、突如、目に飛びこんでくる。

濡れ縁を挟んで大広間があり、小役人たちが座布団を並べたりしている。

蔵人介と卯三郎は影のように濡れ縁を通りすぎ、さらに奥へと進んだ。

廊下を曲がったところに、重臣たちの控え部屋がある。

旗本最高位の大目付は広い離室をあてがわれており、各々の部屋も密談を聞かれぬようにとの配慮か、隣同士にはされていない。

そのことを確かめたうえで、蔵人介は仕掛けの場を控えの間に決めたのだ。

わざわざ評定所を選んだのにも、一罰百戒の狙いがある。

重臣たちは多かれ少なかれ、権力を笠に着て甘い汁を吸っている。

度が過ぎれば天罰が下るということを、知らしめてやらねばならない。

蔵人介はどうにか、目途の部屋までたどりついた。

「とくとみておけ」

後ろの卯三郎に囁き、閉めきられた襖障子のまえに傅《かしず》く。

耳を澄ました。

襖障子の向こうに、気配が動く。

「誰じゃ」

凛とした声が響いた。

壱岐守だ。

ひとりでいる。

すかさず、蔵人介は嘘を吐いた。

「壱岐守さま、水野越前守《えちぜんのかみ》さまからのご通達にございます」

「何っ、ご家老からだと。はいるがよい」

「はっ」

襖障子を開く。

蔵人介につづき、卯三郎も忍びこみ、後ろ手で襖障子を閉めた。

壱岐守は異変を察しながらも、動揺した素振りをみせない。

手首に巻いた水晶の数珠を触りながら、こちらを睨みつけてくる。

三尺余りの剛刀だけは刀架けになく、正座した左膝の脇に置いてあった。

さすがに用心深い。

「おぬし、鬼役の矢背蔵人介ではないか。いったい、何用じゃ」

「仙崎直也の最期をお耳に入れるべく、参上つかまつりました」

「莫迦《ばか》を抜かせ。此処《ここ》を何処《いずこ》と心得る」

「公平公正を旨とする評定所にございます」

「涼しい顔で抜かしよる。大目付のわしを愚弄《ぐろう》する気か」

「愚弄も糞もございませぬ」

「何じゃと」

壱岐守は殺気を漲《みなぎ》らせ、わずかに腰を浮かせた。

「なるほど、わしを斬りにまいったか」

「ようやく、気づかれましたか」

「誰の指図じゃ」

「誰の指図でもござらぬ」

「笑止な。鬼役風情が大目付の首を獲りにまいっただと」

「はい」

「大声で人を呼ぶこともできるのだぞ」

「どうぞ、お望みどおりに」

人が来るまえに、蔵人介は首を獲る気でいる。

重い沈黙が流れ、壱岐守は落ちつきを取りもどした。

「後ろの若造は何者じゃ」

「奸臣の最期を見届ける見届人にござります」

「奸臣とは、わしのことか」

「さようにござります」

壱岐守は怒りを抑えこむ。

「いちおう、おぬしの言い分を聞いておこうか」

「ご自身の胸にお聞きくだされ」

「何を申す。この腐《くさ》れ外道めが」

「そのおことば、そっくりそのままお返しいたします」

殺気が膨らみ、破裂しかけている。

卯三郎は修羅場を覚悟した。

一瞬たりとも目を背けまい。

「死にさらせ」

壱岐守は長尺刀を摑み、片膝立ちで抜刀した。

林崎夢想流の奥義、卍抜けにほかならない。

ほぼ同時に、蔵人介も国次を抜いている。

そして、同時に斬りむすんだ。

壱岐守は上段の縦一閃、蔵人介は高波を切るような水平斬りだ。

白刃の煌《きら》めきが縦横に交差し、どちらが早いのかもわからない。

壱岐守の鬢が、ふわっと刃風に揺れた。

刹那、輪切りにされた両手が、ぼそっと畳に落ちる。

「くはっ」

水晶の数珠玉が四散した。

蔵人介は素早く納刀し、飛び退くように身を離す。

壱岐守は前のめりになり、顔面を畳に叩きつけた。

一瞬のうちに、血の池が広がってゆく。

もはや、とどめを刺すこともあるまい。

卯三郎は動くことができず、流れる鮮血をみつめていた。

「しっかりいたせ」

ぱしっと、平手打ちをくれる。

それでも動かぬので、蔵人介は卯三郎の襟首を掴み、襖障子を開けて廊下へ引きずりだした。

十五

練兵館の斎藤弥九郎は、棚田家をめぐる騒動の詳細を知る由《よし》もなかった。

ただ、主人の六兵衛が不審な死を遂げ、遺された妻女が失踪したことを知り、わざわざ矢背家を訪れた。畳に両手をつき、迂闊《うかつ》にも自分が口を利いたせいでたいへんな迷惑を掛けたと謝った。

それが一昨日、弥生十五日のことだ。

卯三郎は評定所で修羅場を目にした翌日から練兵館に通い、必死に汗を掻いていた。

悪夢のような出来事を忘れたいかのように、蔵人介でさえ目を背けたくなるほどの峻烈《しゅんれつ》な稽古を繰りかえすしかなかった。

だが、今日だけは稽古を休み、串部も入れて三人で旅路についた。

板橋宿で朝陽を拝み、中山道をたどって十里余りも歩きつづけたのだ。

夕暮れになり、埃《ほこり》まみれでたどりついたさきは、紅花で知られる桶川宿である。

目途とする旅籠の『布袋《ほてい》屋』は、串部があらかじめ調べておいた。

朧がいるのだ。

むかしの伝手を頼って、住みこみではたらいていた。

宿場女郎なので、客が気にいってくれれば身も売る。

朧にしてみれば、本来の自分に戻っただけのことだ。

この宿場で棚田六兵衛に見初められ、武家の妻になった。どれだけ感謝してもし足りないが、ほとけさまから果報《かほう》を貰ったとおもうようにしている。

蔵人介たちは草鞋《わらじ》を脱ぎ、旅籠の二階部屋に案内された。

番頭にふくんであったので、しばらくすると、朧が何も知らずにあらわれた。

部屋にはいってくるなり、ことばを失い、へなへなとその場にくずおれる。

「……ど、どうして、おみえになったのですか」

蔵人介が静かにこたえた。

「卯三郎がな、どうしても聞きたいことがあると申すのだ」

「いったい、どのようなことでござりましょう」

朧が遠慮がちに問うと、卯三郎は襟を正して尋ねた。

「お教えいただきたいのです。何故、亡き六兵衛さまのご遺志を果たされなんだのか」

朧はくっと顔をあげ、意志の籠もった目を向けてくる。

「悪事に加担した者の家を継いでいただくわけにはまいりませぬ。人として、あたりまえのことをしたまでにござります」

「ほんとうに、それでよかったのですか」

「もちろんでございます。旦那さまもきっと、そうしろと仰ったにちがいありませぬ」

「六兵衛さまは上役に命じられ、仕方なしにやらされた。それを勇気を出して拒んだがために、命を縮められたのでございます。このわたしさえ納得すれば、家名を存続できたはず。あなたは武家の身分にとどまっていられたのに、何故、この宿場に舞いもどらねばならなかったのか」

粘り腰の卯三郎にたいして、膩は真剣な顔を向ける。

「ごまかしたり嘘を吐いてまで、家名を存続したくはありませぬ。禄を頂戴するわけにはまいりませぬ。金輪際、自分に嘘は吐かぬと、ほとけさまにも誓いました。わたしは宿場女郎として生きてまいります。それが身の丈というものにございます。お客との駆け引きはしても、自分の生き方に嘘は吐きたくないのです。これで、おわかりいただけましたか」

卯三郎は目を潤ませ、こっくりうなずく。

「得心《とくしん》いたしました。もうひとつ、お聞きしてもよいですか」

「何でしょう」

「六兵衛さまの墓所は何処に」

「それは……ございませぬ。お墓をつくるお金も無く、情けないはなしではございますが、寝所の枕元に旦那さまのお骨を置き、朝と晩に燈明をあげております」

「されば、そのお骨に手向《たむ》けていただけませぬか」

卯三郎は懐中をまさぐり、小さな袋を差しだす。

袋のなかには、水晶の数珠玉がひとつはいっていた。

「……こ、これは、大目付さまの」

「さよう、判元見届の際も手首に巻いておられましたな」

「はい」

「南條壱岐守には天罰が下りました。ご報告いただければ、六兵衛さまもお喜びになりましょう」

「……あ、ありがとう存じます。ほんとうに、ありがとう存じます」

朧は数珠玉を握りしめ、肩を震わせて噎《むせ》び泣いた。

三人は朝になれば、ふたたび、江戸へ舞いもどる。

鉄砲洲《てっぽうず》や佃島《つくだじま》では、鱚《きす》や鰈《かれい》の便りも聞かれはじめていた。

今日と明日の二日にわたって、浅草《あさくさ》では三社《さんじゃ》祭りが賑やかに催される。

朧は江戸府内にほど近い紅花の宿場で、六兵衛との思い出を胸に逞《たくま》しく生きぬいていくことだろう。

卯三郎もこれで区切りをつけてくれればよいのだがと、蔵人介はおもった。

修羅場をみせたことが、はたして最善の方法だったのかどうか、正直なところよくわからない。

矢背家の跡取りを卯三郎に決めたわけでもなかった。

決めようとすれば、やはり、血の繫がった鐵太郎の顔が浮かんでくる。

母の幸恵が影身《かげみ》をやつす様子も、容易に想像できた。

ただ、ひとつだけ確かなことは、卯三郎には鬼役を継ぐ資質があるということだ。

そして、本人も口には出さぬが、そのことを望んでいる。

その晩、串部だけは相部屋で高鼾《たかいびき》を搔いていたが、蔵人介と卯三郎は蒲団のなかで一睡もせずに朝を迎えた。

膳は宿場外れの棒鼻《ぼうばな》まで見送ってくれ、いつまでも手を振りつづけた。

眩しげに朝陽を仰ぐ卯三郎のすがたが、ひとまわり大きくなったようにみえる。

爽やかな風が吹き、山桜の花弁を運んできた。

三人はもう一度宿場を振りかえり、うなずきあって前を向くと、軽快な足取りで歩きはじめた。

別れの坂道

一

平川町の貝坂《かいざか》までやってくると、鐵太郎はいつも喉の渇きをおぼえる。心ノ臓がばくばくしはじめ、逸《はや》る気持ちを抑えきれなくなるのだ。

若い娘に岡惚《おかぼ》れしたわけではない。

訪ねるさきは貧乏人の住む裏長屋の一角、九尺《くしゃく》二間《にけん》の狭苦しい部屋に秋吉英三《あきよしえいぞう》という四十過ぎの蘭学者が住んでいた。

耳を澄ませば、獣肉《ももんじ》屋の集まる露地裏から「とうきたり、おしゃか、おしゃか」の売り声が聞こえてくる。明日は卯月《うづき》八日の灌仏会《かんぶつえ》、とうきたりと呼ぶ願人坊主《がんにんぼうず》は芝の新網町《しんあみちょう》あたりからやってきて、手桶に入れた安っぽい釈迦像を売りあるく。

「どうせ、買う者もおるまい」

破れ扇子を握った願人坊主に銭を恵むくらいなら、初鰹のひと切れでもよいから夕餉の膳に並べたい。裏長屋の連中なら、そう考えるだろう。

いずれにしろ、秋吉の耳にとうきたりの声は聞こえていまい。

夏の到来をおもわす蒼天のもと、鐵太郎はどぶ板を踏みしめた。

嬶《かか》ぁたちが洗濯をする後ろで、洟《はな》垂れどもが走りまわっている。

薄汚い部屋の戸口には一本ずつ、厄除けの卯の花が挿《さ》してあった。

が、秋吉の部屋だけは節分以来、戸口に柊《ひいらぎ》と鰯《いわし》の頭が挿されたままだ。

柱に貼られた角大師《つのだいし》や壁の虫除け札は、何年前のものかもわからない。

床から土間の隅々まで蘭書に埋めつくされ、足の踏み場もないほどだ。

昨日、鐵太郎は自邸のある市ヶ谷御納戸町で、不如帰《ほととぎす》の初音を耳にした。

季節の移りかわりも、秋吉にとってはどうでもよいことらしく、読書に没頭するあまり、ほかのことが疎《おろそ》かになっている。湯屋には行かぬし、月代も髭も剃らぬ。同じものを何日も着つづけ、飯もろくに食べない。それでいて、どこにそんな元気があるのか、仲間たちを招いては闊達《かったつ》にはなしあいをする。

人と喋るのが大好きで、酒を呑みながら朝まで持論を弁じつづけたりもした。話し相手は医者で蘭学者の高野長英《たかのちょうえい》だったり、三河国田原藩家老の渡辺崋山だったりする。三人は多くの学者が集う尚歯会にも属し、オランダ人から長崎経由でもたらされる書物などを通じて西洋の知識を貪るように吸収していた。

「昨日も高野が来た。やつは勝手に本を持っていくから困る」

高野長英はシーボルトの鳴滝塾《なるたき》で塾頭をつとめたほどの才人で、尚歯会の誰からも一目置かれている。ただ、世の中を見通す能力を過信するところがあり、御政道への批判もよく口にした。ついには、諸外国にたいして頑なに門戸を閉じ、異国船打払令を堅守する幕府の方針に抗《あらが》い、密かに『戊戌《ぼじゅつ》夢物語』なるものまで著し、それが老中水野忠邦の目に触れるにいたって、目付筋から危うい人物とみなされるようになった。

じつを言えば、鐵太郎は『戊戌夢物語』の写本を所持しており、それを父の蔵人介にみつかり、尚歯会への出入りを禁じられていた。

だが、秋吉のもとへは足繁く通っている。

高野長英の住まいも近所にあった。貝坂界隈に蘭学者たちが多く住む理由は、半蔵御門から桜田御門へ向かう途中の御濠端に、自分たちを庇護してくれる田原藩三宅《みやけ》家の上屋敷があるからだ。

田原藩は石高一万二千石の小藩だが、天保《てんぽう》の飢饉《ききん》で領内にひとりの餓死者も出さなかったので、幕府に褒賞された。その立役者となったのが、藩政の舵取りを任された渡辺登であった。絵師としての技倆も高く、通り名の「崋山」は号である。

今の藩主は崋山が推した三宅家血縁の友信《とものぶ》公ではなく、姫路《ひめじ》藩酒井《さかい》家から持参金つきで養子になった康直《やすなお》公だった。友信公は藩主に就いていないにもかかわらず、前藩主扱いの隠居格とされ、隠居料二千俵余を与えられて巣鴨《すがも》の下屋敷に住んでいる。

二十三歳の若さで隠居したこの「巣鴨様」が崋山の薦めで蘭学に傾倒し、隠居料を注ぎこんで蘭書を購入しては、蘭学者たちに翻訳をさせていた。秋吉も長崎帰りの優秀な蘭学者のひとりとして、友信公に信頼されている。命じられれば巣鴨屋敷へ出向くこともあったが、そうした際も垢《あか》じみた着物を纏い、無精髭は伸び放題のままで参上するのだった。

浮世離れした才人から、鐵太郎は多くを学んでいる。

黴《かび》臭い書物に囲まれた部屋は、じつに居心地がよい。秋吉が桃源郷に住む仙人にもみえた。ふらりと遊びに訪れた長英は「この部屋には日《ひ》の本《もと》の明日がある」とまで言いきったらしいが、鐵太郎もまったくそのとおりだとおもう。

秋吉は表口に背を向け、いつものように蘭書を貪り読んでいた。

鐵太郎は邪魔をせぬように跫音を忍ばせ、上がり端の隅に座りこむ。

積んである本のなかから、分厚い一冊を手に取った。

「ヨハネス・リンデンのナポレオン・ボナパルテ伝。おぬしは好きだな、その本が」

後ろも向かず、秋吉が喋りかけてきた。

「ナポレオンは今から七十年前、コルシカという小さな島で生まれた。足軽に毛が生えた程度の低い身分だったが、フランスで勃発した大きな一揆《いっき》の混乱に乗じて頭角をあらわし、砲術の才を生かした巧みな戦い方で勝ち戦をかさね、隣国への調略や婚姻などを駆使しつつ、あれよあれよというまに大国フランスの天子にまでなった。かの国では、天子を皇帝と呼ぶ。一介の鉄砲足軽が皇帝になったのだ。しかも、イギリスを除く欧州の大半を切りとったにもかかわらず、極寒のロシアに遠征して惨敗し、それからは没落の一途をたどった。まさしく、波瀾万丈《はらんばんじょう》と呼ぶにふさわしい生涯だ。読んでいて、おもしろくないはずがない」

鐵太郎はこの薄汚い部屋で「ナポレオン・ボナパルテ」という英雄を知った。

嬉々としてその一代記を手に取り、垂涎《すいぜん》の面持ちで頁を捲《めく》るたびに、激動の欧州大陸へおもいを馳せた。

「ナポレオンは、太閤秀吉《たいこうひでよし》さまに似ておりますね」

「いいや、太閤秀吉は天子になっておらぬ。それに、フレイヘイドの精神を携えておらなんだ」

「フレイヘイド」

「さよう、わしは不羈《ふき》と訳した。それは王侯領主の圧政やおのれの置かれた身分や、ありとあらゆる頸木《くびき》からの解きはなちを意味する。誰もが羽さえあれば大空へ自在に羽ばたいていける。そんな不羈の世を築くために、かの国の百姓町民は夥しい血を流したのだ」

「フランスにおける大一揆《おおいっき》のことを仰っているのですね」

秋吉や鐵太郎が「大一揆」と呼ぶフランス革命は、今から五十年前に勃《お》こった。パリ市民たちによるバスティーユ牢獄への襲撃を契機にその機運は燃えあがり、フランス全土に飛び火して身分の低い農民や市民たちすべてを巻きこむ一大革命となった。

「女たちも一揆の先頭に立った。逞しい手に握られた旗幟《きし》は、青、白、赤の三色だ。青は不羈、白は平等、赤は友愛をあらわすという」

国王ルイ十六世を戴いたブルボン王朝は土台から覆され、平民による憲法制定国民議会が発足した。そののち、王政復古を願う一派の巻きかえしや王政を敷く隣国の干渉に遭うなか、敢然と立ちあがったのがナポレオン・ボナパルテであった。

英雄が登場する背景や経緯を、秋吉は簡易なことばで滔々と語る。

「ナポレオンは古い王の復活を許さず、みずから皇帝となった。リンデンも書いておろう。『ボナパルテ、フレイヘイド、フレイヘイドと呼ばわりけり』と。不羈、平等、そして友愛。何と耳にここちよい崇高《すうこう》な精神ではないか。これこそが国の進むべき道だと、わしはおもう」

公儀に知れたら、擾乱《じょうらん》か謀反《むほん》の罪で打ち首は免れまい。

さすがの鐵太郎も、このときばかりは戸外に人の気配を窺った。

いまや、幕府が正規に認める貿易相手国はオランダ一国にすぎない。幕府は長崎出島《でじま》のオランダ商館長に命じて、欧州大陸の諸情勢を記した『阿蘭陀《オランダ》風説書』の提出を義務づけている。だが、幕閣内でナポレオンを知る者はほとんどおるまい。

ましてや、西洋の身分制を根底からひっくり返したフランス革命のことも知らず、オランダ本国がナポレオンに占領されたことも、海外にあったオランダの植民地が実質はフランスのものであることも、オランダ人が幕府との通商を維持するためにそうした情勢を極秘扱いにしていることも、当然のごとく認知していない。

蘭書と直に触れることのできる秋吉などの一部蘭学者だけが、西洋の動向をかなり正確に把握しているのだ。

「鐵太郎よ、教えたであろう。規模の大小はあれど、わが国にもフレイヘイドを求めて蹶起《けっき》した者はあった。大坂町奉行所元与力、大塩平八郎《おおしおへいはちろう》先生だ」

一昨年の二月、大塩は窮民救済を求めて武装蜂起したものの、たった半日で鎮圧された。だが、幕臣が引きおこした前代未聞の叛乱は各所に影響をおよぼし、強い衝撃を受けた将軍家斉は隠居を決めたとも囁かれている。

秋吉は大塩が百姓町民の蹶起を促すために書いた檄文《げきぶん》を密かに入手し、二千字を超える全文を書き写した。檄文は幕閣老中や町奉行や官吏たちへの激越な批判で埋めつくされており、所持していることさえ憚られるというのに、秋吉はこれと見込んだ者には檄文の写しを読ませていた。

鐵太郎は何度も読みかえしたので、冒頭を諳んじてみせることができる。

「『四海困窮致し候わば、天禄長く絶たん。小人に国家を治めしめば、災害並び至る……』」

「そうだ、鐵太郎。大塩平八郎先生の気概を忘れるな」

大塩は屍骸になっても処刑された。一方、ナポレオンは皇帝にのぼりつめたが、盛者必衰《しょうじゃひっすい》のことわりどおりに滅んだ。

「されど、フレイヘイドを求める精神は滅びぬ。ナポレオンは、民本位の定式《さだめしき》を纏めさせた。民のための法典だ。王といえども、民の法典に抗うことはできぬ。フレイヘイドの精神はわが国でも確実に育《はぐく》まれ、いずれは花開くことであろう。わしはそのための礎《いしずえ》になりたい。唯一、望みがあるとすれば、それかもしれぬ」

秋吉は仕舞いに「じつはナポレオンより、もっと惹かれる人物がいる」と言った。

「いったい、誰でござりますか」

鐵太郎が問いかけると、秋吉はようやくにして振りむいた。

「イエス・キリストだ」

ぽつりとこぼし、にっこり微笑む。

もはや、人ではなく、神ではないか。

しかも、この国において信仰を厳しく禁じられた神にほかならない。

秋吉は蘭学者だ。キリストを信仰したいのではなく、聖書の中身を純粋に知りたいという欲求が湧いたのであろう。

鐵太郎はみずからに、そう言い聞かせた。

鐵太郎は興奮の醒《さ》めやらぬ顔で帰路をたどった。

「……ナポレオン、フレイヘイド、ナポレオン、フレイヘイド、ナポレオン……キリスト、キリスト、キリスト……」

口にしてはいけない名だからこそ、惹きつけられるのかもしれない。

秋吉はナポレオンの肖像画とともに、十字架へ磔《はりつけ》にされたキリストの絵もみせてくれた。

二

今、鐵太郎は麴町の大路を横切り、物淋しい善國寺谷の坂道を歩いている。

ふと、背後に人の気配を察し、鐵太郎は振りむいた。

大股で近づいてくるのは、叔父の綾辻市之進である。

蘭学嫌いの筆頭目付、鳥居耀蔵の命で探索に勤《いそ》しんでいる。

けっして油断してはならぬと、鐵太郎は胸に言い聞かせた。

市之進はのっけから、高飛車に叱りつけてくる。

「おい、鐵太郎。また、秋吉某を訪ねておったのか」

「またとは何です。もしや、秋吉さまを張りこんでおられたのですか」

「いいや、張りこんでおったのは、高野長英のほうだ。茶屋で休もうとおもって貝坂のほうへ来たら、おぬしをみかけたのさ」

「お役目、ごくろうさまにござります」

「皮肉か。何だ、そのふてくされた物言いは。徒目付のわしが、それほど目障りか。ふん、黙っておるところをみると、図星《ずぼし》らしいな。秋吉英三のもとへ足繁く通っておること、義兄上《あにうえ》はご存じなのか」

「いいえ。告げ口でも何でも、ご随意にどうぞ」

「おいおい。わしはな、おぬしのことを案じておるのだぞ」

「案じていただくようなことは、ひとつもござりませぬが」

「まるで、売り言葉に買い言葉だな」

市之進は溜息を吐き、話題を変えた。

「姉上に聞いたぞ。高野長英の著した『戊戌夢物語』の写しを持っておったそうではないか」

「母上がそのようなことを」

「姉上もご心痛なのだ。高野長英は大罪を犯したシーボルトに師事し、連座を恐れて長崎から逃げだした。そんな男だぞ」

市之進の言う「大罪」は、今から十一年前に起こった。オランダ商館付のドイツ人医師フィリップ・フランツ・フォン・シーボルトが帰国にあたり、欧州大陸の事情を説いた書物と交換に伊能忠敬《いのうただたか》の著した『大日本沿海輿地全図』の縮図を持ちだそうとしたのだ。

密かに地図を渡したのは、当時幕府の天文方《てんもんかた》を仕切っていた高橋景保《たかはしかげやす》であった。事が発覚すると高橋は投獄され、獄死したのちに死罪の沙汰を受けた。一方、シーボルトは国外追放となり、再渡航を禁じられている。

十四の甥《おい》にたいして、市之進の追及は厳しい。

「おぬし、浅草の頒暦所《はんれきじょ》御用屋敷にも何度か足を運んだらしいな」

「ええ、それが何か」

「何をしに行ったのだ」

「星々の位置を測る渾天儀《こんてんぎ》を見学しに伺ったのですよ」

「渾天儀を」

浅草御蔵《おくら》の鳥越橋《とりごえ》近くにある頒暦所御用屋敷は天文方の砦《とりで》で、高さ五間を超える築山《つきやま》のうえに三間四方の天文台が築かれ、大きな渾天儀も設《しつら》えてあった。天文台と渾天儀は寛政《かんせい》の改暦などで活躍したが、当時の天文方を率いていたのが天文学者の高橋至時《よしとき》だった。景保の父であり、弟子には伊能忠敬がいる。

築山のてっぺんまでは、五十段近くの石段を上らねばならない。

もちろん、上るだけの価値はあった。

鐵太郎は渾天儀の背景に富士山の夕景をのぞみ、至福のときを味わった。

じつは、そのとき案内に立ってくれたのが、秋吉英三であった。

天文方は暦をつくることのほかに、蘭書の邦訳という役目を与えられている。邦訳の役目が付加されたのは高橋至時の死後、文化《ぶんか》八年（一八一一）のことだ。父の跡を継いだ景保の進言で、天文方のなかに蕃書和解御用《ばんしょわげごよう》という役ができた。

主な役目は、フランス人農学者のノエル・ショメールが編集した『家事百科事典』の邦訳である。内容は人の生活や健康から、家畜の飼育や魚鳥の捕獲、樹木の栽培にいたるまで多岐にわたっている。同書の蘭訳書がオランダ商館長から家斉公にもたらされ、将軍直々の命により、蘭訳書の邦訳が三十年近くもつづけられ、ようやく完結の目途が立ったところだった。幕府に献上される巻本は『厚生新編』と称し、ぜんぶで七十巻にもおよぶという。

秋吉は名だたる蘭学者たちにまじり、邦訳作業を手伝った。

断罪された高橋景保のことを悪く言う者は、鐵太郎のまわりにいない。

秋吉にしても「わが国の大恩人」だと言っていた。景保は『丙戌紀聞《へいじゅつきぶん》』という邦訳本において、ナポレオンの興亡を紹介している。秋吉は同書に強い影響を受け、ナポレオンを調べはじめたのだ。

ただし、蘭学を学ぶ者にとっては恩人でも、徒目付の市之進にしてみれば罪人でしかない。

「高野長英は盗人の弟子だ。秋吉英三は盗人の弟子と親しい間柄にある。この耳で聞いたぞ。秋吉の部屋には『他見無用』と書かれた御禁制本が山と積まれておるそうではないか」

「いったい、誰がそのようなことを」

鳥居の意を汲む間者がいるのだ。

「観念せい。われわれはな、尚歯会も探っておるのだぞ」

やはり、そうであったかと、鐵太郎は臍《ほぞ》を嚙む。

尚歯会はそもそも、長引く飢饉に窮余の策を講ずるために結成された。主宰が儒学者の遠藤勝助《えんどうしょうすけ》であることからもわかるとおり、蘭学者ばかりが集まっているわけではない。官吏も商人もいる。ただ、論ずる話題が医学や数学や天文学にとどまらず、異国との交易や海防策といった御政道におよぶにいたり、シーボルトに学んだ鳴滝塾の門下生や江戸の著名な蘭学者たちの発言力が増していっただけのはなしだ。

「何も、尚歯会の者すべてが悪いと申しておるのではない。大きな声でお上の無策を述べたてる者がいる。そやつが怪しからぬのだ」

「高野さまのことを仰っているのですね」

「高野長英だけではないぞ」

「存じております。鳥居さまが目の仇《かたき》にしておられるのは、渡辺崋山さまにござりましょう」

「目の仇とは無礼な」

「正直に申したまでにござります。鳥居さまは林家《りんけ》のご出身ですから、蘭学者をすべて敵とみなしておられるのでしょう」

「待て、それは偏見だぞ」

と応じつつも、市之進は強く否定できない。

渡辺崋山は一藩の家老という立場もあり、尚歯会では重きをなしている。自他ともにみとめる蘭学好きで、水戸斉昭《なりあき》公の腹心である藤田東湖《ふじたとうこ》をして「蘭学にて大施《だいせ》主《しゅ》」と言わしめたほどだった。

幕府としては、西洋の学問を学ぶことは容認しつつも、御政道に悪影響を与えるものは排除しなければならない。老中の水野忠邦も尚歯会に着目し、海防策などで智恵を借りたがっているのだが、そのことがかえって鳥居を過激な取締に向かわせる要因ともなっていた。

「叔父上、ひとつお聞きしても」

「何だ」

「叔父上は味方なのか敵なのか、どちらなのですか」

鐡太郎が睨みつけると、市之進は淋しげな表情をしてみせた。

「敵も味方もない。わしは課されたお役目を果たそうとしているだけだ。徒目付が得手勝手に動いたら、幕府の秩序は崩壊する。情のままに流されたら、誰ひとり信用しなくなる。幕臣には守るべき規範がある。規範を逸脱する者には、厳格な対応をせねばなるまい」

「鳥居さまはどうなのです。蘭学者を見張るのは、蘭学を毛嫌いなさっているからではないのですか」

「それが偏見なのだ。御実家は儒学の宗家かもしれぬが、鳥居さまはあくまでも筆頭目付であられる。蘭学者云々《うんぬん》ではなく、公明正大なお裁きをおこなっていただけるものと信じるしかあるまい」

叔父の潤んだ目に気づき、鐵太郎は追及するのを止めた。

「ともあれ、危なっかしい連中のそばには近づくな」

市之進は捨て台詞を残し、元のところへ戻っていく。

一晩中《よっぴて》、貝坂の高野長英を張りこむのであろうか。

目付の行動は、長英も知っている。

秋吉のもとを訪れて「おもしろそうだから挑発してやろうか」と、何度かうそぶいていた。『戊戌夢物語』も、お上を「挑発」するために書かれたのかもしれない。

貝坂の界隈を彷徨《うろつ》くことが危ういのは、重々承知していた。

だからといって、秋吉のもとへ通わぬことなど考えられない。

たとい、叔父が親切心から発したことばでも、鐵太郎は素直に聞くことができなかった。

三

灌仏会の朝、子どもたちは小手桶を抱えて近くの寺へ急ぐ。牡丹や芍薬《しゃくやく》や杜若《かきつばた》などで豪勢に飾られた花御堂《はなみどう》のもとで、甘茶《あまちゃ》をふるまってもらえるからだ。

鐵太郎は卯三郎とともに亀岡《かめがおか》八幡宮別当《べっとう》の東圓寺《とうえんじ》で甘茶を貰い、卯三郎に誘われるがままに市ヶ谷御門を潜ると、九段坂下の練兵館へ足を向けた。

道場では朝稽古がはじまっており、門弟たちの掛け声が外まで響いてくる。

鐵太郎は二の足を踏んだが、卯三郎が「見学していけ」と言うので、仕方なく付きあうことにした。

卯三郎は五つ年上で体格でも優っており、肩を並べると頭ひとつ大きい。ひとりっ子の鐵太郎は兄ができたと本心から喜んでおり、卯三郎の言うことには抗おうとしなかった。

ただし、練兵館に足を踏みいれるとなれば、はなしは別だ。

何度か見学に来たことがあった。稽古なのに門弟たちは真剣そのもので、うっかり近づけば斬りつけてきそうな殺気を放っている。
誰よりも汗を掻き、誰よりも声を出す。
脳震盪《のうしんとう》でひっくり返るほど竹刀で叩きあう。
それがこの道場では美徳だが、鐵太郎はそうした雰囲気がどうも苦手だった。
「おれは好きだがな」
卯三郎は平然とうそぶき、胴着に着替えて重い竹刀を振りはじめる。
まるで水を得た魚だなと、鐵太郎はおもった。
道場をぐるりとみまわす。
何よりも苦手なのは、道場主だ。
斎藤弥九郎が恐ろしい。
正面にしかつめらしく座っているだけで、居たたまれなくなってくる。
「おぬしは鬼役の倅《せがれ》か」
と、たった一度だけ声を掛けられたことがあった。
頭のてっぺんから爪先まで眺めおろされ、蔑《さげす》むような目つきをされた。
いや、鐵太郎がそうおもっただけのことだ。
斎藤弥九郎という名に萎縮してしまった。

名で負けているようでは、てんではなしにならぬ。

かといって、斎藤に挑む気概など持ちあわせていない。

剣術の才とは、九割方持って生まれたものだとおもう。

自分には才がないこともわかっているし、努力に限界があることも知っている。

祖母の志乃からも「才のない者がもがき苦しむすがたなど、みとうもない」と言われたではないか。そのわりには、いつも粘り強く稽古に付きあってくれたなと、心の底から感謝はしている。そういえば、近頃はあまりうるさいことも言われなくなった。

むしろ、卯三郎にたいして「足の運びがなっていない」とか「腰が軽い」とか、厳しいことばを投げかけたりする。何となく羨ましかった。志乃に認められているのだ。才のある卯三郎が羨ましい。

矢背家は武門で名の通った家だ。志乃は薙刀《なぎなた》の達人だし、母の幸恵もかつては弓を取らせたら海内一《かいだいいち》と評されていた。しかも、当主の蔵人介は幕臣随一の剣客として知られている。

従者の串部は「お気になさるな」と慰めてくれるが、気にしないわけにはいかない。

自分でよいのかと、つくづくおもう。

矢背家を継ぐのは、こんな自分でよいのだろうか。

むしろ、剣もできて胆力もある卯三郎のほうがふさわしいのではないか。

蔵人介も志乃も本心ではそうおもっているはずだし、幸恵も仕方ないとあきらめているような気もする。

誰もがそう感じているのならば、それでもよい。

卯三郎と養子縁組をすればよいだけのはなしだ。

もちろん、それを口に出して言うのは憚られる。

卯三郎には卯三郎の人生があり、毒味を家業とする貧乏旗本の跡取りにはなりたくないかもしれない。

鐵太郎は稽古を眺めながら、堂々巡りの思案を繰りかえした。

いつもより気楽に感じるのは、最初から斎藤弥九郎のすがたがみえないせいだ。

卯三郎は一刻ほどして稽古を切りあげ、からだから湯気をあげながら、その理由を教えてくれた。

「どうやら、鍋会らしい」

奥の座敷に友を招き、朝から闇鍋を突っついているというのだ。

友はふたりおり、そのうちのひとりは今し方帰っていった。

韮山代官の江川太郎左衛門である。

斎藤とは岡田吉利《おかだよしとし》の開いた撃剣館のころからの同門で、そのころの門弟仲間には藤田東湖や渡辺崋山もいる。なかでも、江川は資金面でも練兵館を支えてくれているので、斎藤にとっては恩人以外の何者でもなかった。

「されど、何故、闇鍋なのですか」

鐵太郎が不思議そうに尋ねると、卯三郎は笑いながら応じた。

「斎藤先生が仰るには、鍋は今の世の中のことらしい。一寸先は闇ゆえ、何が出てくるかわからぬ鍋を突っつきながら、天下国家を語るのだそうだ」

「へえ、鍋を突っつきながら、天下国家を語るのですか」

尚歯会のようだなと、鐵太郎はおもった。

「まあ、同じようなものさ」

と、卯三郎も気楽に応じる。

ふたりで笑いながら道場をあとにしたとき、鍋を囲んだもうひとりの客の正体が判明した。

門からひょいと顔を出し、振りかえった鐵太郎の顔をじっとみつめたのだ。

「あっ、崋山先生」

渡辺崋山が、にこやかに近づいてくる。

「誰かとおもえば、矢背鐵太郎ではないか。こんなところで何をしておる」

「は、こちらの卯三郎どのに従いて、練兵館の稽古を見学しておりました」

「ほう、おぬしは剣にも興味があるのか。ふむ、立派、立派。高野長英が申しておったぞ。おぬしは若手のなかで蘭学の才が図抜《ずぬ》けているとな」

「まことでござりますか。高野さまがそのように」

「あやつは他人をめったに褒めぬ。自分のことしか頭にない男が、何故か、おぬしのことをそう言うておった。とんでもない男に見込まれて、おぬしも災難だな。ぬははは」

崋山はさも嬉しそうに笑い、従者とともに反対の方角へ去っていった。

卯三郎はしきりに感心し、一藩の家老から名をおぼえてもらっているだけでも驚きなのに、あれほど褒められるとは光栄なことだと、自分のことのように喜んでくれた。

鐵太郎も喜びを隠しきれず、おもわず、その場でぴょんぴょん跳ねてみせたほどだ。

異変はそのときに起こった。

渡辺崋山らが消えた四つ辻のほうから、低い怒鳴り声が聞こえてきたのだ。

「すわっ」

鐵太郎と卯三郎は踵を返し、九段坂を駆けのぼった。

練兵館の門前を通りすぎ、必死の形相で一丁ほど駆ける。

行きついたさきには馬場があり、崋山主従は覆面で顔を隠した暴漢どもに囲まれていた。

卯三郎はいくら駆けても平気だが、鐵太郎はぜいぜい喉を鳴らしている。

「うわあああ」

それでも、ふたりで駆けながら力のかぎり叫んでみせると、暴漢たちは怯んだ。

「浦西《うらにし》さま、いかがします」

暴漢のひとりが、うっかり姓を漏らす。

「退け」

呼ばれた男は吐きすて、抜きかけた刀を鞘に納めた。

どうやら、本気で命を獲ろうとしたのではないようだ。

三人は後退り、尻をみせるや、一目散に逃げていった。

崋山はあくまでも、堂々としている。

「まさか、おぬしらに救ってもらうとはな」

「ご無事で何よりにございます」

と、応じたのは、卯三郎のほうだ。

鐵太郎は息があがり、喋ることもできない。

「あやつら、只の暴漢ではあるまい」

崋山はひとりごち、腕を組んで考えこむ。

「近頃、身辺が焦臭い。わしの素姓を知っておる者どもが、あんなふうに脅しを仕掛けてくる。なかには、本気で命を狙う輩もおってな」

「相手の素姓に心当たりがおありでしょうか。たしか、ひとりが浦西という姓を口走っておったかと」

またもや、卯三郎が冷静に尋ねると、崋山はじっくりうなずいた。

「心当たりがないでもない。府内で蘭学者たちを堂々と庇護しているのは、わが田原藩だけだからな。それをおもしろくないと考える連中はいる。わしを斬れば、蘭学者たちの兵糧を断つことができるとでもおもっているのであろう。浅はかなやつらだ。たとい、わしを斬ったところで、世の中の流れは変えられぬ」

「世の中の流れとは、何でござりましょう」

目を輝かせる卯三郎に、崋山は真摯《しんし》に応じた。

「知るべきことを知り、行くべき道を進む。知の解放とでも言おうか。あらゆる頸《くび》木《き》から解きはなたれたとき、人は信じがたい力に衝き動かされる。大勢の人が奔流となって堰《せき》を破り、世の中を根底から覆《くつがえ》すのだ。のう、鐵太郎よ、ひとことでこたえてみせよ。人を衝き動かす力の源泉とは何だ」

「フレイヘイドの精神にござります」

「さよう、フレイヘイドじゃ。フレイヘイドを知った者が新しい世をつくる。この国は一刻も早く、外に向かって開かれねばならぬのだ」

力説する崋山の目は燃えているようにみえた。

鐵太郎は心の底から感動し、泣きたい気分になった。

この気持ちを、誰かと分かちあいたい。

そうおもって横をみると、フレイヘイドの意味を知らぬはずの卯三郎も目を潤ませている。

命懸けで発せられたことばは、誰かを感動させることができるのだ。

離れていく崋山の背中が、鐵太郎には小山のように大きくみえていた。

四

数日後。

田原藩家老の使者と名乗る者が矢背家を訪れ、先般危ういところをご子息にお救いいただいた御礼にと、田原藩名産の高価な椿油《つばきあぶら》と達磨大師の描かれた水墨画を置いていった。

蔵人介は鐵太郎から経緯を聞いていたので、贈り物を無下に断ることはせず、丁重にお礼を述べて頂戴した。

「それにしても、達磨とはな」

絵師でもある渡辺崋山本人の手になるもので、讃《さん》に「面壁《めんぺき》九年わが志いまだ成らず」という意味深長な心情が記されていた。

渡辺崋山については、一藩の家老にもかかわらず尚歯会の肝煎《きもい》りであることや、蘭学者たちを庇護していることなどを聞いていたので、どうしても親しくなることの危うさを感じてしまう。

日頃は鐵太郎に「名のある人物と交流をもてば自分自身を磨くことができる」な

ど偉そうな口をきいておきながら、尚歯会への出入りを禁じ、蘭学者たちとの交流を快くおもっていない。そうした矛盾を解決できぬ自分に、蔵人介は苛立ちをおぼえていた。

遊び人の金四郎《きんしろう》に誘われたのは、ちょうどそのような気分のときだ。

夕刻、愛敬《あいきよう》稲荷裏の『丑市《うしいち》』へ足を向けると、見世の奥から三味線の音色と艶《つや》めいた女の唄声が聞こえてきた。

「おたまもおるのか」

おもわず、頰が弛《ゆる》む。

江戸一と噂された女掏摸《すり》は、金四郎こと遠山左衛門尉景元《とおやまさえもんのじようかげもと》に見出されて勘定奉行の密偵になり、存分にはたらいたのちに役目を解かれ、今は小料理屋の女将《おかみ》となるべく修業をしていた。

奥の部屋からは、香ばしい匂いが漂ってくる。

見世の名物は、文字どおり、鋤《すき》のうえで軍鶏《しやも》を焼く鋤焼きであった。

蔵人介が顔を出すと三味線の音は止み、酒で火照《ほて》った丸顔が笑いかけてくる。

「よう、久しぶり」

そうでもないのだが、蔵人介はうなずいてみせる。

金四郎は、芝翫《しかん》縞の派手な着物を纏っていた。

おたまのほうはあいかわらず、八重歯が皓《しろ》い。

さっそく銚釐《ちろり》を摘み、盃を酒で満たしてくれた。

「剣菱《けんびし》だぞ」

「まさか、ご冗談を」

下り物の高級酒でないことは、匂いですぐにわかる。

安物の地酒だが、喉越しはわるくない。

「近頃は地酒でもいいものがある。さあ、どんどん飲《や》ってくれ」

促されるがままに盃を干し、色気を増したおたまに注いでもらう。

「こいつが女将になりゃ、小料理屋は繁盛まちがいなしだぜ。おれとしちゃ嬉しいのと心配《しんぺ》えなのが半々さ。何せ、妙な虫がつかねえように、四六時中見張っていなくちゃならねえかんな」

「んもう、金さんたら、よしてくださいよ」

おたまに腿をぎゅっと抓《つね》られ、金四郎は喜んでいる。

いったい用件は何なのだろうと、蔵人介は勘ぐった。

「おめえさんの息子、渡辺崋山の命を救ったらしいじゃねえか」

「えっ」

「ふふ、早耳だろう。府内で起こったおもしれえことは、たいていはその日のうちに、おれの耳にへえってくる。息子のほかにもうひとり、若《わけ》えのがいたらしいな。ほら、名は何と言うたか」

「卯木卯三郎にござります」

「そうそう、居候の卯三郎だ。練兵館の斎藤弥九郎も剣の才を買っているとか。ひょっとして、おめえさん、そっちのほうを跡継ぎにするつもりかい」

単刀直入に問いを投げこまれ、蔵人介は戸惑いを隠せない。

よろけ縞の着物を纏ったおたまがすっと身を寄せ、絶妙の間合いで酌をしてくれた。

「まああ、よろしいじゃござんせんか」

金四郎は食いさがる。

「いいや、そういうわけにゃいかねえ。以前にも言ったはずだ。息子の鐵太郎は剣はからっきしだが、学問はできる。大坂の優秀な蘭方医を紹介するから、ちょいと向こうに行ってみちゃどうかってはなしだ。剣で言えば武者修行というやつよ。緒《お》方洪庵《がたこうあん》のところなら、弟子になっても損はねえとおもうがな」

ありがたいはなしだが、蔵人介は断るつもりでいた。

何せ、大坂はあまりにも遠すぎる。それにまだ、跡目を誰と決めたわけではない。

「へへ、おもしれえ。鬼役がいつまでも子離れできねえとはな。まあいいや、何も今すぐ返事を寄こす必要はねえんだ。でもな、目付筋の動きにゃ、ちょいと気をつけておいたほうがいい」

「どういうことにござりますか」

「渡辺崋山を襲った連中のことさ」

「目付筋と関わりがあるとでも」

「確証はねえ。ただ、蘭学嫌いの鳥居耀蔵は崋山を目の仇にしていやがる。尚歯会にも間者を潜らせているようだし、焦臭え感じがしなくもねえ」

「だからといって、一藩の要職にあるお方のお命を狙うでしょうか」

「命を狙ったわけじゃねえ。ただの挑発さ」

「挑発でござるか」

「おれはそうおもうぜ。挑発してぼろを出させ、適当な理由に託《かこつ》けて捕縛する」

崋山は挑発に乗るような人物なのだろうかと、蔵人介はおもった。

「敬うに足る人物さ。生家は十五人扶持の貧乏藩士で、若えころは凧《たこ》や灯籠に得意の絵を描いて家計を助けたらしいぜ。努力を重ねて四十歳で家老になり、飢饉に備えるための報民倉《ほうみんそう》をつくった。三年前の大凶作では藩士たちに『凶荒心得書』を配ってな。『凶荒にあたっては背水の戦場、討死《うちじに》の覚悟をもつこと』と、叱咤激励したそうだ」

努力のすえに領内でひとりの餓死者も出さず、藩政の模範として全国で唯一幕府の褒賞を受けた。

「崋山が儒学者なら、足を引っぱられることはなかったろう。水戸藩の藤田東湖に『蘭学にて大施主』と持ちあげられることがなけりゃ、目くじらを立てるやつはいなかったかもしれねえ。ともあれ、渡辺崋山は鳥居耀蔵の獲物なのさ。いいや、崋山だけじゃねえ。幕府の海防策を批判する高野長英もそうだ。やつは十一年前に凶事を起こしたシーボルトの愛弟子だったというしな」

金四郎は鉄箸を握り、鍋のうえで軍鶏肉をひっくり返した。

「でもな、おれが今一番心配えしてんのは、崋山でも長英でもねえ。秋吉英三っていう蘭学者さ」

蔵人介の反応は薄い。正直、秋吉英三という名は聞いたことがなかった。

「素姓はよくわからねえ。長崎に遊学し、泉州《せんしゅう》の小藩で藩医をしていたってはなしもある。天文方に請われ、蘭書の邦訳も手伝ったらしい。となりゃ、できのいい蘭学者ってことだ。渡辺崋山や高野長英とも懇意だし、おめえさんの息子もそいつの長屋に出入りしているみてえだぜ。秋吉に何もなけりゃ、こんなことは言いたかねえ。息子にだって、父親に言いたくねえことはあるだろう。でもな、秋吉英三はちょいと怪しいやつと繋がっている」

蔵人介は沈鬱な気持ちになりつつも、問わずにはいられなかった。

「いったい、どのような輩と繋がっているのでしょうか」

「鳥目屋《ちょうもく》長兵衛《ちょうべえ》。抜け荷の疑いがある廻船問屋《かいせん》だよ」

蔵人介は胸の裡で舌打ちを放った。

金四郎は道中《どうちゅう》奉行も兼ねているので、抜け荷については町奉行同様に目を光らせている。鳥目屋は北陸に拠点を置く新興の廻船問屋で、最近になって北前船《きたまえぶね》を所有するほどの儲けをあげていた。

隠密裡に探索をしているなかで、秋吉英三の名が浮上してきたのだという。

「どういう関わりかはわからねえが、秋吉が鳥目屋に連絡《つなぎ》を取っているのは確かだ。秋吉が抜け荷に絡んでいるとなりゃ、ややこしいはなしになるぜ。鳥居が嗅ぎつけたら、秋吉ばかりか、関わっている連中は芋蔓《いもづる》の要領で捕縛されちまう。何しろ、縄を打つ理由さえありゃいいんだ。でっちあげでもかまわねえ。それが鳥居のやり方だかんな。お上に楯突くやつらを捕らえりゃ、大きな手柄になる。それに、渡辺崋山は韮山代官の江川太郎左衛門とも懇意でな、崋山を罪人として捕縛できれば、江川を追いおとすきっかけにも使える」

金四郎は出世争いのはなしをしているのだ。

鳥居と江川は水野忠邦に指名され、相模湾沿岸の視察におもむいた。

蔵人介もそのことは知っている。

誰の目にも、老中の水野が鳥居と江川を競わせているように映った。

金四郎によれば、江川は崋山に海防策に関する意見を求めているという。

「じつは、崋山が襲われた日も、ふたりは練兵館で闇鍋を突っついていた。そいつは江川本人に聞いたから、確かなはなしだ。猜疑心《さいぎしん》の強い鳥居とちがって、江川はおっとりしている。親の代から代官を世襲しているだけにな。出世よりも役目をだいじにする性分ゆえ、水野さまも気に入っておられるようだが、おれに言わせりゃ隙も多い。鳥居に足許をすくわれやしめえかと、案じられてならねえのよ。もちろん、韮山の代官がどうなろうが、おめえさんに関わりはねえ。おめえさんが案じなきゃならねえのは、息子のことさ」

おたまはさきほどから、気配を消していた。

鋤のうえでは、軍鶏が黒焦げになっている。

蔵人介は頭を垂れ、畳に両手をつきたい気分だった。

五

鐵太郎は性懲《しょうこ》りもなく、貝坂の裏長屋へ足を向けた。

蔵人介には「尚歯会の連中と関わるな」と叱責されたが、秋吉英三と疎遠になる気はさらさらない。

葛藤する心のなかには、頑なに交流を断とうとする父への反撥もある。

口惜しい気持ちをうまく言いあらわすことはできないが、既存の枠組みから外れた者たちを排除しようとする動きへの嫌悪や、幕府という老いゆく巨木を寄る辺《よべ》にするしかない直参《じきさん》侍への憐憫も感じていた。

あらゆる負の感情が渦巻き、鬱々としながらも、鐵太郎は裏長屋のどぶ板を踏みしめた。

「朝顔の苗や、夕顔のーない、とうもろこしの苗やぁ、へちまの苗」

露地裏からは、苗売りの田舎めいた節まわしが聞こえてくる。

秋吉はあいかわらず薄汚れた着物を纏い、貪るように本を読んでいた。

いつもと様子がちがうのは、部屋を埋めていたはずの本があらかた片づけられていることだ。

「おう、鐡太郎か。リンデンのナポレオン伝を読み終えたようだな」

「はい、おかげさまで完読いたしました。何と御礼を申しあげたらよいものか」

「礼なんぞいらぬ。世界の広さと人の持つかぎりない力を体感できれば、それでよいのだ」

「あの、書物はどうなされたのですか」

「ふふ、泣きそうな顔をするな。大半は田原藩の書物だ。すべて邦訳を終えたわけではないが、いったん巣鴨屋敷へお返ししたのさ」

「なるほど」

「まだ何冊か残っておる。興味のあるものがあれば、貸してやるぞ」

「えっ、持ち帰ってもよいのですか」

「かまわぬ。私物の書は進呈しよう。もう用のないものばかりだ。持ち歩くには重すぎるしな、今のうちに処分しておかねばならぬ」

「……ど、どういうことです。お引っ越しでもなさるのですか」

驚いて前のめりになる鐵太郎を、秋吉は眩しそうにみつめた。

「知りたいか」

「はい」

「ま、おぬしなら秘密を打ちあけてもよかろう」

秋吉はそう言い、食いかけの干し芋を袖で拭いて差しだす。

「渡辺崋山さまにいただいた甘藷《かんしょ》だ。こいつのおかげで、田原藩は飢饉をしのぐことができたらしい。ほれ、食うてみろ、美味だぞ」

「はあ」

何やら埃《ほこり》臭いが、嚙んでいるうちに甘みが滲みでてきた。

「茶はない。水を呑むなら、瓶《かめ》から柄杓《ひしゃく》で汲んでくれ」

「ご心配なく。喉は渇いておりませぬ」

「ふむ。されば、これをみよ」

秋吉は小机の下に手を突っこみ、隅のほうから一冊の本を取りだした。

蘭書ではない。林子平《はやししへい》という経世論家の著した『三国通覧図説』なる刊本だ。

「五十年余りまえに刊行されたものでな、伊豆の巽《たつみ》（南東）二百七十里先に浮かぶ島嶼《とうしょ》のことが書かれておる」

「島嶼でござりますか」

開かれた頁には「小笠原島《おがさわらじま》」なる島嶼の図面が載っていた。

「罪人の流される八丈島《はちじょうじま》より遥かに遠い。おそらく、下田《しもだ》と八丈島を二往復してもたどりつけぬほどの遠さであろう」

鐵太郎は本に書かれてある文字を目で追った。

――すべてこの島は湊あり、平地あり、人居住すべし、五穀植すべし……この島へ人を蒔て樹芸をなし、村落を建立して山海の業を起こし、一州の産物を仕立てのち、この島渡海の常船を造て、歳に一渡海して産物を収むべし。

「島にある草木や魚鳥のたぐいも列挙されておろう。無論、年貢もなければ、代官もおらぬ。まさに、桃源郷のごとき島なのさ。ぬはは」

秋吉は豪快に嗤い、眸子を爛々と輝かせる。

島に渡りたいのだという気持ちが、ひしひしと伝わってきた。

「林子平は『寛政の奇人』と称される人物だ。『およそ日本橋よりして欧羅巴《ヨーロッパ》に至る。その間一水路のみ』と発して世間を驚かせた。『海国兵談』では、露国の脅威とともに海防の要を説いた。十六巻におよぶ大著だ。幕府の無策を暗に指摘する部分もあり、本にしてくれる版元がみつからず、みずから鑿《のみ》を握って版木《はんぎ》を彫り、身代《しんだい》のすべてを投じて刊行したという」

林が血を流すおもいで刊行した『海国兵談』と『三国通覧図説』は、時の老中松平定信《まつだいらさだのぶ》によって発禁の処分を受け、版木もすべて没収された。

鐡太郎が手にしているのは、所有を禁じられた貴重な一冊なのだ。

「林子平は仙台にて蟄居《ちっきょ》中、その心境を『親も無し、妻無し子無し版木無し、金も無けれど死にたくも無し』と嘆き、みずからを六無斎《ろくむさい》と号した。ふふ、とても他人とはおもえぬ。林子平の望んだことを、わしは成し遂げてみたい」

「この島へ渡るのですか」

「そうだ。そのための仕度をすすめておるところなのさ」

秋吉によれば、シーボルトに関わって獄死を遂げた高橋景保も『新訂万国全図』のなかで小笠原島を「無人島」と明記しており、幕府もまったく知らなかったわけではないという。

「百六十年余りまえ、蜜柑《みかん》船が漂着したことで島嶼のあることが認知され、幕府は長崎から一隻の戎克《ジャンク》を探索に向かわせた。そして、巽の蒼海に浮かぶ島嶼を調べ、領有を宣言したものの、それから長らく忘れさられておった」

ふたたび目を向けられたのは、今から六十年近くまえ、日の本全体が大飢饉に見舞われていたころ、幕府は八丈島の住民をごっそり移住させようと企て、探索船を出航させた。ところが、上げ蓋式の和船では荒波を渡海できず、さりとて水密甲板《すいみつかんぱん》の航洋船は手配できぬままに企ては頓挫《とんざ》した。

「うかうかしている間に英国船が来航し、十年ほどまえには欧米人が島嶼の一部に移りすんだ」

噂によれば、入植した欧米人は頻繁に寄航する捕鯨船に水や食料を売って生活を立てているらしい。

「幕府は島に異国の旗が立てられたことを知り、ようやく重い腰をあげ、代官の羽《は》倉簡堂《ぐらかんどう》さまを派遣すべく諮《はか》っておると聞いた。そのはなしを密かに教えてくれたのは渡辺崋山さまでな、崋山さまは代官一行への同行を強く望まれ、田原藩へ渡航願いを出されておるそうだ」

「何故、崋山さまがさようなご希望を」

「小笠原島へ渡れば、異国の人々と応接できる。暮らしぶりや進んだ知識を存分に享受し、あわよくば欧米大陸への渡海を実現できるかもしれぬ」

どこまでが崋山の願望かは判然としないものの、少なくとも秋吉の目途が島嶼暮らしではなく、欧米大陸への渡海にあることは察せられた。

「みつかれば、重罪に問われますよ」

「わかっておるさ。すでに、密航の手筈は整っておる」

「密航ですか」

驚く鐵太郎に向かって、秋吉はにんまり笑う。

「とある廻船問屋が、下田で戎克《ジャンク》を手配してくれる。そやつ自身も島の暮らしに憧れを抱いておってな、ある程度の金を払えば望みをかなえてくれる。渡海をはかる者は今のところ、わしをいれて六人だ。寺の坊主の倅もいれば、蒔絵《まきえ》師や小役人もいる。異国への入口となる島嶼へ強い憧れを抱いておる連中ばかりだ」

秋吉のことばを聞いているうちに、鐵太郎も渡海への願望を膨らませていった。

異国へ渡れば、蘭語に磨きをかけることもできよう。いや、蘭語だけではない。英国や仏国のことばを学ぶこともできようし、新しい知識を仕入れることもできよう。何といっても、異国の風景をおのが目に焼きつけることが可能となるのだ。

「すばらしいことではないか。わしはこの目でみてみたい。この足で異国の地を踏みしめてみたいのだ」

「わたしも……わたしも、踏みしめとうございます」

「ならば、いっしょに行くか。六人が七人になっても、たいして変わりはせぬ。船賃なら案ずるな。崋山さまに頼んで工面いたそう。ふむ、そうだ、おぬしも来い。ともに荒波を乗りこえ、洋上の桃源郷へ、さらに大海を越えてそのさきへ行ってみようではないか」

魅力のある誘いであった。

「大事を遂げようとおもったら、厳罰を恐れてはならぬ。父母の情、友の情、家のしがらみ、あらゆる未練を断ちきる勇気がなければ、大事を成しとげる資格はない」

秋吉の口から発せられたことばが、胸にずんずん響き、腹の底から勇気が湧きあがってくる。

行きたい。島へ行きたい。

密航だろうが何だろうが、海原へひとたび漕ぎだしてしまえば、不安は解消されるにちがいない。未練も断ちきることができるだろう。

秋吉は胸を張り、鐡太郎の昂《たか》ぶった心をさらに煽りたてる。

「迷うておる暇はないぞ。出航は五日後に迫っておる。命を投げだす覚悟があるなら、十七日の子《ね》ノ刻ちょうどに万年《まんねん》橋の桟橋へ来るがよい」

「はい」

自分でも驚くほど力強い返事が、口から飛びだしてきた。

「人にはな、危険を冒してでも学ばねばならぬことがある。学ぶ意欲を摘みとろうとする者たちはみな、敵だ。敵に背を向けるな。わかるか、鐵太郎」

みずからが師と仰ぐ者のことばは、時として人を人生の岐路に追いこむ。

鐵太郎は秋吉のもとを辞し、興奮の醒めやらぬ顔で長屋の木戸門を潜りぬけた。

六

四日後、十六日。

鐵太郎は今、断崖絶壁から突きでた長い竿の先端に立ち、足許に千尋《せんじん》の谷をみつめている。

――百尺竿頭《ひゃくしゃくかんとう》、如何に歩を進めん。

頭に浮かんでいるのは、禅の公案にあるよく知られた問いかけだ。

後には退けぬ竿の先に立ち、進むべきか止まるべきかを決めねばならぬ。

一歩進んだ途端、断崖に落ちていく自分を想像し、鐵太郎はぶるっと身を震わせた。

「おい、どうした」

かたわらの卯三郎が、心配そうに顔を覗きこんでくる。

ふたりは市ヶ谷御門を潜り、番町の三番丁通りをのんびりと歩いていた。

だらだら坂を下っていけば、気の荒い門弟たちが待ちうける練兵館がある。

左右に迫る旗本屋敷の海鼠塀は朝陽に照らされ、淡い朱色に染まっていた。

一丁ほどさきの辻番所からは、焼き芋の煙が舞いあがっている。

人影もない道のまんなかで、ふたりは立ちどまった。

「ここ数日、何やらおもいつめておるようだが、悩み事でもあるのか」

卯三郎に優しく声を掛けられ、鐵太郎はかねてよりの決意を伝えるべきかどうか迷った。

「おれでよければ、聞かせてくれ。おまえが落ちこんでおると、何やら悲しくなってくる」

「ありがとうございます。卯三郎どのを、いつも兄のように慕っております」

「何だよ、あらたまって」

卯三郎は胴着を着け、防具や竹刀の納められた袋を背負っている。

朝陽を背に受けた剣士の雄々《おお》しいすがたは、鐵太郎の憧れでもあった。

「されば申しあげます。卯三郎どのさえよろしければ、矢背家の跡取りになっていただけませぬか」

「えっ」

卯三郎は仰天してことばを失い、瞬きもせずに鐵太郎をみつめた。

おたがいに空唾を呑み、喉仏を上下させる。

唐突に、卯三郎が笑い声をあげた。

「くはは、笑えぬ戯れ言を抜かしおって。おれは五つも年上なのだぞ。戯れるのもいい加減にしろ」

「戯れてはおりませぬ。卯三郎どのが毒味役の家を継ぎたくないと仰るなら、あきらめるしかありませせぬ」

「待て。毒味役云々のはなしではない。おれは居候だ。隣人の誼で矢背家の方々のお世話になっている。いずれは出ていかねばならぬ身なのだぞ。矢背家の跡取りになれるはずがなかろう」

卯三郎は小鼻をひろげ、真剣な顔で言いきる。

鐵太郎は澄んだ瞳で、相手をじっとみつめた。

「どうしても嫌だと仰るのですか」

「嫌とかそういうことではない。おれのことより、おまえはどうなのだ。家を継ぎたくないのか」

「いいえ、そうではありませぬ。あたりまえのように継ぐものと考えておりました。矢背家の当主は剣術ができねばならぬゆえ、町道場に足繁く通って稽古もかさねてまいりました。父や祖母が才のないわたしのことを嘆いておられるのはわかっております。母が隠れて溜息を吐かれているのも知っております。されど、一度もあきらめようとはおもいませんでした。自分にはこの道しかないのだ。日々精進《しょうじん》をかさね、ひとかどの毒味役になりたい。矢背家を背負ってたつ立派な当主になりたいと、それだけを念じてまいりました。されど、みずからの願望をかなえるためには、跡取りになることをあきらめねばなりませぬ」

「おまえの願望とは何だ」

怒りをふくんだ卯三郎の問いに、鐵太郎はきっぱりとこたえた。

「島に渡りたくおもいます」

「わからぬな。島とは何処のことだ」

「巽の蒼海に浮いてござります」

「八丈島か」

「いいえ、その遥かさきにございます」

「八丈島のさきに、いったい何があるというのだ」

「小笠原島という桃源郷がございます」

「桃源郷だと」

鐵太郎は正直に伝えるべきだとおもい、蘭学者の秋吉英三に誘われて小笠原島へ渡る決意を固めたのだと告げた。

「どうせ、反対されるに決まっておりますゆえ、祖母にも両親にも告げずにまいるつもりです」

「待て、鐵太郎。願望はわかったが、今いちど冷静になって考えてみろ」

「百尺竿頭に立ち、考えに考えぬきました」

「家や家族を捨ててでも、島へ渡りたいのか」

「詮方ありませぬ。小笠原島を足掛かりにして、欧米大陸へ渡りたい。この足で異国の地を踏みしめたいのです。大事なものを捨てねば、夢をかなえることはできませぬ」

「夢か」

「はい」

卯三郎は黙った。

顔をあげて朝陽に目を細め、ことばを選びながら喋りはじめる。

「おまえの夢をかなえるためなら、どんなことでも手助けしたい。選んでもらえるのなら、矢背の家を継ぐ努力もいたそう」

「まことにござりますか」

「ああ、約束する。されどな、今いちど考えなおしてほしい。あるかなきかもわからぬ島への渡航は、あまりに危うすぎる。八丈島へ渡る流人船《るにんせん》ですら、難破や遭難が後を絶たぬと聞いておるからな。それに、おまえのやろうとしているのは密航ではないのか。みつかれば重い罪に問われるは必定《ひつじょう》だし、万が一にでも捕縛されたら、矢背家の存続すら危ぶまれてしまう。おまえの信頼する蘭学者をけなすつもりはないが、はっきり言わせてもらえば、渡航のはなしそのものが胡散臭い。おまえは人がよすぎるゆえ、騙されているような気がしてならぬ」

「秋吉さまは、ひとを騙すような悪人ではありませぬ。それに、家のことはご安心ください。公儀にみつかって縄を打たれても素姓は漏らさず、潔く自刃する覚悟はできております」

「莫迦たれ、命を粗末にするな」

「されど、わたしは覚悟を決めたのです」

「まだ言うか。おまえには遺される者の気持ちがわからぬのか」

卯三郎は声を荒らげ、鐵太郎の頰を平手で張った。

ぱしっと小気味《こきみ》好い音が響き、重い沈黙が流れる。

偶《たま》さか通りかかった侍が、気まずそうに擦れちがっていった。

鐵太郎の頰には、手形がはっきりと残っている。

妙なことに、叩かれたことが嬉しかった。

本気で向きあってくれる卯三郎に、心の底から感謝したい。

鐵太郎は襟を正し、頭を深く垂れた。

「卯三郎どの、このとおりにござります。爾後《じご》のことは、何とぞよろしくお頼み申します」

卯三郎は返事もせず、背中を向けて歩きはじめる。

鐵太郎は仕方なく、淋しげな後ろ姿にしたがった。

四つ辻の手前で、ふと、卯三郎は足を止める。

辻番の親爺に声を掛け、焼き芋をひとつ注文した。

「鐵太郎、すまぬ。銭がない」

情けない顔で言われ、親爺に銭を手渡す。

卯三郎は熱々の焼き芋をふたつに割り、ひとつを差しだした。

「ほら」

ひと口齧《かじ》るとほくほくしており、甘みが口いっぱいに広がる。

「この焼き芋、いつ食べても美味いな」

「はい」

「ただし、ひとりでひとつ食うには大きすぎる」

「半分に割れれば、ちょうどよいですね」

芋を食べていると、目の奥がじいんと熱くなってきた。

卯三郎も涙をみせまいと、頑なに横を向きつづけている。

「これを持て」

鐵太郎は、ずっしりと重い防具の袋を背負わされた。

「今日は見学だけでは許さぬぞ」

「望むところにござります」

鐵太郎も今日だけは、竹刀を気絶するまで振りつづけたい気分だった。

七

卯月十七日。

奇しくも大権現家康公《だいごんげんいえやす》が逝去した日の夜、鐵太郎は江戸を発《た》つべく約束の場所へやってきた。

小名木川《おなぎがわ》が大川と合流する注ぎ口、万年橋の北詰めには柾木《まさき》稲荷の祠《ほこら》がある。

子ノ刻ともなればあたりは真っ暗だが、柾木稲荷のなかだけは灯籠に火が灯り、周囲に淡い光を投げかけていた。

鐵太郎は大きな柾木の木陰に隠れ、顎をしゃくりながら提灯を数えた。

「ひとつ、ふたつ、みっつ……」

ぜんぶで六つある。

鐵太郎は定刻の半刻前にやってきた。

そのとき、提灯の光はひとつしかなく、今もそうだが、桟橋に船影はなかった。

提灯の持ち主は、渡航者を迎える側の鳥目屋長兵衛という廻船問屋だった。

からだつきはひょろ長く猫背であったが、人相まではよくみえない。

それから集う提灯が増えるごとに、おたがいに素姓を確かめあう「儀式」はつづいていった。

客で最初にあらわれたのは、秀次《ひでじ》という深川佐賀町《さがちょう》の蒔絵師である。

つづいて、交代寄合《こうたいよりあい》の家来で左藤仁兵衛《さとうじんべえ》なる者が名乗りをあげ、三人目には小人《こびと》組御納戸口《ぐみおなんどぐち》番の浦西正吾《しょうご》という固太りの小役人がやってきた。

さらに、道順《どうじゅん》という住職の倅と金弥《きんや》という旅籠の後見人が連れだってあらわれた。道順の実家は常陸《ひたち》国鹿島郡《かしまごおり》鳥栖《とす》村にある浄土真宗《じょうどしんしゅう》の寺で、江戸へ出てきたときの定宿《じょうやど》が日本橋本石町《ほんこくちょう》にある金弥縁《ゆかり》の旅籠だった。

秋吉を除く五人はみな、その旅籠に泊まったことのある客らしい。

渡航を持ちかけた企ての首謀者は、金弥という男のようだった。

金弥が鳥目屋を巻きこみ、水密甲板の戎克《ジャンク》を調達させたのだ。

それにしても、肝心の秋吉英三だけがまだあらわれていない。

刻限はすでに過ぎているので、六人は苛立ちはじめていた。

秋吉が来ないかぎり、鐵太郎もすがたをみせるわけにはいかない。

木陰に隠れたまま、じりじりとしたときを過ごさねばならなかった。

「蘭学の先生はどうしちまったのかな」

沈黙を破ったのは、深川の蒔絵師だった。

「直前になって、びびりおったか」

左藤という交代寄合の家来が応じる。

ほかの三人は黙りこみ、まとめ役の鳥目屋が溜息を吐いた。

「迎えの船も遅れております。もう少し待ってみましょう」

交代寄合の家来が、笑いながらからかった。

「わしらの出迎え、まさか、流人船ではなかろうな」

「ふっ、何を仰いますやら」

鐵太郎は好奇心から、流人船を何度か見送ったことがある。

軽罪人は万年橋から、重罪人は永代《えいたい》橋の桟橋から船出することになっていた。流人を乗せた船はまず浦賀《うらが》番所へ向かい、伊豆の下田か網代《あじろ》の湊へ回航して順風を待つ。下田から新島《にいじま》までは十一里弱、そののち三宅島、御蔵島《みくらじま》、八丈島と順に進み、各島で罪人を降ろしていくのだ。

流人船は各島の持船《もちぶね》で、船尾に白木綿の幟が立っており、八丈島送りの重罪人のときは仮名で「るにんせん」と書いてある。その字が泣いているようにみえたことをおもいだしながら、鐵太郎は秋吉を待ちつづけた。

「おっ、船が着いたぞ」

誰かが嬉々として叫ぶ。

桟橋に目をやると、細長い船が明かりに照らされた。

「十人乗りの鯨船《くじらぶね》か」

誰かの問いに、鳥目屋が応じる。

「船手《ふなて》奉行の御用船とうりふたつにございます。あれで品川沖まで漕ぎすすみ、戎克に乗りかえるのです」

船頭らしき人影は三つ、そのうちのひとつが近づいてくる。

菅笠をかぶった大柄の男で、なぜか、腰には長い刀を差していた。

妙だなと身構えたとき、反対の暗がりから別の人影があらわれた。

「やあ、みなの衆、お集まりのようだな」

気楽な調子でやってきたのは、秋吉英三であった。

いつものむさい風体に打飼《うちがい》いひとつ背負っただけの扮装《いでたち》だ。

「遅いぞ、先生」

交代寄合の家来左藤が毒づいた。

「まあまあ、よいではありませぬか」

仲立ちにはいった鳥目屋が、もう一度人数を確かめる。

すかさず、秋吉が口を開いた。

「あれ、もうひとり来ておるはずだが」

自分のことだと察し、鐵太郎は木陰から踏みだしかけた。

「そう言えば、毒味役の倅も連れてくると仰っていましたね」

毒のある鳥目屋の声に、踏みだす勇気を挫《くじ》かれた。

「秋吉さま、直前になってひとり増えては困ります」

「そこを何とか頼む。ほれ、約束の船賃もふたりぶん携えてきたのだぞ」

「わかりました。大目にみましょう。されど、肝心のご本人がみえておられぬようで」

「びびって止めたのだろう」

と、月代頭の左藤が冷笑する。

「まだ十五に満たぬ若造だというではないか。来ぬ者を待っても無駄じゃ。さあ、まいろう」

飛びだすか、飛びだすまいか、鐵太郎は逡巡した。

すると、秋吉が「あれ」と、素《す》っ頓狂《とんきょう》な声をあげる。

「そこの船頭、おぬし、どこかでみたことがあるぞ」

「えっ、そいつは何かのまちがいでごぜえやしょう」

腰に刀を差した船頭のそばへ、秋吉はずんずん近づいた。

「いいや、みた顔だ。貝坂の辺りを彷徨いておったな。それだけではないぞ。巣鴨の田原屋敷へ足労したときも、たしかに門前で見掛けた。その顔にまちがいない。わしは一度目にした相手の顔は忘れぬ性分でな」

「……ど、どういうことだ」

と、左藤が刀の柄に手を添えた。

小人組の浦西も、かたわらで身構える。

浦西は今の今まで、ひとことも喋っていない。

それが一転、野良犬のように吼えた。

「ぶおっ」

白刃の閃きとともに、左藤の右腕が斬りおとされる。

「のひぇ……っ」

凄まじい悲鳴が響いた。

逃げようとした蒔絵師も背中をばっさり斬られ、住職の倅と旅籠の後見人はその場にへたりこむ。

鳥目屋が住職の倅たちのもとへ走り、荒縄で後ろ手に縛りあげた。

一方、秋吉は菅笠をかぶった船頭と対峙している。

「われらを嵌めたのか。おぬし、何者だ」

「名は明かせぬ。秋吉英三とやら、おぬしだけは生け捕りにして、そっちへ身柄を渡す約束だ」

船頭が顎をしゃくったさきで、白刃を手にした浦西が目を光らせている。

「なるほど、そういうわけか」

秋吉は情況を理解したのか、うなずいてみせた。

船頭が右手で菅笠を持ちあげる。

「そういうわけかとは、どういうわけだ」

「筋が読めたのさ。浦西正吾は尚歯会に出入りし、わしに近づいてきた。そして、島嶼への渡航をことばたくみに口説いた。浦西は目付の間者だ。それを見抜けぬわしが莫迦だった。おぬしと鳥目屋は浦西に悪事の尻尾を摑まれ、取引を持ちかけた。密航を企てたわれらを引き渡せば、悪事に目を瞑《つむ》ると約束させたのだ」

「ほほう、何故わかる」

「おぬしの物腰《ものごし》さ。化けるのは下手だし、探索の仕方も素人同然だ。となれば、町奉行所の役人にちがいない。それも、かなり上の身分だな。ひょっとしたら、吟味《ぎんみ》方《かた》の与力あたりかもしれぬ。そいつが廻船問屋とつるんで悪さをするとすれば、十中八九、抜け荷であろう。ばれたら、おぬしの首は飛ぶ。それゆえ、悪事に勘づいた浦西と取引をせねばならなかった」

船頭は冷笑し、低い声を投げかける。

「いちおう、そのさきも聞いておこう。浦西とやらの狙いは何だ」

「浦西たち目付の狙いは、渡辺崋山さまのごとき大物を捕縛することだ。捕縛する口実として、密航はわかりやすい」

「ふふ、頭が切れよる。されど、おぬしは何もわかっておらぬ。拷問倉での責め苦が、いかに過酷かということをな」

「わしを責め、崋山さまの名を吐かせるつもりであろうが、そうはいかぬ」

秋吉は口をへの字に曲げ、馴れぬ手つきで腰の刀を抜いた。

船頭も菅笠を捨て、長い刀を抜きはなつ。

顔があらわになった。馬面の男だ。

「頭が切れるのも考えものだな。おかげで命を縮める羽目になる。浦西氏《うじ》、こやつを斬ってもかまわぬか」

馬面が問うと、丸顔の浦西は肩をすくめた。

「詮方あるまい。生きのこったふたりから口書《くちが》きを取り、どうにか手柄を立てるさ。ただし、口止料は約束の倍払ってもらおう」

「ふん、欲を掻いたら命を縮めるぞ」

「たしかに、おぬしと斬りあいとうはない。されば、二割上乗せでどうだ」

浦西に打診され、馬面は鳥目屋に了解を求めた。

怪しげな廻船問屋は、渋々ながらもうなずく。

「はなしはついたな」

馬面は腰を落とし、右八相に構えた。

秋吉は青眼に構えるや、からだごと突っこむ。

「いやあ……っ」

捨て身の突きだ。

ひらりと躱され、たたらを踏む。

「せいや……っ」

気合一声、馬面の一刀が首根に掛かった。

「ぬっ」
秋吉は振りかえる。
刹那、首を落とされた。
――びゅっ。
鮮血が音を起《た》てて噴きだし、首無し胴がゆっくり倒れていく。
鐵太郎は両手で抱えた幹に爪を立て、必死に嘔吐《おうと》を怺《こら》えた。
月代も額も汗で濡れ、歯はがちがち鳴っている。
みつかれば、命がないことはわかっていた。
だが、自分の命よりも、秋吉英三の命が消えたことに衝撃を受けている。
「……ど、どうして」
こうなってしまったのか、神仏を恨んでも恨みきれない。
幹に爪を立てたまま、どれほど震えていただろう。
やがて、東涯《とうがい》が白々と明けてきた。
手を放すと、指の爪が何枚か折れていた。
柾木稲荷のそばに人気はなく、代わりに黒いものが蠢《うごめ》いている。
正体はすぐにわかった。

何十羽という烏が、秋吉の屍骸に群がっているのだ。

「ぬわああ」

鐵太郎は声を張りあげ、駆けだそうとした。

つぎの瞬間、柾木の根っ子に躓《つまず》き、もんどりうつ。

烏が一斉に飛びたち、緑の柾木を黒に塗りかえた。

鐵太郎は腹這いになり、恩師のもとへ近づいていく。

「……フ、フレイヘイド、フレイヘイド」

なぜか、そのことばが頭のなかで渦巻きはじめた。

秋吉の口惜しさをおもうと、居たたまれなくなる。

──おぬしは為すべきことを為すのだ。

突如、耳に恩師の声が聞こえてきた。

「くそっ」

鐵太郎は立ちあがった。

弱々しくも立ちあがり、震える足で歩きはじめた。

八

三日経った。

鐵太郎は床に臥《ふ》せったきり、起きあがってくる気配もない。

瓦版にも描かれた柾木稲荷の惨劇と鐵太郎を結びつけるのは、さほど難しいことではなかった。

本人が「柾木稲荷……あ、秋吉さま、秋吉さまが斬られた……」と、事の一部始終を目の当たりにしてきたかのような譫言《うわごと》を漏らしたからだ。

命を落とした三人のなかには、鐵太郎が恩師と慕う秋吉英三もふくまれていた。

ほかには交代寄合の家臣と蒔絵師の屍骸が転がっており、三人にどんな繋がりがあったのかはわからない。何故、鐵太郎が真夜中に万年橋の北詰めに行ったのかも判然としなかった。何しろ、受けた衝撃があまりに強すぎてことばを失っており、真相を吐露するまでには快復していないからだ。

一方、卯三郎は何か知っているようであったが、鐵太郎と約束でも交わしたのか、貝のように口を噤《つぐ》んでいる。

志乃も幸恵も愁眉《うれいまみえ》の眼差しで鐵太郎の身を案じたが、蔵人介もふくめて、まさか、遥か東南海に浮かぶ島嶼へ渡航しようとしていたことなど知る由もなかった。

そうしたなか、徒目付の市之進が険しい顔で訪ねてきた。

志乃と幸恵は留守にしていたので、当主みずから煎茶を淹れてやる。

市之進は温い茶を一口呑むと、棘《とげ》のある声で吐きすてた。

「義兄上、ちとお聞きしたいことがござる」

「どうした、あらたまって」

「三日前の子ノ刻頃、どちらにおられましたか」

「寝所におったわ」

「嘘ではありませんな」

「疑うなら、幸恵に聞いてみよ」

「されば、のちほどお聞きします」

「待て、おぬしは縁者を詰問する気か。理由を聞かせてもらおう」

市之進はうなずき、徒目付として柾木稲荷の惨劇を調べているのだと説いた。

「斬られた三人は、密航を企てておりました。万年橋の桟橋から出航する手筈になっていたそうです。子ノ刻の時点で集まっていたのは、六人であったとか」

「なぜわかる。ほかの三人は、どうしたのだ」

「御小人目付小頭の浦西正吾さまが、じつは渡航仲間のひとりとして潜りこんでおりました」

直前になるまで出航の日時が定まらず、目付筋に助っ人を頼むことができなかった。それゆえ、浦西は単独で密航者たちを一網打尽《いちもうだじん》にすべく、戦々兢々《せんせんきょうきょう》としながら身構えていたのだという。

「かならずや、密航を企てた黒幕があらわれる。そう信じて待ちつづけたところへ、頭巾で顔を隠した侍があらわれた。ところが、内輪揉めでもあったのか、頭巾侍はやにわに刀を抜き、渡航仲間であるはずの三人を斬り、浦西さまと刀を交えたすえに逃げさったそうです。浦西さまは仕方なく、生きのこったふたりに縄を打ち、鳥居さまの役宅へ引っぱってまいられました」

「まさか、三人を斬った頭巾侍がわしだと抜かすのか」

「いいえ。拙者、この目で屍骸を検屍いたしました。手口から推して、義兄上ではありませぬ。されど、鳥居さまが義兄上を探れとお命じになりました。浦西さまが直々に、鬼役の身辺を調べたいと訴えたのでござります」

「寝耳に水のはなしだな」

蔵人介が腕を組むと、市之進は茶の残りで渇いた口を湿らせた。

「こたびの密航には、擾乱《じようらん》の萌芽《ほうが》を生ぜしむる蘭学者たちが関わっております。渡航先は伊豆の巽二百七十里先に浮かぶ無人島にござりますが、噂では島の一部に異国の者たちが住みつき、捕鯨などを営む異国船が頻繁に寄航しているとか。密航者たちは漂流にことよせて異国人と応接し、欧米大陸へ渡海する目途を携えているものと見受けられます。となれば、公儀に背くあきらかな重罪、捨ておくわけにはまいりませぬ」

「芝居じみた講釈はわかった。本題をはなすがよい」

「されば。浦西さまはかねてより、尚歯会の集まりに間者として潜りこみ、不穏な動きをみせる蘭学者たちの動向を探っておりました」

浦西正吾は、金弥という日本橋本石町にある旅籠の後見人が島嶼への渡航を企てていることを察知し、そちらの仲間になるふりをしつつ、一方では尚歯会で渡航に参じそうな人物のあることを知り、いっしょに行かぬかと誘いかけた。誘った相手こそ、無惨な屍骸を晒すことになった秋吉英三であったという。

「以前にもご忠告申しあげたとおり、われわれは秋吉に見張りをつけておりました。鐵太郎には貝坂に近づくなと、あれほど申しつけておったにもかかわらず、あやつは秋吉との交流を保ちつづけた。しかも、こたびの渡航に参じようとした形跡すらござる」

「何だと」

「義兄上ともあろうお方が、お気づきになられなんだとは。浦西さまによれば、秋吉英三は渡航を希望する者として『十五歳に満たぬ鬼役の倅』を随伴するはずだったとのことでござる。調べれば、すぐにわかります。該当するのは、鐵太郎しかおりませぬ」

「浦西とやらの狙いはわしでなく、鐵太郎だと申すのか」

「さきほども申したとおり、惨劇を免れた者がふたりおります。ひとりは町人、もうひとりは住職の倅にござりますが、浦西さまがこのふたりに責め苦を与えたところ、こたびの渡航を画策したのは、田原藩家老の渡辺崋山さまだと吐いたそうです。渡航費用も田原藩から捻出《ねんしゅつ》されることになっており、崋山さまご自身もご参加される手筈になっていたとか。もしかしたら、頭巾侍は渡辺崋山だったのかもしれぬと、ふたりが口を揃えて訴えたとも聞きました」

蔵人介は義弟を三白眼《さんぱくがん》で睨みつけた。

「おぬしは、浦西とやらの報告を信じておるのか」

「拙者が信じる信じないは、どうでもよいことにござる。少なくとも、鳥居さまは信じております」

「一藩の家老ともあろうおひとが、さような危うい橋を渡るはずがない。常識に照らせば、すぐにわかることであろう。はなしをでっちあげているとしかおもえぬ」

「浦西さまがですか」

「鳥居さまも納得ずくのはなしだ。おぬしら目付の配下はすべて、鳥居さまの思惑どおりに動かされておる。『蘭学にて大施主』と評される渡辺崋山を、是が非でも罪人に仕立てあげんがためにな。市之進よ、おぬしはどっちの味方なのだ。真相をねじ曲げる噓吐《うそつ》き連中の片棒を担ぐのか。それとも、一介の徒目付として、あくまでも真実《まこと》を追求するつもりなのか。いったい、どっちなのだ」

「無論、常日頃より真実を追求したいと願ってやみませぬ。されど、お上の禄を喰《は》む直参であるかぎり、上役の命にはしたがわねばなりませぬ」

「杓子定規なやつめ」

市之進は非難にもめげず、冷静な態度をくずさない。

「三日前の晩、鐵太郎は屋敷を抜けだし、万年橋の北詰めへ向かったにちがいない。そのあたりを、本人に糾してみたいのですが」

「おぬしが糾さずとも、浦西とやらが調べにまいると申すのか」

「下手をすれば、鐵太郎は縄を打たれましょう。そうなれば、義兄上も無事では済みますまい。それゆえ、拙者が……」

「まさか、柾木稲荷で三人を斬った下手人にされるのではあるまいな」

「さあ、それはどうか」

市之進が言いよどむと、蔵人介は静かに笑った。

「なるほど、鳥居さまなればやりかねぬか。自分に都合が悪いとなれば、はなしをでっちあげるのはお手のものであろうからな。ふん、こちらもよほど腰を据えて掛からねばなるまい」

「義兄上、されば、鐵太郎をこれへ」

「焦るでない。そのまえに、ひとつふたつ聞いておきたいことがある」

「何でござりましょう」

「まず、柾木稲荷で生きのこったふたりについてだが、今はどうしておるのだ」

「浦西さまが口書きを取ったあと、身柄を小伝馬町《こてんまちょう》の牢屋敷へ移しました」

今後の調べは目付の手を離れ、町奉行所に委ねられるという。

「すでに、引継《ひきつぎ》も済んでおります。吟味を執りおこなうのは北町奉行所の吟味方与力、姫井《ひめい》さまとお聞きしました」

「姫井錠一郎《じょういちろう》か」

「ご存じで」

「中西《なかにし》派一刀流の手練だ。かつて一度、土岐《とき》屋敷の道場で手合わせをしたことがある」

「勝敗は」

「分けた。姫井の剣は烈《はげ》しい。ことに、右八相から振りおろす一撃がな。門弟たちは姫井の峻烈な剣を『首落とし』と称しておった」

わざと胴を晒して相手に突かせ、斜め横に躱しながら首を断つ。一撃を繰りだす様子は、まるで、介錯人《かいしゃくにん》のようであったという。

「介錯人のごとき『首落とし』でござりますか」

「どうしたのだ」

「いえ、別に。ただ、斬られた三人のうち、秋吉英三だけが後ろから首を落とされていたものですから」

「なるほど」

「それと、浦西さまも中西派一刀流の門弟だったと聞いております」

「ほほう、それはおもわぬ繋がりだな」

「偶然にござりましょう。下谷練塀小路の中西道場と申せば、江戸でも五指にはいる大道場にござる」

「まあ、よかろう。ふたりの繋がりは調べればわかる」

市之進は反撥するように、片眉をぴくっと吊りあげる。

「ほかにも何か」

「ふむ。八丈島より遥かに遠い島へ渡航を企てたとすれば、和船ではとうてい無理だ。水密甲板の航洋船が必要となろう。少なくとも、海賊どもの使う戎克《ジャンク》でなければ荒波を越えていけぬ。それだけの船を用意できる者は、江戸府内でもかぎられてこよう」

「なるほど、密航を請けおう船主ですね。そちらまで気がまわりませんでした」

「浦西は船を手配したであろう者のことをはなしておらぬのか。縄を打たれた町人や住職の倅もふくめて、自分たちの命を預ける船主の素姓を知らぬはずはなかろう」

「仰るとおりですが、口書きには記されておりませなんだ」

蔵人介はしばし考え、口許に冷笑を浮かべた。

「もしかしたら、口裏を合わせておるのかもしれぬぞ」

「浦西さまと捕まった連中がでござりますか。まさか、それはありますまい。浦西さまに何の利があるというのです」

「考えられることはひとつだ。船主から金を貰っておるのさ」

「えっ」

「手柄を立て、ちゃっかり金も稼ぐ。もっと言えば、渡航をでっちあげたのは浦西で、怪しげな船主と手を組んでやったことかもしれぬ」

「それならば、騙されて捕まったふたりが黙っておりますまい」

市之進の問いを、蔵人介は一蹴する。

「軽い罪で済ましてやると囁かれたら、沈黙を守るであろう」

「されど、ふたりの身柄は、すでに目付の手を離れております」

「ふふ、姫井錠一郎がどれほどの罰を科すかが見物《みもの》だな。万が一にも軽い罰で済ませたならば、姫井もつるんでいるとみて、まずまちがいあるまい」

「突飛《とっぴ》すぎます」

と発しながらも、市之進は面を紅潮させた。

蔵人介の立てた仮説を否定できないからだ。

無論、証拠がないかぎり、仮説の域を出ない。

「おぬしの言うとおり、おそらく、鐵太郎は万年橋の北詰めに行ったにちがいない。恩師と慕っていた秋吉英三は、非業《ひごう》の死を遂げた。惨劇を目の当たりにしたとすれば、生なかのことでは立ちなおれまい。鐵太郎には折をみて、わしからようくはなしを聞いておく。今日のところは帰ってくれぬか」

市之進は唇を結び、頭を垂れた。

「かしこまりました。されど、拙者とて尻に火が点いておりまする」

「わかっておる。矢背家に何かあれば、縁者であるおぬしも無事では済むまい」

「一族郎党を守るためにも、早急に真相をあばかねばなりませぬ」

「市之進よ、おぬしのことは信じておる。鐵太郎の叔父として、正義をねじ曲げるようなことはせぬとな」

最後のことばが気持ちをいっそう重くさせたのか、市之進は訪ねてきたときよりも険しい顔で去っていった。

九

市之進によれば、浦西正吾は上辺《うわべ》が善良そうにみえるので、仲間内では「狼に衣《ころも》」と評されているらしかった。目付の間者であることが容易にばれなかったのも、これといって特徴のない外見のせいかもしれない。

浦西の行動は、予想以上に素早かった。

翌朝、配下の小人目付ふたりをともない、騒々しく御納戸町の矢背邸へ乗りこんできたのだ。

蔵人介は千代田城へ出仕したあとで、志乃も茶会のために外出していた。

玄関へ応対に出たのは、女中たちと朝餉の片付けを済ませたばかりの幸恵だった。

小人目付たちが当主の不在を狙って参じたのはあきらかで、浦西は名乗りもせずに居丈高に用件を言いはなった。

「公儀の御用向きでまいった。矢背鐵太郎をこれへ」

幸恵は表情も変えず、廊下に三つ指をついて応じた。

「失礼ながら、どなたさまのお指図でござりましょう」

浦西は襟を正しながらも、高飛車《たかびしゃ》な態度をくずさない。

「筆頭目付の鳥居耀蔵さまより命を受けてまいった。拙者は御小人目付小頭の浦西正吾じゃ」

「浦西さま、されば、今一度御用向きをお聞かせください」

幸恵が涼しい顔で問うと、浦西の頬が紅潮しはじめた。

「何度も言わすでない。公儀の御用向きじゃ」

「御用向きの中身をお聞きしとうござります」

「何じゃと。おなごの分際で無礼であろう。四の五の言わず、矢背鐵太郎をここに連れてまいれ」

「わたくしは、鐵太郎の母にござります」

「だから何じゃ。母ならば、公儀に楯突いてもよいと申すのか」

「楯突くつもりは、毛頭《もうとう》ござりませぬ。お調べの中身をお教えいただかぬかぎり、鐵太郎をお引きあわせするわけにはまいらぬと申しているのです」

浦西の顔が怒りで歪んだ。

衣を脱げば、残忍で欲深い本性が露わになる。

幸恵は初見で悪党の本性を見抜き、抗う覚悟を決めていた。

「ご公儀の命と仰るなら、書状をおみせください」

「火急《かきゅう》の調べゆえ、さようなものはない」

「おや、妙ですね。わたくしの実家は徒目付ゆえ、そのあたりの段取りには詳しゅうございますぞ」

「黙れ。おぬしの子息は法度《はっと》に触れたやもしれぬのだ」

怒鳴りつける浦西の顔を、幸恵はまっすぐにみつめた。

「法度とは何でございますか」

「言わせるのか。ことばに出したら、あとには退けぬぞ」

「よろしゅうございます。どうか仰ってください」

「よし、言うてつかわす。密航じゃ」

「密航」

「さよう。矢背鐵太郎には、伊豆の巽二百七十里先に浮かぶ小笠原島へ密かに渡航しようとした疑いがある」

「笑止」

間髪を容れず、幸恵は応じた。

「何かのまちがいにございましょう」

「まだ言うか。もう我慢ならぬ」

浦西は振りむき、手下どもを焚きつけた。

「者ども、力尽くで連れてまいれ」

左右の手下ふたりは草履も脱がず、土足で廊下へあがろうとする。

「お待ちを」

幸恵は背筋を伸ばし、すっと起ちあがった。

浦西は手下どもを制し、口端に冷笑を浮かべる。

「ふん、やっとその気になったか。最初から素直にしたがえ」

幸恵は踵《きびす》を返し、長い廊下を滑るように進んだ。

途中で大声を張り、女中頭を呼びつける。

「おせき、弓持てぃ」

勝手のほうから、おせきの跫音が聞こえてきた。

幸恵は振りむき、呆気に取られた浦西を見据える。

間合いを測れば、十間強はあろう。

皺顔のおせきが、音もなくあらわれた。

「奥方さま、これに」

片膝をつき、長さ七尺におよぶ重籐《しげどう》の弓を差しだす。
幸恵はすぐに受けとらず、ぱっと着物の袖を剝ぎとった。
そして重籐の弓を左手に取るや、横向きになり、左右の足をひらく。
「妻黒《つまぐろ》の鏑矢《かぶらや》を」
「はっ」
おせきは迷わず、靫《うつぼ》から一本の鏑矢を取った。
幸恵は矢を受けとり、首を的に向かって捻る。
「覚悟いたせ」
ひと声発し、弓に鏑矢を番《つが》えた。
鳥が羽ばたくように手をひろげ、強靭な弦《つる》を引きしぼる。
——ぎり、ぎりぎり。
四肢はわずかも震えず、瞬きひとつしない。
——びん。
弦音と同時に、矢が放たれた。
——ぎゅるん。
狭い廊下に、鋭い風切音が巻きおこる。

矢は一瞬にして浦西の髷《まげ》を掠め、背後の戸板に突きたった。

三人ともに、一毫《ごう》たりとも動くことができない。

手下のひとりが勇気を出し、ゆっくり振りむいた。

戸板に刺さった矢筈《やはず》はまだ、小刻みに揺れている。

「うえっ」

手下は驚きの声を漏らした。

「……う、浦西さま……あ、あれを」

浦西は我に返り、後ろを振りむいた。

鏃《やじり》の先端をみれば、一寸ほどの油虫が死んでいる。

一方、幸恵は白い手を差しだし、おせきから二本目の矢を受けとった。

「小人目付ども、聞くがよい」

舞台の立役が見得を切るように、凛《りん》と発してみせる。

「重籐の弓を取りしよりこの方、一度たりとも的を外したことはない。木っ端《こぱ》役人め、鬼役の嫁を舐めるでないぞ」

二の矢を弓に番え、ぎりっと弦を引きしぼる。

「ひぇっ」

三人の虫どもは尻をみせ、頭を抱えて門の外へ逃げさった。

このとき、鐵太郎は寝所からそっと抜けだし、物陰から母の勇姿をみつめていた。

「くうっ」

腹の底から、名状《めいじょう》しがたい怒りが湧いてくる。

仇を、秋吉英三の仇を、この手で討たねばならぬ。

死んだように眠っていた感情が、母のおかげで呼びさまされた。

それと同時に、鐵太郎は腹が異様に空いていることをおもいだした。

十

翌朝、城内。

蔵人介は昨日から宿直にはいっていたので、小人目付小頭の浦西正吾が自邸にあらわれたことも知らなかった。

一報をもたらしたのは、おもわぬ人物だった。

青磁《せいじ》色の熨斗目《のしめ》に利休鼠《りきゅうねず》の肩衣《かたぎぬ》を着けて御新廊下を渡っていたところ、ふいに袖を引かれ、平常はあまり使われていない御薬部屋へ誘われた。

袖を引いた小柄な老臣は、鼻までずり下がった丸眼鏡をかけている。

近習《きんじゅ》を束ねる御小姓組番頭、橘右近であった。

蔵人介の上役にして、隠密御用を申しつける人物でもある。

だが、裏の役目でないことはあきらかだった。刺客働きを命じられるときは、連絡《つなぎ》役として公人朝夕人の土田伝右衛門がかならずあらわれる。そして、みなの寝静まった真夜中になってから、大奥との境にある楓《かえで》之間へ忍びこむのを常としていたからだ。

卯月は在府の外様大名たちが参勤交代の暇乞《いとまご》いに訪れるため、表向きも中奥も忙《せわ》しない。そうしたさなかに袖を引かれるのは、よほどのことにちがいなかった。

「いったい、おぬしは何をしておるのだ」

下座に尻を降ろした途端、恫喝《どうかつ》するように叱られた。

蔵人介が首をかしげると、橘は大きく溜息を吐いてみせる。

「のうらく者め、昨日のこと、知らぬとみえるな。おぬしの住む御納戸町の自邸に小人目付どもがおもむいたのじゃ。役目柄、子息に問いたいことがあったとやらでな。ところが、何とおぬしの女房が重籐の弓を引き、小人目付どもを追いはらったとか。わしは耳を疑ったぞ」

そのあたりの経緯を、橋はさきほど鳥居耀蔵から直に聞いたらしい。

「この糞忙しいなか、わざわざ鳥居はわしの控え部屋へまかりこし、おなごからこれほど虚仮《こけ》にされたことはないと、口から泡を飛ばして怒りまくっておったわ」

蔵人介は寝耳に水のはなしに面食らいつつも、幸恵よあっぱれと褒めてやりたくなった。

橋は落ちつきを取りもどし、神妙な口調でつづける。

「わしとて、おぬしの女房を責めたくはない。尻尾を丸めて逃げてきおった小役人どものほうこそ情けないわ。十五に満たぬ息子を守ろうとした母は、むしろ、武家の鑑《かがみ》と褒められてしかるべきじゃ。なれど、鳥居はそうおもわぬ。相手が子どもだろうが、おなごだろうが、いっさい容赦はせぬ。聞いたぞ。おぬしの子息、尚歯会に出入りしておったらしいな。なまじ学問ができると、ろくなことにならぬ。蛮《ばん》社《しゃ》とも親しくつきあっていたというではないか」

耳に飛びこんできた「蛮社」とは、ごりごりの儒学者たちが自分たちと相容れない蘭学者たちを蔑むときに使う呼び名だ。平然と蔑称《べっしょう》を口走る橋にたいし、蔵人介は反撥をおぼえた。

「柾木稲荷の経緯も鳥居から聞いたぞ。あるかなきかもわからぬような島嶼への渡航は公儀で禁じられておる。おぬしの子息は田原藩の家老にたぶらかされ、密航仲間にくわわろうとしたというではないか」

「鳥居さまがそのようなことを仰ったので」

「鳥居はな、蘭学の徒を潰そうと躍起になっておるのだ。老中の水野さまも蛮社の扱いについては鳥居に一任しており、いかなわしでも口出しはできぬ。おぬしも存じておろう。鳥居の狙いは、田原藩家老の渡辺登じゃ。『蘭学にて大施主』とまで称される渡辺を捕らえれば、蛮社の好き勝手な言動は封じられる。ひいては、そのことが徳川の安寧に繋がると、水野さまはおもっておられるのじゃ。なるほど、柾木稲荷の惨劇については不審な点が多い。三人も死人が出ておるというに、目付も町奉行所も杜撰《ずさん》な調べに終始しておるようだしな。されど、事の真偽など、どうでもよい。鳥居は目途を遂げるためなら何でもするぞ。かりに、こたびの密航騒動が配下のでっちあげだったとしても、渡辺登を捕まえる口実さえできればそれでよいのじゃ」

鳥居の暴走を止める手だてはないと、橘は苦々しげに言いきる。

「おぬしは敵とみなされたかもしれぬ」

橘は一拍間を置き、探るような眼差しを向けた。

「この苦境を切りぬけるには、子息を目付の手に委ねるしかあるまい」

鐵太郎は厳しく尋問され、渡辺華山との関わりを喋らされる。そして、渡辺から密航話を持ちかけられたという嘘の証言を強要されるであろう。

「嘘でも何でも、素直に諾すればそれで事足りる。子息は解きはなちになり、矢背家は安泰じゃ。徒目付の義弟も御役御免になることはなかろう」

蔵人介は片眉をぴっと吊りあげた。

「橘さま、ご本心から仰せなのですか」

「詮方あるまい。それで八方丸くおさまるのじゃ。おぬしを些細なことで失いたくはない。それゆえ、わざわざこうして助言する機会をもうけたのじゃ。ありがたくおもわぬか、無礼者め」

蔵人介は座りなおし、襟を正す。

「橘さまのおことばともおもえませぬな」

「意地を張るのか」

「意地ではなく、魂を売るかどうかのはなしにござります。誰かを貶《おとし》めるために偽りの証言をしてまで家名を守ろうとはおもいませぬ。さようなこと、侍の子にさせられるとお思いか」

「きれいごとだけでは済まぬのが世の中じゃ。さようなこと、知らぬおぬしではあるまい。それとも、子のために家を潰す気か」

蔵人介が応じずにいると、橘は短い扇子を支えにして起ちあがった。

「ふん、やはりな、そうくるとおもうたわ。糞意地を張って家を潰す。それがおぬしという男よ。わしは救ってやらぬぞ。火の粉は自分で振りはらうがよい」

橘は肩を怒らせ、そそくさと部屋から出ていった。

「余計なお世話だ」

と、蔵人介は吐きすてる。

最初から、橘を頼ろうとはおもっていない。

御薬部屋から出ると、お城坊主たちが廊下を鳶のように駆けまわっていた。

尿意を催したわけではないが、蔵人介は厠のほうへ足を向ける。

烏帽子《えぼし》をかぶった殿様がひとり、蒼白な顔で濡れ縁に佇んでいた。

木賊《とくさ》色の大紋には、丸に剣片喰《けんかたばみ》の家紋が鮮やかに染めぬかれている。

表向きから中奥に迷いこみ、迷子になってしまったのだろう。

蔵人介は音もなく近づき、丁重にことばを掛けた。

「もし、お困りであられましょうや」

若い殿様は、恥じらうように顔を染める。

「じつは、お城坊主に意地悪をされ、気づいてみたら中奥に迷いこんだようで」

「お控えの間は何処に」

「菊之間でござる」

「ああ、それなら」

蔵人介は先に立ち、表へ通じる廊下まで導いてやった。

「かたじけない」

殿様は丁寧にお辞儀をし、はにかんだように笑ってみせる。

ずいぶん腰の低い大名だなとおもいつつ、元のところへ戻ってきた。

廊下から下りて草履を履き、四つ目垣に囲まれた厠へ向かう。

すると、背後に人の気配が立った。

振りむかずとも、誰かはわかる。

公人朝夕人の土田伝右衛門だ。

公方が尿意を告げたとき、いちもつを摘んで竹の尿筒《しとづつ》をあてがう。十人扶持の軽輩にすぎぬものの、武芸百般に通暁《つうぎょう》しており、橘の命であらゆる探索に勤しんでいた。いざとなれば、公方を守る最大にして最強の盾ともなる。だが、敵なのか味方なのか判然とせず、蔵人介にとっては得体の知れない男であった。

「さきほどのお方、田原藩三宅家のご当主ですぞ」

「まことか」

「奇遇でござりますな」

「何が」

「田原藩絡みで厄介事を抱えておられるのでござりましょう」

「橘さまとのはなし、聞いておったのか」

「聞かずとも想像はつきまする」

橘の命で、田原藩の内情や渡辺崋山の動向を探っていたにちがいない。

田原藩藩主の三宅康直公は、十一年前、姫路藩酒井家から持参金つきで養子にはいった。その持参金で長年困窮にあえぐ田原藩の財政を救おうとしたのだという。

渡辺崋山と二人三脚で藩政に取りくみ、有能な人材を身分の別なく登用したり、甘藷や櫨《はぜ》や椿など高収益の期待できる農産物の育成を奨励した。領内が大飢饉に見舞われたときも、食糧の備蓄庫である報民倉をあらかじめ用意していたことでひとりの餓死者も出さず、幕府から褒賞されている。

「城内で迷子になるとは、今の藩のありようを鏡に映したようでござりますな」

「ほう、田原藩が迷子になっておるとでも」

「一万二千石の小舟が、公儀という荒波をまともに受けようとしております」

その原因は、やはり、家老の渡辺崋山にあるという。

「蘭学に傾倒する一介の陪臣が、ひょっとすると蟻《あり》の一穴《いっけつ》になるやもしれぬ。一刻も早く穴を塞がねば、西洋の新しい知識がどっとこの国に流れこんでくる。その流れに徳川も呑みこまれてしまうのではないかと、この城を枕に討ち死にする覚悟を決めた方々は恐れておられるのでござりましょう」

幕閣を構成する多くの重臣たちにとって、渡辺崋山を捕らえることは至上の命題となりつつある。家老と共倒れになるやもしれぬ田原藩の行く末など、幕府の権威を守ることにくらべれば取るに足りないことなのだ。と、伝右衛門は説きたいようであった。

蔵人介は、胸の裡で舌打ちをする。

「おぬしはいつもそうやって、高みの見物をするだけだな」

「ほほ、そう仰る矢背さまは、いつもご自分から厄介事を抱えなさる。今まではどうにか切りぬけてこられたが、こたびばかりは相手が悪うござります」

狡知《こうち》に長けた鳥居耀蔵を相手にまわせば、なるほど、役料二百俵の鬼役に勝ち目はあるまい。それでも、蔵人介は折りあうつもりなどなかった。

「相手が誰であろうと、筋の通らぬことは容認できぬ」

「やはり、鳥居さまのご配下に裁きを下すと仰る」

「ああ」

伝右衛門は、浦西正吾という小人目付の小頭も調べている様子だった。

「油断のならぬ男でござる。でっちあげや隠蔽はお手のもの、出世と金のためならば人殺しをも厭《いと》わぬ悪党でござるよ」

「もしや、柾木稲荷で何があったのか、おぬしは存じておるのか」

「万年橋の下をねぐらにする物乞いが、一部始終をみておりました。浦西とおぼしき男はふたりを斬り、船頭に化けた馬面の男がひとりを斬ったのだとか」

「なるほど、そうであったか」

串部にある程度は調べさせていたが、いまだ確証を得られたわけではない。それだけに、さりげない助言はありがたかった。

「おそらく、三人は絵空事《えそらごと》に騙されて命を落としたのでござりましょう。されど、かの者たちを笑うことはできませぬ。今ある暮らしのすべてを捨ててでも、まだみぬ土地へ船出したいと願う、その気持ちは得難く、尊いものにござります」

伝右衛門の言うとおりだ。

蔵人介は、鐵太郎のことをおもった。

鐵太郎も今ある暮らしのすべてを捨て、おのれの夢をかなえようとしたのではあるまいか。そして、惨劇を目の当たりにし、夢を微塵に砕かれたあげく、みずからの殻に閉じこもってしまったのではなかろうか。

父として、できるだけのことをしてやりたい。

蔵人介は揺るぎない決意を固め、伝右衛門に「船頭に化けた馬面の男」の素姓を問うた。

「調べはついておるのであろう。そやつ、北町奉行所の姫井錠一郎ではないのか」

返答はない。

公人朝夕人の気配は消え、耳を澄ませば、御殿の屋根瓦を叩く雨音が聞こえてきた。

十一

そのころ、鐵太郎は呉服橋御門の北町奉行所に足をはこんでいた。

辻陰の庇下《ひさし》に隠れ、腰には抜いたこともない大小を差し、黒渋塗りの長屋門を睨んでいる。

厳めしい門は大粒の雨を弾き、天鵞絨《ビロード》のような光沢を放っていた。

軒下に飛びこんだ職人が煙管を出し、門番に激しい口調で叱られている。

内勤の役人たちは与力も同心も出仕を終え、黒羽織を纏った侍のすがたは見受けられない。

それでも、鐵太郎は目を皿にして門をみつめつづけた。

師と仰いだ秋吉英三の素首を落とした仇を捜している。

素姓は知らない。ただ、仇は町奉行所の役人にちがいないという秋吉のことばを信じていた。

北町奉行所である確証もない。

こちらでみつからなければ、数寄屋《すきや》橋御門の南町奉行所へまわってみるだけのはなしだ。

暗がりだったので顔もはっきり把握していないものの、もう一度目にすれば判別できる自信はあった。

「馬面め」

雨に打たれていると、秋吉のことばが耳に蘇ってくる。

「何故、島へ渡るのか。わしにはわからぬ。ただ、未知のものに惹かれるのだ。まだみぬ土地へ行き、知らぬことを知りつくしたい。自分でもどうしようもない欲求が五体に渦巻いておる。もしかしたら、こうした気持ちが時を動かすのかもしれぬ」

——時を動かす。

その台詞に痺れた。

時を動かす燃料こそが「フレイヘイド」なのではあるまいかとおもった。

ヨハネス・リンデンも『ナポレオン・ボナパルテ伝』で書いていたではないか。

——ボナパルテ、フレイヘイド、フレイヘイドと呼ばわりけり。

渡辺崋山も、燃えるような目で言ってくれたではないか。

「フレイヘイドを知った者が新しい世をつくる。この国は一刻も早く、外に向かって開かれねばならぬのだ」

かつて尚歯会へ出入りしていたとき、崋山は確信を込めてこう説いた。

「わしのやっていることは、灯心にて富士を動かすの喩《たと》えどおり、無謀なことかもしれぬ。されど、この国の隅々《すみずみ》にまで西洋の知識を広めることに、わしは一抹の躊躇いもない」

進取の精神に富んだ者であれば、誰であろうと例外なく、西洋の新しい知識を得たいと願う。まさに、それは餓鬼が食べ物を貪るがごとく、凄まじい欲求となって膨らんでいく。内面から衝きあげる力は瞬く間に肥大し、徳川の世をひっくり返すのではあるまいか。

安寧を求める幕閣の重臣たちはみな、そのことを恐れている。

実体のない大きな力の拡がりを感じつつ、足許の地盤が根こそぎ崩れさる日の到来を予兆しているのだと、鐵太郎はおもった。

異国船を打払うことに執念を燃やし、異人との応接を厳しく禁じるのも、漠《ばく》たる恐怖の裏返しにちがいない。恐怖を打ち消さんとせんがために、西洋に傾倒する萌芽は徹底して摘みとらねばならぬ。その急先鋒《きゅうせんぽう》としての役割を担っているのが、筆頭目付の鳥居耀蔵なのだ。

鳥居の配下には、小人目付小頭の浦西正吾がいる。

崋山を襲った暴漢どもを束ねていた者の姓も「浦西」だった。

本人にまちがいあるまい。

「汚い男だ」

浦西は鳥居の意に沿うべく、密航をでっちあげた。

秋吉を斬った馬面の男は、おのれの悪事を隠蔽すべく、浦西に手を貸した。鳥居も浦西も馬面も、来《きた》るべき新しい時の芽を摘みとる元凶にほかならない。となれば、三人とも斬罪されてしかるべきだと、鐵太郎はおもう。

そんなことをあれこれ考えながら、雨のなかを午過《ひるす》ぎまで粘った。

門番は何人か代わったが、空に垂れこめた雨雲は消える気配もない。

さきほどから、腹の虫が鳴っていた。

「これしきの空腹に耐えられぬようでどうする」

みずからを鼓舞しつつも、辻番所から舞いあがる焼き芋の煙を眺めていると、餓鬼地獄の獄卒《ごくそつ》に魂を売りたくなってくる。

求める仇は、いっこうにあらわれない。

「くそっ」

口惜しさが喉許まで迫りあがってきた。

自分のわがままのせいで、周囲に迷惑を掛けている。

母には弓まで取らせてしまったのだ。

秋吉のことばを信じ、まだみぬ島へ渡航するなどという夢を抱いた。

今にしておもえば、甘いはなしを信じた理由がよくわからない。

浦西正吾に騙され、渡航を夢みた三人は命を落とした。

この目でみた惨劇の一部始終を、両親にはなすべきだったのかもしれない。

もちろん、はなすつもりではいる。

そのまえに、この手で秋吉の仇を討たねばならぬ。

事情をはなせば、仇討ちをおもいとどまるように説得される。それがわかっているから、何も告げずに家を飛びだした。

相討ちでもよい。太刀捌きをみたので、馬面が手練であることはわかっている。

無論、恐さもあるが、怒りのほうが今は遥かに優っていた。

「やってやる。秋吉さまの無念を晴らさねばならぬ」

鐵太郎は、その一念で辻陰に潜みつづけた。

やがて、雨はあがり、雲間から一条の光が射しこんできた。

黒渋塗りの長屋門も、眩しいほどに照りかがやいている。

そのとき、奇蹟が起こった。

馬面の役人が門の外へ出てきたのだ。

「姫井さま、行ってらっしゃいませ」

門番の声に応じ、馬面は偉そうに片手をあげる。

あの男だ。

鐵太郎にはわかった。

仇は「姫井」というのだ。

「姫井、姫井……」

繰りかえしつぶやき、腰に差した刀の柄に手を添えた。

殺気を感じたのか、姫井が足をとめて振りむく。

双方の間合いは、十五間余りはあろう。

「覚悟せよ」

鐵太郎は恐怖を振りはらい、刀を抜きに掛かる。

刹那。

途轍《とてつ》もない力で、後ろから肩を摑まれた。

驚いて振りむけば、四角い顔の男が笑っている。

「若、そこまでにござります。あとは父上にお任せを」

従者の串部六郎太だ。

どっしりした物腰でうなずく姿が、武神の毘沙門天《びしゃもんてん》にすらみえる。

「さあ、まいりましょう」

串部の力強いことばに促され、鐵太郎は抜きかけた刀を納めるしかなかった。

十二

翌二十三日、深更《しんこう》。

串部は鳥目屋の筋から調べをすすめ、阿漕な廻船問屋が北町奉行所の吟味方与力と裏で通じ、密造酒の抜け荷でかなりの利益をあげている事実を摑んだ。

芝新網町の船蔵へ忍びこみ、地下深く隠されていた酒の味まで確かめてきたのだ。

「なかなか呑みごたえのある辛口にござる」

「ふうん、さようか」

小人目付小頭の浦西正吾も、同じ酒を味わったにちがいない。

密造酒の抜け荷を見逃すかわりに密航話を持ちかけ、協力させるとともに口止料まで請求したのだ。

串部は筋を描いてみせる。

「小人目付の連中は鳥居さまから渡辺崋山の身辺を探り、あわよくば罠に嵌める工作を命じられていた。それゆえ、浦西は五人の渡航希望者を騙して偽の密航を企てたのでございましょう」

浦西は手柄と金の両方を手に入れる算段を立てたが、柾木稲荷では三人の命を奪うことになった。生きのこったふたりは捕縛され、浦西の調べを経て小伝馬町の牢屋敷に繋がれた。

「聞くところによれば、北町奉行の大草安房守さまは、ふたりに重敲《じゅうたた》きのご沙汰を下したとか。判例に照らしても、寛大にすぎるお裁きにございます」

蔵人介が読んだとおり、吟味方与力である姫井錠一郎の意向が反映されたのだ。捕まったふたりの口からは「渡辺崋山にそそのかされた」という言質《げんち》が得られたとのはなしもある。

「まさしく、目付どもの思う壺。それこそが浦西正吾の狙っておった筋書きにござりましょう。ただし、別の見方をすれば、姫井錠一郎が裏で繋がっておることの証左《しょうさ》でもござります」

こうした筋書きを描いているのは、蔵人介や串部ばかりではない。

抜け荷の実情を調べていた遠山景元も、姫井と浦西の繋がりに着目していた。

「されど、遠山さまはおいそれと手出しができませぬ」

と、串部は得意気に語る。

道中奉行としては抜け荷を取り締まらねばならぬものの、町奉行所の与力と目付の配下が関わっているとなると、はなしは別だった。

「事が表沙汰になれば、幕府の権威は地に堕《お》ちる。天下擾乱の火種を熾こすようなものゆえ、表立っては動けぬ。すなわち、遠山さまに出番はないというわけで」

為すべき唯一の手だては、悪党を闇に葬ることだ。

おそらく、遠山もそのことを期待している。

だが、蔵人介は遠山の指図にしたがうのではない。

父として、鐵太郎の無念を晴らさんがために行動を起こすのだ。

串部に導かれてやってきたのは、柳橋《やなぎばし》の『川清《かわせい》』という船宿も兼ねた茶屋であった。

ふたりは茶屋の脇道をたどり、大川の川縁に浮かんだ桟橋へ下りていく。

「二十三夜の代待《だいま》ちや、門の通りはまだ四つ」

串部は川風に鬢を靡《なび》かせ、浄瑠璃《じょうるり》の一節を口ずさむ。

四つ刻は疾うに過ぎ、夜空には真夜中の月が瞬いていた。

二十三夜の月を拝めば病気をしないとの言いつたえがあることから、人々は眠い目を擦って月待ちをする。願人坊主に代待ちを頼む者も多いので、市中にはうらぶれた風体の坊主どもが彷徨《うろつ》いていた。
金のある連中は月見船を仕立て、芸者や幇間《ほうかん》ともども大川へ繰りだす。
鳥目屋は『川清』を馴染みにしており、数日前から屋根船を頼んでいた。
月見に興じる主役が誰なのかも、串部のほうで調べはついている。
あとは桟橋で待ちかまえ、引導を渡してやればそれでよい。
「殿、船灯りが近づいてまいりましたぞ」
月見船は何艘か出ていたが、見逃す心配はなかった。
やがて、それらしき船が船首をかたむけ、桟橋に戻ってくる。
まっさきに船頭が降り、つぎに鳥目屋長兵衛が降りてきた。
幇間と芸者がつづいたが、主役の町奉行所与力はなかなか降りてこない。
気に入った芸者を膝に抱いたまま、船から離れずにいるらしい。
「ちっ」
と、串部が舌打ちをかます。
鳥目屋はこちらに気づいたが、ほかの月見客だとおもったようで無視を決めこむ。
ようやく、膝に抱かれていた芸者が降りてきた。
くずれた襟を直し、恥ずかしそうに頬を赤らめる。

幇間と芸者たちが桟橋から去ったあとに、馬面の姫井錠一郎がのんびり降りてきた。

「姫井さま、お急ぎくだされ。床《とこ》の仕度はできておりますれば」

鳥目屋は、いっこうに去らぬ蔵人介と串部を警戒しはじめている。

だが、姫井はかなり酒を呑んでいるようで、こちらを気にも掛けない。

ぎしっと、桟橋が軋んだ。

蔵人介は殺気を帯びつつ、一歩足を踏みだす。

さすがの姫井も、血走った眸子に不審の色を滲ませた。

「わしに何か用か」

掠れた声で問われ、蔵人介は囁いた。

「おぬし、姫井錠一郎だな」

「無礼者め、町奉行所の吟味方与力を呼び捨てにするでない」

「それはすまなんだ。与力どのにひとつ、お聞きしたいことがある。忠義と金を天秤に掛けたら、どちらを選ぶ」

「藪から棒に何を抜かす。おぬしは何者だ」

問われて蔵人介は、居ずまいを正した。

「拙者は将軍家毒味役、矢背蔵人介」

「ふん、鬼役づれが、わしに何の用だ」

「柾木稲荷でのこと、一部始終をみていた者がおる。おぬし、蘭学者の秋吉英三を斬ったであろう」

「誰がそのような戯れ言を」

「わしの息子だ」

「ん、もしや、秋吉とやらが渡航に誘った小僧のことか」

「さよう。息子の鐵太郎は、秋吉英三どのを師と仰いでおった。まだみぬ島への渡航に夢を抱き、すべてを捨てる覚悟まで決めておったのだ。おぬしは人ひとりの命を奪いさり、息子の夢も葬った」

「くだらぬ。おぬし、子の口惜しさを晴らしにまいったのか」

「さよう」

「ぬひゃひゃ、ずいぶん、めでたい男だな。そう言えば、小人目付の小頭が申しておったわ。おぬしの息子は早晩、引っ立てるか、さもなくば闇に葬らねばならぬとな。ついでに、父親のほうも血祭りにあげて進ぜよう。わしはな……」

「存じておる。中西派一刀流の免許皆伝とか」

「そういえば一度、道場で立ちあったことがあったな」

姫井の顔から酔いは消えた。

素早く刀を抜き、すっと上段に構える。

桟橋のうえでも微動だにせず、余裕の笑みすら浮かべている。

蔵人介は抜かぬままで、撃尺《げきしゃく》の間合いに踏みこんだ。

それが誘い水となり、姫井は敢然と斬りこんでくる。

「つおっ」

得意の斬りおとしだ。

――ひゅん。

白刃一閃、蔵人介が抜刀する。

国次の切っ先は一瞬早く、姫井の左小手裏を裂いた。

「ひゃっ」

鮮血が紐のように散り、姫井は狼狽《うろた》えた。

それでも、右手一本で上段から斬りつけてくる。

「死ね」

蔵人介はひらりと躱し、桟橋をとんと踏みつけた。

「そいやっ」

牛若《うしわか》のごとく跳躍し、真上から国次を振りおろす。

見上げた姫井の顔は、能面の大飛出《おおとびで》と化していた。

瞠《みは》った眸子はあきらかに、地獄の底を覗いている。

――ばすっ。

刹那、悪党与力の首が落ちた。

「ふぇっ」

叫ぼうとした鳥目屋の口を、串部が後ろから掌で塞ぐ。

太い腕で首を絞めつけると、呆気なく気を失ってしまった。

「殿、こやつはまだ、使い途《みち》がござります」

串部は得意気に吐きすて、鳥目屋のからだを軽々と肩に担ぎあげた。

十三

翌朝、鐵太郎は父が秋吉の仇を討ってくれたことを知った。

寝所の廊下に三方《さんぼう》があり、三方のうえに町奉行所与力の使う十手の朱房《しゅぶさ》だけが置かれていたからだ。

鐵太郎は正座し、父の居る千代田城に向かってお辞儀をした。

感謝するとともに、周囲の迷惑も考えずに小笠原島へ渡航しかけた無謀を詫びた。

正午過ぎ、目付筋から練塀小路の鳥居屋敷へ出頭せよとの一報があった。

受けたのは母の幸恵で、これを鐵太郎にも告げずに放っておくと、さらに翌日、叔父の市之進から内々に連絡があった。本日じゅうに出頭しないときは、一日の猶予を置いて鳥居配下の捕り方が大挙して矢背邸へ押しかけるという。

「ふん、われらを脅す気か」

志乃はうそぶき、長押《なげし》から外した鬼斬り国綱《くにつな》を研ぎはじめた。

幸恵も重籐の弓を磨き、卯三郎も庭で真剣を振りつづける。

鐵太郎本人は戸惑いつつも、黙然と事態の推移を見守っていた。

血気《けっき》に逸《はや》る家の者たちを尻目に、蔵人介だけは悠然と構えている。

当主の考えを知る者は、串部しかいなかった。

そして、いよいよ二十七日の朝になった。

いまだ靄《もや》のたちこめる市ヶ谷御納戸町の自邸前に、物々しい捕り方装束の連中があらわれた。

総勢で二十人余り、小者たちは三つ道具まで用意している。塀の内からでも、刺《さ》す股《また》や突《つ》く棒《ぼう》や袖搦《そでがら》みといった道具の先端がみえた。獲物と狙うのは十五に満たぬ若者であるにもかかわらず、まるで、兇悪な謀反人を捕まえるかのような構えだ。あきらかに、武門の誉れ高い矢背家の面々の抵抗を想定しての布陣であった。

物々しい連中を率いるのは、小人目付小頭の浦西正吾にほかならない。どうしても、ここでひと手柄をあげねばならぬと、力みかえっている。無理もあるまい。鳥居耀蔵がお忍びで様子を窺いにやってきていた。

捕り方のなかには、緊張で顔を強張らせた市之進のすがたもある。肉親の情と忠義を天秤に掛けさせられ、辛い立場に置かれていた。

だが、矢背家の者たちからすれば、敵のひとりにすぎない。

市之進はみずから説得役を買ってでて、ひとり冠木門を潜った。

家のなかは静まりかえっているものの、殺気は感じられた。

「お頼み申す。義兄上、市之進にござります」

言い終わるやいなや、表戸が勢いよく開かれた。

白鉢巻に襷掛けの志乃が裸足であらわれ、市之進の胸を箒《ほうき》の柄《え》で払いのける。

「退《ど》け」

ひとこと発し、すたすたと冠木門の外へ出ていった。

「たわけものどもめ、ご近所迷惑を考えよ」

鬼の形相で吼えるや、手にした得物《えもの》を頭上で旋回させた。

鬼斬り国綱ではない。ただの庭箒にすぎぬものの、捕り方の目には光る刃にみえるようであった。

大声を発して気が済んだのか、志乃は脇目も振らずに戻ってくる。

市之進が面食らっていると、こんどは蔵人介が二刀差しであらわれた。

「あ、義兄上、ここはひとつ穏便に。拙者が鐵太郎を守ってみせますゆえ、どうか、浦西さまの命におしたがいください」

「わしは誰の命にもしたがわぬ」

蔵人介は気高く言いはなち、冠木門の外へ乗りだしていく。

捕り方どもが一斉に色めきだち、手にした得物を構えた。

「お待ちを、みなさま、お待ちを」

市之進が割ってはいろうとすると、浦西が大股で近づいてきた。

「邪魔だていたすな。おぬしの甥は、再三の呼びだしにも応じず、このわしを、ひいては鳥居さまを愚弄しおった。許すわけにはいかぬ。親子ともども、縄を打ってでも役宅へ引っ立ててまいる。邪魔だていたすと、おぬしも同様にいたすぞ」

市之進はなおも抵抗をこころみたが、浦西の配下たちに両腕を搦めとられ、後方へ引きずっていかれた。

蔵人介は自邸の門を背に負って、仁王のごとく立ちはだかっている。

鋭い眼光で睨むさきには、頭巾で顔を隠した鳥居のすがたがあった。

勇躍、浦西が吐きすてる。

「矢背蔵人介、神妙にいたせ。みなのもの、何をしておる。あやつをどうにかしろ」

どうにかしろと言われても、踏みだそうとする者はひとりもいない。

誰もが蔵人介の隠然とした迫力に気圧されていた。

ほとんど開かぬ鬼役の口からは、さきほどから、念仏のごときことばが漏れている。

「道流《どうる》、你如法《なんじにょほう》に見解《けんげ》せんと欲得《ほっ》すれば、ただ人惑《にんわく》を受くることなかれ。裏にむかい外にむかって逢著《ほうじゃく》すればすなわち殺せ。仏に逢うては仏を殺し、祖に逢うては祖を殺し、羅漢《らかん》に逢うては羅漢を殺し、父母に逢うては父母を殺し、親眷《しんけん》に逢うては親眷を殺して、はじめて解脱《げだつ》を得、物とかかわらず、透脱《とうだつ》自在なり」

捕り方どもは、妖術にでも掛けられたように動くことができない。

浦西はこめかみをひくつかせ、声を裏返らせた。

「……な、何をごちゃごちゃ抜かしておる」

蔵人介は姿勢を変えず、口端に冷笑を浮かべた。

「おや、知らぬのか。これはな、臨済《りんざい》禅師の説法じゃ。仏法の正しい教えを得たいと願うならば、人の定めた権威に惑わされてはならぬ。おのれを縛るものは、すべて断ちきらねばならぬ。仏もしかり、祖先も羅漢もしかり、父母も親族もしかり、あらゆる縛《いまし》めを断ちきったさきに解脱があるのだ。仏に逢うては仏を殺し、父母に逢うては父母を殺し……ふふ、小悪党に禅の奥義はわかるまい」

「……な、何じゃと。者ども、まやかしを恐れるな。あやつを捕らえよ」

どれだけ煽っても、手下どもは動かない。

「ええい、くそっ。みておれ」

焦《じ》れた浦西が刀を抜き、重い足を引きずった。

「待たれよ」

あらぬ方角から声が掛かる。

捕り方の垣根を分け、串部の四角い顔がぬっとあらわれた。

「おのおのがた、待たれよ。わしのはなしを聞いてくれ」

誰もが身を固めたまま、串部の大きな声に耳をかたむける。

「かたじけない。されば、申しあげよう。浦西正吾なる者は、とんだ食わせ者じゃ。お役目に託《かこつ》けて、町奉行所の吟味方与力と裏で通じ、密造酒の抜け荷で儲けた商人から小金をせびっておったのじゃ。出世と金、一挙両得を狙って墓穴を掘った。そのあたりの詳しい仕儀は、こやつに聞けばみなわかる」

串部は立て板に水のごとく喋りきり、後ろに控えた鳥目屋の襟首を摑んで引きずりだした。

浦西が眸子を飛びださんばかりに瞠る。

その反応をみただけで、串部の語ったことの真偽はあきらかとなった。

蔵人介が静かに言った。

「さあ、神妙にお縄を受けよ。おのれの罪をみとめて、潔く腹を切れ」

「……お、おのれ」

浦西は絶叫し、刀を大上段に振りかぶる。

「いや……っ」

気合いを発した瞬間、逆しまに脳天を砕かれた。

——ちん。

誰の目にも、太刀筋はみえない。

蔵人介は刀を抜き、黒蠟《こくろう》塗りの鞘に素早く納めていた。

浦西正吾は白目を剝き、海老反りになって倒れていく。

捕り方どもは凍りついた。

頭巾をかぶった鳥居も、四肢を固めたまま動かない。

「峰打ちにござる。しかとお調べを」

蔵人介は鳥居に向かい、凜然と言いはなった。

靄は晴れ、気づいてみれば門前には矢背家の面々が横一列に並んでいる。

志乃も幸恵も鐵太郎も卯三郎も、下男の吾助《ごすけ》や女中頭のおせきまでが並び、みな、卯の花のような白装束を身に着けていた。

それだけの覚悟を目の当たりにして、心を乱されぬ者はおるまい。

気を失った浦西正吾は戸板に乗せられ、鳥目屋長兵衛は縄を打たれた。

「退《ひ》けい」

頭巾の内から、疳高《かんだか》い声が発せられた。

捕り方どもはうなだれ、潮が引くように去っていく。

「これで一件落着じゃ」

志乃は吐きすて、鐵太郎のもとに身を寄せる。

そして有無を言わせず、その肩を抱きよせた。

「おぬしは、できのわるい孫じゃのう」

息が詰まるほど抱きしめ、志乃は声もあげずに泣いている。

かたわらでみていた幸恵も、目頭を袖で拭わずにはいられない。

串部は涙ばかりか洟水まで垂らし、おんおん声をあげて泣いている。

鐵太郎も泣きながら、みなとの別れが近づいたことを悟っていた。

蔵人介は祈るように頭を垂れ、何事かをつぶやいている。

「……仏に逢うては仏を殺し、祖に逢うては祖を殺し、羅漢に逢うては羅漢を殺し、父母に逢うては父母を殺し、親眷に逢うては親眷を殺して、はじめて解脱を得、物とかかわらず、透脱自在なり……」

禅の開祖が告げた教えを必死に念じることで、溢れでる感情を律しているようにもみえた。

「……人間、そう簡単には解脱できぬものよ」

蔵人介の漏らした台詞を聞きとった者はいない。

目の前にはいつもと同じ露地裏の景色があった。

十四

皐月《さつき》十四日、渡辺崋山は小笠原島への密航を企てた罪で捕縛された。さらに、自邸の捜索で異国船打払に異を唱える『慎機論』などの書き物がみつかったことから、幕政批判の疑いで吟味されることとなった。このとき、崋山と同じ志を持つ高野長英も幕府に抗う思想の持ち主として捕らえられ、入牢《じゅろう》されるにいたった。

すべては、鳥居耀蔵の望んだとおりに事は進んだのである。

巷間において「蛮社の獄」と呼ばれた出来事と相前後して、蔵人介は勘定奉行の遠山金四郎に誘われた。

酒席を取りもったのは、鳥居から謹慎を申しつけられた市之進であった。

ふたりとも鐵太郎の身を案じており、ひとまずは江戸を離れることを薦めてくれた。

金四郎の後押しもあって、鐵太郎は大坂で医者をはじめた緒方洪庵のもとへ向かうこととなった。

別れの前夜、矢背家の庭では最後の荒稽古がおこなわれた。

いつにも増して峻烈な組打ちの稽古で、誰ひとり明日から長旅に出る者のことなど気にも掛けない。

蔵人介や志乃以上に気迫をみせたのは、当の鐵太郎本人だった。

卯三郎も竹刀を合わせたが、手が痺れて動かなくなったほどだ。

隠された力が内からほとばしったかのようであったが、稽古を終えたあとの屋敷は深閑《しんかん》とした静寂に包まれた。

別れが近づくにつれて、鐵太郎は母である幸恵の悲しげな表情に胸を詰まらされた。

幸恵は蔵人介に説得されたわけではなく、みずから、いずれ近いうちに別れが来ることを予感していたのだ。一度別れてしまえば、いつ逢えるとも知れない。大坂に行ったきり二度と戻ってこないこともあるだろう。大坂にすらたどりつけず、途中で山賊に身ぐるみを剝がされたり、野垂れ死ぬこともないとはいえない。

考えれば不安ばかりが募ったが、一方では子別れをするのが鐵太郎のためだということもわかっている。

そうした母の心情が、手に取るように感じられたのだ。

一睡もできずに迎えた別れの朝、誰ひとり見送りに出てくる者はいなかった。

自分で「ぬけ」と名付けた野良猫だけが、どこからともなくあらわれ、別れを惜しんでくれた。

「ぬけよ、来てくれたのか」

背中の毛がわずかに抜けた三毛猫を膝に抱き、いつものように下顎を撫でてやる。

玄関の上がり端には、中食《ちゆうじき》にする塩結び三個と水のはいった竹筒、それとわずかな路銀だけが置いてあった。

誰も見送りには出ぬと事前に言われていたので、すでに覚悟はできている。

それでも、どこか煮えきれぬおもいを抱きつつ、鐵太郎は「ぬけ」に別れを告げ、住みなれた屋敷の門を飛びだした。

行く手の道は暗い。人の気配もなかった。

一度たりとも後ろを振りかえらず、尾張《おわり》屋敷の脇を通って内藤新宿《ないとうしんじゆく》へ向かう。

御濠端を通って芝口をめざす手もあったが、小舟でゆったり行きたくなった。

玉川《たまがわ》上水の渡しから小舟で渋谷《しぶや》川へ漕ぎだすころ、ようやく東の空が白々と明け始めてきた。

朝焼けに燃える川面を進み、増上寺《ぞうじょうじ》を左手に眺めながら金杉橋《かなすぎ》へたどりつく。

桟橋から陸へあがってからは、一路、松並木の東海道を上りはじめた。

卯の花が五弁の花を散らすなか、何処までもつづく縄手《なわて》には参勤交代の大名行列がつづいていく。

「下にい、下に」

鎧櫃《よろいびつ》や駕籠に見受けられる丸に剣片喰の家紋は、奇遇にも田原藩三宅家の家紋であった。外桜田の御濠沿いにある上屋敷を出立《しゅったつ》し、遥々と三河国の渥美《あつみ》半島をめざすのだ。

空も海も青く、裾を靡《なび》かせる海風は涼しい。

鐵太郎は田原藩の大名行列を尻目に、さきを急いで品川宿へ向かった。

さらに品川宿を後にし、歩きに歩いて夕刻には六郷《ろくごう》の渡しに差しかかる。

昨日の稽古が祟《たた》ったせいか、足取りは重く、どうにも眠気が抑えられない。

それでも、渡し人足に負ぶわれて川をどうにか渡りきり、一日目の宿である川崎《かわさき》宿へたどりついた。

泊まった宿の屋号すら、正直、おぼえていない。

布袋《ほてい》であったか、恵比寿《えびす》であったか、ともあれ、屋号は七福神《しちふくじん》のどれかだった。死んだように眠った朝は、いよいよ草鞋《わらじ》の紐を締めなおし、相模国との国境をめざさねばならぬ。

武蔵《むさし》国最後の宿場となるのは、丘陵の谷間に築かれた保土ケ谷《ほどがや》宿であった。日本橋からの道程は八里九丁、鐵太郎は郷愁に浸る余裕もなく歩きつづけ、必死のおもいで宿場にたどりついた。

だが、このさきに最大の難所が控えている。

保土ケ谷宿の棒鼻を過ぎれば、旅人泣かせの長い長い権太坂《ごんたざか》の上りがつづくのだ。

「まいろう」

鐵太郎はみずからを鼓舞《こぶ》し、歯を食いしばって急坂を上りつめ、峠の茶屋へ身を投げだした。

竹筒の水も尽きたので、喉が渇いて仕方ない。

ほかにも旅人の気配はあったが、挨拶をする気力も失せ、床几《しょうぎ》に座った途端にうなだれた。

「若、こんなところでへこたれてどうなさる」

突如、聞き慣れた串部の声が耳に飛びこんできた。

びくんとして顔を持ちあげると、懐かしい顔という顔がまわりを囲み、楽しそうに覗きこんでいる。

「……ち、父上」

蔵人介もいれば、志乃もいる。卯三郎と市之進もおり、旅装の吾助とおせきまでしたがっていた。

そして、幸恵もいる。

「……は、母上」

鐵太郎は泣きたいところを怺《こら》えた。

幸恵は身を寄せ、屈みこんでくる。

「鐵太郎、おぬしに渡すものを忘れておった」

そう言って、腹巻きを差しだした。

渡されると、手にずっしりとくる。

腹巻きの内側には、一分銀の詰まった袋が縫いつけられていた。

「これは、わたしからの餞別《せんべつ》じゃ」

こんどは志乃が一歩踏みだし、手にした薙刀を差しだす。

鐵太郎は、目が飛びださんばかりにして驚いた。

「……お、鬼斬り国綱ではありませぬか」

「そうじゃ。坂を担いで上るのはしんどいとおもうてな、ここまで串部に担いできてもろうた。旅の途中で捨てたくなったら捨てるがよい。路銀が尽きたら、売りとばして足しにせよ。ほれ」

腹巻きよりも重いものを手渡され、鐵太郎は蹌踉《よろ》めいてしまう。

それでも、志乃の気持ちは充分に伝わった。

女たちは伊予《いよ》染めの派手な着物を纏い、今にも踊りだしそうなほど陽気にふるまってみせる。

志乃が笑いながら言った。

「家から送りだすのが、何やら淋しゅうてな。どうせなら国境から見送ろうと、みなで相談がまとまったのじゃ。さあ、もう充分休んだであろう。行くがよい」

「はい」

立ちあがると、幸恵がそばに身を寄せてきた。

「鐵太郎、息災《そくさい》でな」

抱きつきたくなるのを怺え、鐵太郎は茶屋を出た。

みなもいっしょに茶屋を出て、坂の頂上にずらりと並ぶ。

鐵太郎はひとりひとりの顔を目に焼きつけ、深々とお辞儀をした。

「されば、みなさま、行ってまいります」

最後に目にしたのは、父である蔵人介の厳しい顔だ。

「鐵太郎、振りむくな。けっして、振りむくでないぞ」

その声は掠れ、目は心なしか潤んでいた。

雑木林の奥から、鳥の囀《さえず》りが聞こえてくる。

鐵太郎は意を決し、権太坂を下りはじめた。

——けっして、振りむくでないぞ。

父のことばを唱えると、涙が滝のように溢れてくる。

鐵太郎は泣きながら、権太坂を下っていった。

「……み、みなさま……か、かたじけのう……ご、ござります」

肩に担いだ薙刀が重い。

それはみなに託された期待の重さなのだとおもう。

——裏にむかい外にむかって逢著すればすなわち殺せ。仏に逢うては仏を殺し、祖に逢うては祖を殺し、羅漢に逢うては羅漢を殺し、父母に逢うては父母を殺し。

臨済禅師も唱えたように、この世のあらゆる頸木《くびき》から逃れた者だけが自由の境地を手にできるのかもしれない。

鐵太郎は惜別の深い悲しみに浸りながらも、空を飛ぶ鳥になったかのごとき爽快な気分を感じていた。

「ボナパルテ、フレイヘイド、フレイヘイドと呼ばわりけり……」

鐵太郎は鳥の囀りに合わせ、大声で唄いはじめた。

「……フレイヘイド、フレイヘイド、ナポレオン・ボナパルテの行軍じゃい」

調子は見事に外れていたが、聞く者に心意気は伝わってくる。

もはや、誰であろうと止めることはできない。

意気揚々と歩く鐵太郎の後ろ姿には、怒濤《どとう》となって押しよせる時代の奔流が重なってみえた。

光文社文庫

文庫書下ろし／長編時代小説

気《き》　骨《こつ》　鬼役《おにやく》 十四

著者　坂《さか》岡《おか》　真《しん》

2015年3月20日　初版1刷発行

発行者　鈴木広和
印刷　萩原印刷
製本　ナショナル製本

発行所　株式会社　光文社
〒112-8011　東京都文京区音羽1-16-6
電話（03）5395-8149　編集部
8116　書籍販売部
8125　業務部

ISBN978-4-334-76892-8　Printed in Japan

組版　萩原印刷

お願い　光文社文庫をお読みになって、いかがでございましたか。「読後の感想」を編集部あてに、ぜひお送りください。

このほか光文社文庫では、どんな本をお読みになりましたか。これから、どういう本をご希望ですか。どの本も、誤植がないようつとめていますが、もしお気づきの点がございましたら、お教えください。ご職業、ご年齢などもお書きそえいただければ幸いです。当社の規定により本来の目的以外に使用せず、大切に扱わせていただきます。

光文社文庫編集部

鬼役メモ

キリトリ線

画・坂岡 真

※ページ内側にあるキリトリ線で切って、備忘録にお使い下さい。

キリトリ線

鬼役メモ

画・坂岡 真

※ページ内側にあるキリトリ線で切って、備忘録にお使い下さい。

キリトリ線

鬼役メモ

画・坂岡 真

※ページ内側にあるキリトリ線で切って、備忘録にお使い下さい。

キリトリ線

鬼役メモ

画・坂岡 真

※ページ内側にあるキリトリ線で切って、備忘録にお使い下さい。

鬼役メモ

画・坂岡 真

※ページ内側にあるキリトリ線で切って、備忘録にお使い下さい。

キリトリ線

キリトリ線

鬼役メモ

画・坂岡 真

※ページ内側にあるキリトリ線で切って、備忘録にお使い下さい。